AF307837

Nadin Maari wurde in Deutschland geboren, wuchs allerdings in Österreich auf und lebt heute mit ihrer eigenen Familie wieder in Deutschland. Begeistert stöbert sie nach Worten, ersinnt Figuren und webt Geschichten – am liebsten mit einem Glitzerkörnchen Magie und Glücksende.

NADIN MAARI

Das kleine *Hotel* der

Weihnachts Wünsche

*Für meine Schwindel-Nichte Sarah
Wir als Familie sind das beste Vanilleeis mit Streusel.
Nun gut, okay, hin und wieder klatscht eine Kugel Eis
auf den Boden. Oder auch zwei.
Aber was solls, dann machen wir uns halt eine Pizza
warm.
Passt schon.*

Vorwort

Ihr Lieben,
was war es für ein Abenteuer, diesen Roman zu schreiben. Wer mich kennt, weiß, wie sehr ich Weihnachten liebe – die funkelnden Lichter, den Duft von Lebkuchen und natürlich den knirschenden Schnee unter den Stiefeln. Und dann noch in den Bergen! Hach, der Schwarzwald im Winter … ein magischer Ort, um eine herzerwärmende Geschichte zu spinnen.
Mitten in diesem Winterwunderland taucht Sunny auf. Sie ist nicht nur eine Frau, die ihren eigenen Weg geht, sondern auch jemand, der sich wie wir alle manchmal in einem Tagtraum verliert. Wer würde sich nicht gern für eine Prinzessin halten, auch wenn es nur für einen winzigen Moment ist? Die Verwechslung, die Sunny ins Hotel Bellwü führt, ist der Beginn einer turbulenten Reise voller Lachen, Herzklopfen und jeder Menge Schneechaos. Glaubt mir, ich habe jede Minute genossen: von den ersten Missverständnissen bis hin zu den zauberhaften und manchmal schrägen Weihnachtsvorbereitungen.
Sunny ist mutig, chaotisch und loyal. Von Lügen, die wie Schneeflocken vom Himmel rieseln, bis hin zu einem eisigen Menü, das für unvergessliche Weihnachtsmomente sorgt, konnte ich gar nicht aufhören, sie zu begleiten.

Also, schnappt euch eine heiße Schokolade, kuschelt euch in eine Decke und kommt mit mir in diese verschneite Märchenwelt. Ich hoffe, ihr habt beim Lesen genauso viel Spaß wie ich beim Schreiben.
Herzliche Grüße, Nadin

Prolog

Ich: »Es gibt fünfzehn Disneyprinzessinnen, richtig?«
Tochter: »Was ist jetzt deine Mission?«
Ich: »Ich zähle die Disneyprinzessinnen. Fünfzehn also.«
Tochter: »Bist du lost. Es sind zwölf.«
Ich: »Und Anna und Elsa. Und Raya. Also fünfzehn.«
Sohn: »Was gibts zum Mittag?«
Tochter: »Es sind zwölf.«
Ich: »Fünfzehn.«
Tochter: »Du bist halt kein richtiger Fan!«
Türknallen.
Türaufreißen.
Ich: »Und du bist noch viel weniger faniger!«
Tochter: »Ich glaub, es hackt!«
Ich: »Du weißt schon, dass das alles in meinem Buch landen wird!«
Tochter: »Save.«
Türknallen.
Türknallen.
Ehemann: »Nicht knallen!«
Geräusch einer sich öffnenden Packung Vanilleeis.

Kapitel 1

L wie Luxus

Lollipop-Eis

Sein Kuss ist süßer als Apfelkucheneis.
Süßer als Zuckerstangeneis.
Heidelbeereis, Kirscheis und Mangoeis.
Wenn du dich entscheiden müsstest, wäre er deine
Wahl.

»Hi Tom. Einen Moment bitte«, keuche ich ins Handy. Gleichzeitig versuche ich, auf dem glitschigen Boden mein Gleichgewicht zu halten, zerre den Rollkoffer hinter mir durch den Schneematsch, stemme mich dem Sturm entgegen und schütze mein Gesicht vor den piksenden Graupelstücken. Und weit und breit kein Taxi! Nur dunkle Nacht.

Vielleicht sollte ich einfach wieder umdrehen und mit dem nächsten Zug nach Hause ins garantiert schneefreie Berlin fahren.

Was für eine blöde Idee, eine Woche vor Weihnachten in die Berge zu wollen. Wo doch jedes Kind weiß, dass hier die Elemente toben!

Nur, vermutlich würden diese auch auf der Rückfahrt so weitertoben und meine Fahrtzeit damit verdreifachen. Der Hinweg war zumindest schon mal doppelt so lang wie geplant.

So ein Mist aber auch!

Apropos Mist. »Tom? Bist du noch dran?«

Warm brummt mir seine Stimme aus dem Handy entgegen, das ich fest auf mein Ohr drücke, um über das Sturmgetose hinweg überhaupt etwas zu hören.

»Lachst du mich etwa aus?« Vor Wut stampfe ich mit dem Fuß auf. Schwerer Fehler! Schneematsch spritzt mir bis zum Kinn. Urgh!

»Das ist alles deine Schuld!«

Tom lacht umso mehr. »Was genau ist es dieses Mal? Also ich meine, meine Schuld. Die Sache mit dem spontanen Besuch der Eismesse in Freiburg hast du dir selbst zuzuschreiben. Und dass wir noch kein Ziel für unsere Flitterwochen haben, liegt auch an dir. Den Schuh ziehe ich mir nicht an.«

Oha! Ich sehe Scheinwerfer näherkommen. »Moment!«, schreie ich ins Handy und kämpfe mich tapfer vor bis zur Kante des Gehweges.

»Taxi!«, brülle ich dem Auto entgegen, genauso wie ich es dutzende Male in einschlägigen New-York-Filmen gesehen habe.

Der Autofahrer kennt diese anscheinend nicht. Mit unverminderter Geschwindigkeit brettert er an mir vorbei und hinterlässt als Gruß eine nasskalte Pfützendusche, die meiner Hose so richtig den Rest gibt. Und mir.

Freiburg ist halt nicht New York. Und nicht jedes Auto, das aus dem dunklen Nichts auftaucht, ist ein Taxi.

»Bin wieder dran.« Unzufrieden mit mir und der Welt hocke ich mich auf den Koffer. Ist doch ohnehin egal, wenn ich hier einfriere. Merkt doch keiner. Wie es aussieht, verbringen sämtliche Freiburger ihren Abend lieber zu Hause in ihren kuscheligen Wohnungen, als mir Gastfreundschaft zu erweisen. Oder sie brettern blind für bedürftige Fußgänger mit ihren Autos durch die Gegend. Und Taxis haben sie offensichtlich auch noch nicht erfunden. »Schick mir ein Taxi!«

»Wird gemacht, mein Schatz. Mit Sahne oder Himbeerstreusel?«

Wie kann dieser Kerl im Angesicht meines Unglücks nur so fies sein? »Kannst du mich mal bitte ernst nehmen? Ich bin deine Verlobte!«

»Ach Sunny ...«

»Du brauchst mir gar nicht kommen mit *Sunny* und deiner netten Stimme und deinem Seufzen und deinem Augenverdrehen. Ich höre das alles sehr genau. Und ich sehen es!«

Es ist kaum zu glauben, aber das grieselige Schneematschgegraupel wird noch dichter. Wäre ich bloß daheim geblieben, in meinem geliebten *Schneeflöckchen*, bei den Gästen meiner wunderschönen Eisdiele. Betone ich nicht immer wieder, dass sie – neben Tom natürlich – das wichtigste ist in meinem Leben? Dass ich nichts mehr liebe, als Eiskreationen zu zaubern und damit meine Gäste aus ihrem Alltag in eine kunterbunte Welt zu entführen? »Mir ist kalt und ich bin müde. Ich habe Hunger und mir tut der Hintern weh. Außerdem ist meine Hose nassgespritzt, meine Schuhe voller ekliger, grauer Schneepampe, und meine Mütze habe ich im Zug vergessen! Und du weißt, was das bedeutet! Alle, ich meine wirklich alle, sehen meine vermurksten roten Haare! Mein Zopf glimmt geradezu wie einer dieser Leuchtstäbe.«

Tom schweigt kurz. Vermutlich wird ihm meine jammervolle Lage jetzt erst richtig bewusst. »Komm schon, Sunny. Du lässt dich doch sonst nicht so leicht unterkriegen. Sieh dich noch mal richtig um, dann findest du bestimmt den Taxistand. Wie ich dich kenne, stehst du an irgendeinem Seitenausgang, weil dir dort die Tür besser gefallen hat.«

Da ich gerade selbst auf die Idee gekommen bin, in der Dunkelheit nach dem leuchtenden Schild des Taxistandes zu spähen, lasse ich Toms Kommentar mit der schöneren Tür unkommentiert. Immerhin hat diese Tür mit einem riesigen Plakat dazu eingeladen, den Schwarzwald von seiner romantischsten Seite zu erleben. Dass dahinter das kalte Grauen lag, hat leider nicht darauf gestanden!

In der Tat sehe ich links von mir Lichter, also nehme ich meine restliche Energie zusammen und stapfe in die entsprechende Richtung. »Das da vorn sieht aus wie ein Taxistand«, brumme ich ins Handy.

Tom atmet hörbar auf. »Na siehst du. Schließlich nimmst du selten den geraden Weg, wenn es einen vielversprechenden Umweg gibt.«

»Haha, sehr witzig! Ich stecke dich kurz ein!« Entnervt schiebe ich das Handy in die Jackentasche und zerre nun mit beiden Händen den Koffer, dessen Rollen sich immer stärker mit Schneematsch zukleistern.

Eine tröstliche Reihe von Taxis erwartet mich, und ich steuere auf das erste zu. Noch ehe ich die Beifahrertür öffnen kann, wird diese von einem Mann in einem dunkelgrauen Mantel aufgerissen. Für einen Augenblick fühle ich mich geschmeichelt, dass er mir die Tür aufhält, doch da ist der Kerl schon ins Taxi gestiegen und knallt sie mir vor der Nase zu.

Ich sehe sein Profil durch die Scheibe, während er dem Fahrer Anweisungen gibt.

Nein!

Mich packt ein Flashback und schleudert mich meilenweit zurück in eine Vergangenheit namens *Manuel.*

Heftig schüttele ich den Kopf. Nein! Das kann nicht sein!

Entsetzt sehe ich dem davonfahrenden Taxi hinterher. Mein Herz hämmert und jagt meinen Puls in die Höhe. Durch heftiges Zwinkern versuche ich, die Bilder zu verscheuchen, die sich aus der hintersten Ecke meines Gedächtnisses nach vorn zwängen.

»N'obe.«

Ein älterer Mann in altmodischer Chauffeuruniform steht plötzlich vor mir, tippt sich an die Schirmmütze und zeigt auf das Taxi hinter sich. Vor Schreck lasse ich meinen Koffer zu heftig los, und er landet mit einem dumpfen Aufprall im Schneematsch.

»Brauscht ei Taxi?«

Der Geist, den ich eben glaubte zu sehen, ist längst verschwunden, und doch sind meine Gedanken noch nicht ganz wieder im Hier und Jetzt. »Taxi?«

»Jo.«

Erst beim dritten Versuch gelingt es mir, den Koffer aufzurichten. Meine Finger sind zu steifgefroren, um sie vernünftig zu bewegen.

»Gehts da? Wem kehrsch du? Brauscht ei Hilf?«

Ich nicke dem Taxifahrer zu.

»Hogg di naa.« Er nimmt mir den Koffer aus der Hand und öffnet die hintere Wagentür. Aufatmend steige ich ein.

Wärme umfängt mich und es riecht angenehm nach den Ledersitzen, die tröstlich knarzen, als ich mich zurücklehne und mich wieder auf die Reihe bekomme.

So ein Quatsch, den ich mir da zusammenreime. Als würde ausgerechnet hier und nach hundert Jahren Manuel wiederauftauchen. Den Kerl habe ich so was von abgehakt, den gibt es quasi nicht mehr, ergo kann ich ihm auch nicht begegnen!

Ich atme tief durch und lande wieder in der Gegenwart. Oh Tom! Der Arme steckt ja noch in meiner Jackentasche. Meine Finger kribbeln vom Warmwerden, während ich das Handy herausfriemele.

»Soddele. Wo gehscht hi?« Der Taxifahrer lässt sich in den Fahrersitz plumpsen und dreht sich zu mir um.

Mein Freiburgerisch ist nicht ganz astrein, aber vermutlich möchte der Taxifahrer die Zieladresse wissen. »Moment«, vertröste ich Tom am Handy und gleichzeitig den Fahrer und suche nach dem Memo mit dem Hotelnamen.

»I triiz di nit.«

Verständnisvoll nicke ich und suche weiter. Irgendwo müsste es doch stehen. Ah, gefunden. »Ich möchte bitte ins Hotel Bellevue.« Mein Hochdeutsch ist glasklar und unmissverständlich, wobei mein Französisch auch nicht von schlechten Eltern ist, wie man unschwer an dem Wort Bellevue hören kann. Ein anderes Hotel als mit schöner Aussicht kommt ohnehin nicht infrage.

Der Taxifahrer grinst schief und tippt sich wieder an die Schirmmütze. »Des olde Bellwü is nit schlecht. I schaff di nuff.« Damit dreht er sich um, startet den Motor und fährt in die Schneegraupelei hinein, als würde er den ganzen Tag nichts anderes machen.

In dem Maß, wie mein Stresspegel sinkt, steigt auch wieder die Vorfreude auf die nächsten Vorweihnachtstage im Schwarzwald: die Eismesse, leckeres Essen, das volle Verwöhnprogramm im Hotel. Fast wünsche ich mir, Tom wäre mitgekommen und säße jetzt neben mir.

Aber einer muss ja ein oder besser beide Augen auf unsere Hochzeitsvorbereitungen haben, wenn wir in ein paar Tagen zu Weihnachten heiraten. Ich kann es noch immer nicht fassen, dass es bald so weit ist. Es ist ein Traum, ein wunderschöner, erfüllender, übersprudelnder Traum!

Doch Teile des Traumes sind eingerissen und über all meiner Vorfreude schweben meine Selbstzweifel. Dabei wollte ich diesen entkommen, als ich gestern den Zug für heute nach Freiburg gebucht habe. Und ich werde diesen Zweifeln entkommen! Ich kriege das hin. »Sorry Tom, jetzt bin ich ganz für dich da.« Ich drücke das Handy fest an die Wange und hätte so gern, dass es Tom wäre, an den ich mich ankuscheln könnte.

»Dir scheint es ja wieder besser zu gehen.«

Dieses Mal wärmt mir Toms Lachen das Herz. Mir wird es bald wieder besser gehen. Ganz bestimmt. Ich muss nur mit mir ins Reine kommen. »Jep. Ich sitze endlich im Taxi, bin auf dem Weg ins Hotel und hoffentlich gleich da. Allzu weit dürfte es eigentlich nicht sein.«

»Ich leiste dir gern Gesellschaft. Nicht, dass sich der Taxifahrer noch deinetwegen verfährt.« Toms Stimme wird leiser, dann höre ich unsere Kühlschranktür zuschlagen. Keine andere rumst so wie sie.

»Bulette oder Käsewürstchen?«

Tom verschluckt sich beim Lachen und hustet. »Beides.«

»Iss doch wenigstens einen Salat dazu.«

»Ach? Und wie oft futterst du dein Eis mit Salat als Beilage?«

»Das ist etwas anderes! Eis ist per se ein Grundbedürfnis, und außerdem tüftele ich an ein paar schmackhaften Gemüsesorten. Ich glaube, morgen oder übermorgen findet auf der Eismesse sogar ein Workshop dazu statt.« Mmh, saftig grünes Salateis, mit einem Swirl aus tiefdunkelgrünem Kürbiskernöl. Da müsste doch etwas zu machen sein ...

Ein Räuspern aus dem Handy unterbricht meine eisigen Gedanken. »Sag bitte nicht, du grübelst über Salateis nach. Wie ich dich kenne, kombiniert mit irgendeinem Delikatessöl?«

Ich schweige zustimmend, denn das famose Salateis in meiner Vorstellung wird nun noch getoppt von glänzendroten, süßen Granatapfelkernen. Vielleicht karamellisiert. Nein! Lieber pur. Mit Marcona-Mandelstückchen?

»Na gut. Ich esse dann mal weiter still meine Bulette, während du in deinem Eistunnel bist.«

Vermutlich lehnt Tom lässig am Kühlschrank, während er seine Bulette futtert. Bei dem Gedanken muss ich grinsen. Ich liebe diesen Kerl! Mit Haut und Haaren und mit oder ohne Bulette. »Willst du dich nicht wenigstens hinsetzen zum Essen?«

»Geht schon, danke. Außerdem habe ich heute genug auf dem Rad gesessen.«

»Du bist echt eine Tour gefahren? Bei dem Wetter?«

»Hier ist es trocken.«

»Aber eisig!«

»Und trocken.«

Ja, ja. Für den Rest gibt es die richtigen Klamotten.

»Für den Rest gibt es die richtigen Klamotten.«

Bingo. Ich kichere und schüttele den Kopf.

Erneut fällt die Kühlschranktür zu. »Apropos richtige Klamotten. Du hast echt deine *schicke* neue Mütze verloren? Das Ding, das du dir zu deiner brandneuen Haarfarbe gekauft hast?«

Laut atme ich aus. »Du brauchst das schick gar nicht so zu betonen. Die Mütze ist schick. Megaschick. Und sie passt perfekt zu meinen megaschicken Haaren.« Wenn sich das Zeug nur endlich mal wieder rauswaschen würde!

»Klar! Dieses Orange-Knallrot ist der Hammer. Das gibt einen fabelhaften Kontrast zu deinem Hochzeitskleid.« Toms Grinsen ist regelrecht zu hören.

Mein Herz pocht heftiger, und die Panik angesichts meines haarigen Farbunfalls kriecht in meinem Magen umher. »Ich wollte doch nur die perfekte Haarfarbe für unsere Hochzeit finden. Ich konnte doch nicht ahnen, wie unauswaschbar dieses Zeug ist.«

Tom antwortet mir nicht gleich. Er scheint das Debakel wirklich furchtbar zu finden, denn sonst nimmt er auch kein Blatt vor den Mund.

»Hallo?«, frage ich tapfer.

»Sunny, du hast die ideale Farbe für unsere Hochzeit. Egal ob du deine Haare karottenorange färbst oder eissalatgrün oder ob du dein wundervolles Blond trägst, du bist immer perfekt für mich. Und das solltest du auch für dich sein.«

Toms liebe Worte glätten etwas meine Haarpanik. »Ich liebe dich, Tom.«

»Ich dich auch. Obwohl du mich mit deinen knallroten Haaren momentan ein wenig verschreckst.« Trocken wie Saharasand rieselt Toms Neckerei aus dem Handy.

»Es sieht trotzdem gut aus! Irgendwie! Vielleicht nicht gerade auf meinem Kopf, aber bei irgendeiner anderen Frau bestimmt!«

»Bestimmt.« Tom lacht. »Die muss nur noch gefunden werden.«

»Da kann ich dir helfen. Auf der Packung der Tönung ist sie nämlich drauf!« Vielleicht war ja die falsche Tönungsflüssigkeit in der Packung. Genau! So wird es gewesen sein. Irgendein Unhold hat die Farben ausgewechselt. Definitiv. So als Aprilscherz im Dezember!

»Will ich wissen, was du gerade denkst?« Knurpsend beißt Tom in einen Apfel.

»Ich denke, dass du aufhören solltest, mir etwas vorzukauen, denn ich habe einen ganz undamenhaften Hunger. Wie du weißt, hat meine Fahrt doppelt so lang gedauert, und somit hatte ich nur die Hälfte an nötigem Proviant mit. Und den Speisewagen haben sie in Göttingen abgekoppelt, weil er defekt war!« Moment, nicht nur die Zugfahrt hat doppelt so lang gedauert, auch die Taxifahrt dauert schon ziemlich lange. So groß kann Freiburg doch gar nicht sein. Und warum fahren wir so viele Kurven und bergauf?

Mit einem Schlag verschwindet mein Hunger und macht einem üblen Gefühl Platz.

Ich versuche, stur geradeaus zu blicken und tippe dem Taxifahrer auf die Schulter. »Bitte, wohin fahren wir?«

»Insch Bellwü.«

Ich will noch einmal nachfragen, um ganz sicher zu gehen, dass wir nicht eher auf die Zugspitze fahren, doch entscheide mich dagegen.

»Tom, ich lege auf. Bis nachher«, würge ich noch schnell hervor und halte die Luft an. Atme, Sunny, atme. Tief ein und aus.

»Alles okay?«

Ich nicke, drücke fahrig auf die Austaste und krampfe die Finger um das Handy. Atmen und raussehen. Und dabei geflissentlich die Kurven ignorieren!

Dieses verflixte Hotel mit dem schönen Ausblick muss doch endlich auftauchen! Und wenn es einen hässlichen Ausblick hat, wäre mir das gerade auch völlig gleichgültig. Ich will endlich wieder ruhigen Boden unter meinen Füßen haben!

Kapitel 2

I wie Insgeheim

Ingwerapfel-Eis

Feuriger Ingwer, fruchtiger Apfel, umeinanderge-
schlungen in einem Bett aus sahnigem Mascarpone,
unter einer Decke aus süßem Zimt.

Endlich hält das Taxi an, auch wenn es in mir weiter
schaukelt. Vorsichtig lockere ich die verkrampften
Schultern und lehne mich zurück, dabei schließe ich
die Augen.

Schwerer Fehler. Hinter den Lidern dreht sich alles
noch immer wild.

Oh, ich will nach Hause! In mein schönes, glattes Berlin, in mein schönes, warmes Bett, das wie ein Fels in
der Brandung in meinem wunderschönen Schlafzimmer steht und kein Stück wackelt.

Mir ist übel. Ich habe in den Bergen schlicht und ergreifend nichts verloren!

Frische, eisige Luft trifft auf meine heißen Wangen,
als der Taxifahrer die Tür neben mir öffnet. Er beugt

sich zu mir herunter. »Wir sin do. Wülscht nit ausstige?«

Weder mag ich nicken noch den Kopf schütteln. Eigentlich möchte ich nur sitzenbleiben und weiter die herrliche Luft einatmen, die langsam meine Übelkeit vertreibt.

»Bischt green um de Zinken. Ha Nablsurre vo nufforn?«

Das Einzige, was ich an seinem schnellen Genuschel verstehe, ist das Fragezeichen am Ende des Satzes.

»Härrguottssäckli! I hol da de Lilli.«

Wie der Taxifahrer so dasteht, die Fäuste ineinander verknotet, die Augen kugelrund aufgerissen, die Mütze schief auf dem Haupt, muss ich nun doch lächeln. Er sieht zugleich besorgt und ängstlich aus, schwankt anscheinend zwischen mich auf den Arm nehmen und die Flucht ergreifen.

Mein Magen trudelt endlich aus, und sowohl das Innere des Taxis als auch der Fahrer selbst bleiben stehen, und zwar genau da, wo sie hingehören.

Auch die Hitze weicht aus meinem Körper, und ich fröstele endlich wieder so, wie es sich für diese eisigen Temperaturen gehört. Und wie es hier duftet!

Begierig sauge ich die Luft ein, als ich aussteige. Es ist der purste Eisduft, den ich mir vorstellen kann. Klar und frisch und umfangen von einer Energie, die alle Sinne berührt. Wie sich dieser Geschmack wohl auf der Zunge anfühlt?

Ich sehe mein *Schneeflöckchen* vor mir. Wie in Berlin meine Gäste bedächtig von mir erschaffene Eiswunder aus Bechern löffeln, die wie Schneekugeln geformt sind. Feierlich genießen sie die Reinheit des Eises, getragen von weicher Süße, während draußen wattebällchengroße Schneeflocken vom Himmel schweben. Wow! Die schreckliche Fahrt hat sich doch gelohnt!

Erleichtert strecke ich mich ausgiebig und blicke mich um. Viel kann ich durch das Schneegestöber nicht erkennen, doch immerhin sind es jetzt keine piksigen Graupelkörner mehr, sondern dicke Schneeflocken – groß wie Wattebällchen. Wie in meiner Vision.

Ich lächele den Taxifahrer an. »Es ist wunderschön.« Da fällt mein Blick über seinen bemützten Schopf auf das Hotel hinter ihm. Goldenes Licht aus den Fenstern ergießt sich in den Abend und lässt die Schneeflocken funkeln.

Die Doppelflügel der Tür aus Buntglasfenster öffnen sich, während wir darauf zugehen. Eine junge Frau in einem raschelnden, knöchellangen, schwarzen Rock mit weißer Bluse und Blumenmieder kommt uns entgegen und nimmt dem Taxifahrer meinen Koffer ab. Durch ihre riesige Siebzigerjahre-Brille strahlt sie mich an, als wäre ich der Mittelpunkt der Welt. »Guten Abend, herzlich willkommen im Hotel Bellwü. N'obe Albert.«

»N'obe Lilli. Ha da Karli no a Chriesiküache für mi?«

»Freili. Goo ni.«

An mich gewandt deutet der Taxifahrer eine leichte Verbeugung an und tippt sich an die Schirmmütze. »N'obe.«

Lilli rollt meinen Koffer in das Hotel, als ich das Schild neben dem Eingang lese. Merkwürdig. Ich fasse den Taxifahrer am Arm, damit er stehenbleibt, und tippe mit der anderen Hand auf meinem Handy herum. »Moment, Herr ... Herr Taxifahrer.«

Da! Da steht es, der Name meines Hotels: Bellevue. Doch auf dem Schild neben dem Eingang steht: Bellwü. Die werden sich doch nicht so heftig verschrieben haben? Oder? Vielleicht ist es ja der Freiburger Dialekt.

Ich halte dem Taxifahrer das Handy hin. »Ich wollte in dieses Hotel, das Hotel Bellevue.«

Er nickt verstehend, wie mir scheint. »Bischt scho im richtigen Bellwü. I ha Firobe.« Damit tippt er sich erneut an die Mütze, nickt mir zu und verschwindet im Gebäude. Dort dreht sich Lilli um, lässt den Koffer mitten im Foyer stehen und kommt wieder auf mich zu. Wenn möglich, strahlt sie mit einem Mal noch stärker als vorhin, der funkelnde Weihnachtsbaum neben ihr verblasst regelrecht.

Und nun? Ich bin doch hier richtig? Oder nicht?

»Aber bitte, so kommen Sie doch herein.« Lilli schiebt ihre Brille hoch, die sofort wieder nach unten rutscht. »Es ist mir solch eine Ehre. Aber was plappere ich da, Sie sind bestimmt ganz im Geheimen hier. Oh, ich fasse es nicht.«

Sicherheitshalber drehe ich mich um, nicht, dass ich mich geschmeichelt fühle, und dann doch nicht gemeint bin. Das wäre peinlich. Aber hinter mir steht niemand. Nun gut, meine Familie und Freunde freuen sich auch meistens, mich zu sehen, warum also nicht Fremde.

Doch! Ich bin hier richtig. Ich werde sogar erwartet.

Lilli starrt mich an und schlägt die Hände vor dem blumenübersäten Mieder zusammen. »Wenn ich das den Bellwü-Schwestern erzähle. Wenn Sie mir bitte zum Empfang folgen wollen, nur für die nötigsten Formalitäten, den Rest mache ich dann selbst. Ich kenne mich ja aus mit solchen Diskretionen.« Sie zwinkert mir zu.

Etwas irritiert folge ich Lilli zum Empfang, der aus einem hölzernen Tresen besteht, kunstvoll übersät mit eingeschnitzten Fichten. Die Arbeit ist so fein, dass ich einzelne Nadeln an den Ästen erkenne.

Lilli tritt hinter den Tresen, und wieder scheint sie einzig und allein für mich auf dieser Welt zu sein. »Willkommen in unserem wundervollen Hotel Bellwü.«

»Bellevue wie das französische Wort *bellevue* oder wie das Schwarzwälder Wort dafür?« Ich suche das Namensschild auf ihrer Brust nach dem Hotelnamen ab, doch da steht nur *Lilli Kiefer*.

»Das Bellevue ist unten in der Stadt, wir heroben auf dem Berg sind das Bellwü. Hier wollten Sie doch her, oder?« Lillis Lächeln verrutscht, und für einen Moment glänzen ihre Augen hinter den Brillengläsern feucht. »Moment, bitte.« Sie taucht hinter dem Tresen ab, und es raschelt. »Doch, hier steht, Sie kommen ins Bellwü.«

Da sie beides gleich ausspricht, weiß ich nicht, welches Hotel sie meint. Aber ihrer Miene nach zu urteilen, mit der sie wiederauftaucht, meint sie dieses.

Und wenn ich das richtig verstehe, würde mein Bellevue bedeuten, wieder die ganze Strecke – die ganze *kurvige* Strecke – zurück in die Stadt zu fahren.

Ich bin im richtigen Hotel Bellwü! Definitiv! Was sind schon Namen, nichts weiter als Schall und Rauch. Und offensichtlich werde ich ja erwartet. Sogar extrem nett erwartet.

Lilli schnappt sich einen Füllfederhalter und zeigt damit auf ein Feld auf einem Formular. »Der Name reicht, den Rest mache ich dann schon. Welcher darf es denn sein?«

Schräg! Allerdings auch nicht schräger, als im falschen Hotel zu landen. »Susanna ...«, sage ich vorsichtig.

»Ah, verstehe. Ganz nah bei der Wahrheit zu bleiben ist natürlich die beste Tarnung.« Schwungvoll schreibt sie mit royalblauer Tinte meinen Namen auf das Formular. Beim Nachnamen sieht sie mich neugierig an.

»Spatz?«, schlage ich vor. Ich weiß, ich weiß, mein Nachname klingt lustig und lädt zu allerlei Späßen ein, aber ich mag ihn.

Begeistert klatscht sie in die Hände. Nur gut, dass ihr Füller sehr hochwertig ist und keine Tintenspritzer auf ihrer schneeweißen Bluse unter dem Mieder landen. »Spatz, sehr gut. Einfach und effektiv. Dann hätten wir auch schon alles. Frau Spatz.« Sie zwinkert mir heftig zu, ehe sie meinen Nachnamen notiert. »Dann begleite ich Sie sehr gern auf Ihr Zimmer. Karl wird Ihnen gleich noch einen Nachtimbiss mit den besten Schwarzwälder Köstlichkeiten richten, wenn Sie wünschen.«

Kurz höre ich in meinen Magen hinein. Jep, Schwarzwälder Köstlichkeiten sind definitiv willkommen. »Das ist nett, danke.«

»Das ist doch selbstverständlich. Bei uns ist der Gast König. Oder eben Prinzessin.« Lilli kichert und zwinkert mir erneut zu.

Was soll ich dazu sagen – in meinem *Schneeflöckchen* ist es genauso. Und mal selbst der König oder die Prinzessin zu sein finde ich famos!

Lilli kommt um den Tresen herum und geht zu meinem Koffer.

»Moment, ich habe den Taxifahrer noch gar nicht bezahlt.« Mit noch immer kalten Fingern krame ich in meiner Hosentasche nach einem Geldschein. Meistens habe ich Glück und finde einen.

Sie winkt ab. »Sie sind natürlich eingeladen. Es ist uns eine Ehre und dem Albert ganz bestimmt auch.«

»Das geht nicht.« Kopfschüttelnd ziehe ich aus der Seitentasche des Koffers meine Geldbörse hervor. »Ich bestehe darauf.«

Lilli sieht mich für einen Moment ehrfurchtsvoll an, wodurch ihre Augen hinter der gigantischen Brille riesig erscheinen. Warum trägt sie dieses in jeder Hinsicht völlig unpassende Modell? Weder passt die Farbe des Gestells zu ihren braunen Haaren, noch der Stil zu ihrem langen, eingeflochtenen Zopf und schon gar nicht zu ihrem trachtenmäßigen Outfit aus weißer Bluse, Blumenmieder und langem, schwarzem Rock. Als hätte sie morgens nach dem Zähneputzen zur falschen Brille gegriffen.

»Sie sind wirklich anders als die anderen.«

Verwirrt schüttele ich den Kopf. Ich weiß, ich weiß, das haben mir schon viele Leute gesagt, aber nach fünf Minuten? Das ist in der Tat ein neuer Rekord.

»Ich lege Alberts Rechnung zu Ihren Hotelunterlagen, dann können Sie das in den nächsten Tagen ganz in Ruhe erledigen. Jetzt bringe ich Sie aber wirklich erst einmal zu Ihrem Zimmer. Es ist doch arg unhöflich von mir, Sie so lange herumstehen zu lassen, und das so spät am Abend! Die Bellwü-Schwestern dulden keine Nachlässigkeiten den Gästen gegenüber. Und ich auch nicht. Egal ob Kaiser oder Bettelmann.« Lilli schnappt sich meine Jacke, die ich mir über den Arm gelegt habe, sowie den Koffer und läuft in Richtung des altmodischen Paternosteraufzuges gegenüber der Eingangstür.

Wer oder was bitte sind diese Bellwü-Schwestern? Ich werde doch nicht in eine Art Sekte geraten sein? Klosternonnen schließe ich aus. Das Bellwü sieht eindeutig nach einem Hotel aus – einem wundervollen Hotel. Andererseits war ich noch nie in einem Kloster. Wer weiß schon, wie die heutzutage so eingerichtet sind.

Kloster oder Sekte?

Nein! Hotel. Basta.

Wieder kann ich nur den Kopf schütteln. Meine eigene Welt verwirrt mich schon oft genug, aber hier geht es noch bunter zu.

Im zweiten Stock steigen wir aus. Die Wände des Ganges sind mit honiggelbem Holz verkleidet, und auf dem Boden liegt ein waldgrüner Teppich, der die Geräusche unserer Schritte verschluckt. Selbst, wenn wir mit aller Kraft aufstampfen würden, wäre das sicher nur gedämpft zu hören.

Am Ende des Ganges sitzt vor einer Doppelflügeltür der traurigste Hund, den ich je gesehen haben. Ob das an den bodenlangen Schlappohren liegt, die ihm hin und wieder bestimmt im Weg sind? Oder eher an dem himmelblauen Wellensittich, der auf dem goldbraunen Hundekopf herum trippelt?

»Hi! Wer seid ihr denn?« Ich knie mich zu dem ungleichen Paar hinunter und lasse den Hund an meiner Hand schnuppern.

Lilli hält dem Vogel einen Finger entgegen, an dem er sogleich schnäbelt. »Das sind Herr Gustav und Vogerl.«

»Vogerl?« Ich blinzele zu Lilli hoch.

Sie nickt und lacht. »Der kam im Sommer durch das offene Fenster der Bibliothek spaziert und hat sich auf Herrn Gustavs Kopf niedergelassen. Vermutlich hat der ihn an sein Nest erinnert. Dort ist er dann gleich eingeschlafen.«

»Nein! Sie wollen mich veralbern?«

Lilli hebt die Hände. »Alles wahr! So wahr ich hier stehe.«

»Und seitdem sind sie ein Paar?«

»So ungefähr. Die beiden sind unzertrennlich. Als wir damals den Vogel von seinem Kopf nehmen wollten, hat er geknurrt. Herr Gustav hat bis dato in seinem ganzen Leben noch nicht geknurrt.«

Ein wenig pikiert sehe ich mich um. Irgendwo ist doch bestimmt eine versteckte Kamera aus dieser Dingsbums-Sendung. Und gleich springt der hyperaktive Moderator dazu aus einer Ecke und kringelt sich vor Lachen.

Nichts passiert.

Na gut, zugegeben, es gibt mehr zwischen Himmel und Erde, als man ahnt. Was weiß ich schon.

Noch immer skeptisch ziehe ich einen Flunsch und sehe dem Hund in die dunklen Schokoaugen. »Und warum sieht er so aus, als würde er die Last der ganzen Welt auf seinen Schultern tragen?«

Lilli kniet sich neben mich und zieht aus einer versteckten Tasche ihres Rockes ein paar Maiskörner hervor, die ihr gleichermaßen Hund wie Vogel aus der Hand futtern. »Herr Gustav ist ein Basset Hound.«

Ich warte, doch Lilli spricht nicht weiter. Offensichtlich soll mich diese Erklärung aufgeklärt haben. Hat sie aber nicht. »Und? Basset Hounds sind immer traurig, weil?«

»Nein, die sind nicht traurig. Ganz im Gegenteil. Sie sehen nur wegen ihrer knautschigen Haut und den Schlappohren traurig aus. Zugegeben, unser Herr Gustav ist hin und wieder recht eigensinnig, aber tief in seinem Herzen ist er eine Frohnatur. Stimmts, Herr Gustav?«

Herr Gustav wackelt mit der Nase, während sich Vogerl zu einer blauen Kugel aufplustert. Ob das Zustimmung oder Widerspruch bedeuten soll, vermag ich nicht zu sagen. Zumindest sieht Herr Gustav sehr weise aus, wie er so dasitzt und uns anblickt.

»So, genug gekuschelt, ihr zwei. Danke, dass ihr unseren neuen Gast begrüßt habt.« Der Hund und Lilli erheben sich, und während Herr Gustav von dannen schreitet, öffnet Lilli mit einem altmodischen Schlüssel die Tür zu meinem Zimmer, die ebenso kunstvoll mit Schnitzereien verziert ist wie der Tresen im Foyer.

Überwältigt bleibe ich im Eingang stehen. Nein, es ist kein Zimmer. Es ist ein Gemach, ein Salon. Es ist einfach nur wow!

Dominiert wird es von einer Fensterfront, die eine ganze Wandseite einnimmt, sowie einem Kamin, der so hoch ist wie ich und in dem ein gemütliches Feuer knistert. Davor stehen in U-Form cremefarbene Sofas, die mir zuflüstern, mich hinzusetzen und alle Fünfe gerade sein zu lassen.

Ein leichter, frischer Duft nach Holz liegt in der Luft, vermischt mit den wunderbaren Aromen süßer Orangen und saftiger Mandarinen, die in einer Schale auf dem Tisch vor den Sofas angerichtet sind.

»Und hier entlang geht es zum Schlafzimmer mit dem angrenzenden Bad.« Lilli läuft am Kamin vorbei durch eine Tür, und ich folge ihr.

Ein Traum wird wahr! Ein Himmelbett groß wie eine Blumenwiese wartet auf mich, und ich muss mich sehr zusammenreißen, um nicht loszurennen und mich hineinzuwerfen. Auch hier flackert in einem Kamin ein gemütliches Feuer und wirft seinen warmen Schein in den Raum.

Aber es ist nicht meine Wahrheit, die diesen Traum wahr werden lässt. Etwas mit scharfen Zähnen zwickt mich dahin, wo mein schlechtes Gewissen zu Hause ist. Dieses Zimmer ist definitiv nicht für mich bestimmt, sondern für eine andere Person.

»Bitte sehr, das Badezimmer.« Lilli öffnet die Tür, aber auch hier, es ist kein Badezimmer, es ist ein Badesalon. Ein eigenes Badespa für mich allein!

Mir fehlen die Worte, aber nicht Visionen davon, wie ich hier ausgiebig dusche, mich schick mache und durch das Bad tanze.

Mal angenommen, ich gönne mir diesen Luxus. Nur für eine Nacht. Verwöhne mich selbst.

Halt! Dieses Verwöhnprogramm ist viel zu teuer für mich, um wahr zu werden! Und wie ich es drehe und wende, ich bin im falschen Hotel. »Lilli, ich glaube, ich bin im falschen Zimmer. Ich hatte ein einfaches Einzelzimmer gebucht. Allerdings mit schöner Aussicht.«

»Die schöne Aussicht haben Sie hier definitiv. Kommen Sie, schauen Sie bitte selbst.« Lilli läuft quer durch das Schlafzimmer zur Fensterfront, die ebenfalls eine ganze Wand einnimmt. »Wenn Sie morgen früh hin-

aussehen, werden Sie einen Anblick unserer wundervollen Bergwelt erleben, den Sie nie wieder vergessen
werden. Dieser Ausblick ist mehr als schön, er ist atem-
beraubend.«

Momentan besteht er aus Dunkelheit und Millionen
von Schneeflocken, die im warmen Licht tanzen, das
aus dem Zimmer strömt. Das sieht jetzt schon wunderschön aus.

»Aber wo habe ich nur meine Gedanken? Ich bin immer so verliebt in unsere Zimmer, dass ich ganz vergesse, was ich eigentlich tun will.« Fröhlich lachend
dreht sich Lilli zu mir um. »Sie machen sich jetzt frisch
und ich rufe Karl an, damit er Ihnen etwas Feines zu
essen heraufschickt. Sie sehen wahrlich müde aus.«

Oh ja, ich bin wahrlich müde. Eigentlich sogar viel zu
müde, um etwas zu essen. Am liebsten würde ich mich
so wie ich bin auf das Bett werfen und dösen. Allerdings
klebt mir noch immer die nassgespritzte Hose an den
Beinen, und meine Haare pappen mir im Gesicht. Eine
Dusche in diesem Megabad wäre schon ein gewaltiger
Schritt in die richtige Richtung.

Was solls. Selbst wenn sich morgen herausstellt, dass
ich aus Versehen im falschen Zimmer gelandet bin,
wird mich das schon nicht in den Ruin treiben. Und
einmal eine Nacht in Luxus schwelgen, wer kann da
schon nein sagen. Also ich mit Sicherheit nicht. Zumal
ich neugierig bin auf diesen phänomenalen Ausblick,
der mir soeben versprochen wurde. Wer wäre ich,
wenn ich dieses Angebot ablehnen würde.

Und wenn die wirkliche Person ankommt, für die dieses Zimmer bestimmt ist? Ich sehe mich schon in

Schimpf und Schande, nur in meinem Nachthemdchen, vom Hof gejagt. Einsam und verirrt in der Schwarzwälder Bergwelt. Gestrandet in einer Holzhütte fernab jeder Zivilisation, als Gesellschaft nur ein paar Ziegen und der Alm-Öhi.

Stopp! Falscher Film. Und außerdem! Um diese Zeit reist ohnehin niemand mehr an.

Hoffe ich. Wenn nicht, teilen wir uns einfach dieses Riesenbett.

Tief atme ich durch, straffe die Schultern und nicke Lilli zu. »Alles klar, wenn es nicht zu viele Umstände macht, reicht mir eine heiße Suppe und etwas Brot dazu.«

»Sehr gern.« Lilli schaut mich für einen langen Moment verträumt an und kramt in einer unsichtbaren Tasche ihres Rockes, dabei raschelt der feine Stoff und glänzt schwarzsilbern im Licht der Wandleuchter. Sie zieht ein Klapptelefon daraus hervor und zeigt damit auf das Bad. »Machen Sie sich gern frisch, ich kümmere mich um das Essen.«

Ehrfurchtsvoll gehe ich ins Bad und trete ans Waschbecken. Wie Seide fühlt sich die duftige Seife auf meiner Haut an, und ich wasche mir die Hände so gründlich wie noch nie. Dabei bin ich gründliches Händewaschen aus dem *Schneeflöckchen* gewohnt. Aber mit dieser Wunderseife ist es ein ganz eigenes Vergnügen. Mmh, wie meine Haut nach rotem Wildapfel duftet.

Während ich mir die Haare trocken rubbele, höre ich Lilli durch die offene Tür nebenan telefonieren. »N'obe Karli, kochest mi ei Flädlisubb und bringscht mi a Burebrot.«

Ich hoffe sehr, dass ich zum Abendessen wirklich eine Suppe und etwas Brot bekomme, auch wenn es sich nach etwas ganz Anderem anhört.

Ach, was solls. Wird schon gut gehen, bisher ist ja alles an diesem Hotel wunderbar. Zwar merkwürdig, aber wunderbar.

Lilli spricht jetzt leiser, und ich will selbstverständlich nicht lauschen, aber ich höre nun mal sehr gut. »Is fürs Sundig-Zimmer. Fü de Prinzessin. Weißt scho, die, die au koche kann.«

Kurz ist es leise, dann lacht Lilli. »Hast verschwitzt? Weischt eh, is de Prinzessin Susanna Leonore Karoline von Hollerburg!«

Kapitel 3

E wie Eigen

Elisen-Eis

Süße Mandeln, würzige Haselnüsse, saftige Zitronen, dazu Orangen, Zucker, Honig und Zimt, Anis, Nelke und Kardamom, verrührt in cremigem Mascarpone, gefroren zu einem Eistraum, betupft mit Oblatenstücken.

Ich bin eine Prinzessin?

Gefühlt wachse ich um einen halben Meter, aber vielleicht schwebe ich auch über dem Boden. So oder so, ich fühle mich königlich.

Mit zwei Fingern lege ich das Handtuch elegant über die Stange. Leider holt mich mein Spiegelbild beim Hinausgehen aus dem Bad schnell wieder auf den Boden der bürgerlichen Tatsachen.

So sehen keine Prinzessinnen aus. So sehen müde, durchgeweichte, angekratzte Reisende aus.

Ich bin keine Prinzessin. Die Prinzessin, die gemeint ist, steht hier nicht in diesem Luxusbad.

Prinzessin Susanna Leonore Karoline von Hollerburg?

Habe ich den Namen nicht schon mal gehört?

Gelesen?

Könnte das die Schwester von der Dings-Kate aus Großbritannien sein?

Wohl kaum. Oder vielleicht doch? Was weiß ich schon von den ganzen Adelssprösslingen.

Ich weiß ja nicht einmal etwas über echte Sprösslinge. Schmerzhaft zieht sich mein Magen zusammen und ich atme heftig aus, um den Krampf zu lösen. Wieso nur kämpfe ich so verzweifelt gegen etwas, was gar nicht da ist? Das ist doch sonst nicht meine Art.

Mit zusammengekniffenen Augen starre ich mich im Spiegel an, als könne mir das Bild darin eine Antwort geben.

Doch alles was ich sehe, sind rote Haare und Fältchen um den Mund, die mich griesgrämig dreinblicken lassen, weil ich die Lippen zu fest zusammenpresse. Das da bin ich nicht. Will ich nicht sein.

Trotzig strecke ich meinem Spiegelbild die Zunge heraus und verstecke die trüben Gedanken ganz tief in einer Ecke in mir, von der ich bis vor zwei Wochen nicht einmal gewusst habe, dass sie da ist.

Ich kann aus Berlin weglaufen und vielleicht auch ein Stück vor mir selbst, aber hier kann ich jetzt und gleich für Ordnung sorgen.

Lilli erwartet mich im Wohnzimmersalon und deckt einen Tisch am Fenster. Würziger Suppenduft und das Aroma frisch gebackenen Brotes lassen mir das Wasser im Mund zusammenlaufen. Doch ich bin tapfer. »Lilli, ich fürchte, es liegt eine Verwechslung vor.«

Lilli streicht über die blütenweiße Tischdecke und tritt einen Schritt zurück. Lächelnd weist sie auf den Stuhl vor ihr. »Nein, Frau Spatz, ganz sicher nicht. Der Karl kocht die beste Flädlesuppe in der ganzen Gegend, und ein besseres Brot als seins finden Sie nicht.«

Magisch angezogen von dem Duft des Essens vor mir setze ich mich. »Nein, das meine ich nicht ...«

»Ist alles gut«, unterbricht mich Lilli, was mich angesichts ihrer sonstigen Höflichkeit irritiert. »Passt. Ich wünsche Ihnen eine geruhsame Nacht. Wenn Sie noch etwas benötigen, rufen Sie mich bitte mit dem Haustelefon, ich bin die Eins. Gued Nacht.« Mit einem Nicken eilt sie aus dem Zimmer.

Halbherzig hebe ich die Hand, um sie zurückzuhalten, doch da schließt sie schon die Tür hinter sich. Und ich bin allein in diesem wunderschönen Zimmer, mit einer herrlich duftenden Suppe, der Aussicht auf eine grandiose Duschsession und einem Bett wie aus einem Märchen.

Prinzessin Susanna Leonore Karoline von Hollerburg. Was bist du nur für ein Glückskeks. Vor allem, wo bist du, du Hoheit? Und bitte, bitte, komme nicht auf die Idee, jetzt oder in Zukunft anzureisen und mich aus dem Zimmer zu werfen. Für alle Fälle wappne ich mich schon mal mit dem Gedanken, dann einfach die Zwillingsschwester der Prinzessin zu sein. Die lange verschollene, von der nichts und niemand etwas wusste. Dieser emotionale Trick funktioniert immer.

Über meiner Suppe grüble ich über die Prinzessin nach. Den Namen habe ich definitiv schon mal gehört, da bin ich mir mittlerweile sicher. Allerdings bin ich keine Adelsexpertin. Über die Prinzessin aus Schweden, deren Namen ich immer vergesse, und die englische Dings-Kate komme ich kaum hinaus. Ist die englische Dings-Kate überhaupt eine Prinzessin?

Schnell löffele ich die Suppe weiter und beiße herzhaft in das Brot, ehe ich mein Handy suche. Einmal googeln. Gleich bin ich schlauer.

Tja, das wird wohl nichts mit der Schlauheit. Das weltweite Netz reicht anscheinend nicht bis auf diesen Berg.

Dafür blinken mir Toms Anrufversuche entgegen.

Na der wird Augen machen, wenn ich ihm erzähle, dass ich mit einer Prinzessin verwechselt werde. Oder lieber nicht. Vermutlich wird er mir die Leviten lesen und mich dazu drängen, Schluss mit dem *Blödsinn* zu machen.

Ich erzähle es Alma. Obwohl, meine grundsolide Cousine wird auch nur mit den Augen rollen und mir in erwachsenem Ton mitteilen, das alles schnellstmöglich aufzuklären.

Na gut, dann erzähle ich Tom halt nur, dass ich gut angekommen bin. Stimmt ja auch. Sogar sehr gut.

Schnell wähle ich seine Nummer. Doch immer wieder reißt die Verbindung ab, ehe ich ihn erreiche. Ich schreite das ganze Zimmer ab und versuche es aus jedem Winkel, und es gibt viele Winkel. Zuletzt schiebe ich seufzend eine der riesigen Verandatüren auf und gehe auf die Terrasse.

Ui, kalt, kalt. Aber auch wunderschön, wie die dicken Flocken um mich herumwirbeln.

Schließlich höre ich Toms Stimme, wenn auch sehr leise, da ich mich weit über das Geländer beuge und den

Arm strecke. Das ist äußerst unkomfortabel! »Da bist du ja endlich! Ich habe mir langsam echt Sorgen gemacht. Du bist aber schon noch in Deutschland, hoffe ich? Oder übers Ziel hinausgeschossen?«

Für einen kurzen Moment erwäge ich, mich und das Handy drei Schritte zurück ins warme Zimmer zu manövrieren und damit die Verbindung zu verlieren. Aber ich bin ja nicht so. Es ist nur die Sorge, die aus ihm spricht. Auch wenn er diese ein wenig anders formulieren könnte. »Ja, da bin ich. Es war alles ein wenig verrückt bis hierhin. Aber mir gehts prima. Ich bin wieder so gut wie trocken, habe etwas Warmes im Bauch, und mir ist auch fast nicht mehr kalt.«

In Toms Schweigen hören ich Fragezeichen.

»Ich stehe draußen auf der Terrasse, drinnen ist der Empfang mies bis nicht vorhanden.« Bibbernd schlinge ich den freien Arm um mich – und wackele bedenklich so halb über dem Geländer.

»Alles klar. Dann schnell rein mit dir. Ich bin froh, dass du endlich angekommen bist. Melde dich morgen, wenn es irgendwo besser funktioniert. Lieb dich.«

»Ich dich auch«, rufe ich ihm noch schnell zu. Tom ist nicht der Typ für langes Ich-leg-jetzt-auf-jetzt-aber-wirklich-Geplänkel.

Und so ist es. »Bis dann.« Knack, weg ist er.

»Bis dann«, flüstere ich den Schneeflocken einen Gruß zu, in die Richtung, in die ich Berlin vermute. Denn, sind Schneeflocken nicht die Schmetterlinge des Winters?

Was für ein Traum. Entzückt öffne ich die Augen. Und er ist noch nicht zu Ende, denn selbst nach dem

Aufwachen liege ich weiterhin in diesem Himmel aus Bett, unter einer riesigen Bauschedecke, die leicht ist wie eine Feder.

Träge setze ich mich auf, doch plötzlich ist alle Müdigkeit weggepustet. Vor dem Fenster erstreckt sich ein Winterwunderland. Tiefblauer Himmel über weiß verschneiten Bergen, schneebetupfte Bäume so weit ich blicken kann, und alles funkelt im goldenen Sonnenschein.

Wie schön der Winter sein kann.

Ich stopfe mir ein Kissen in den Rücken und blicke lange hinaus in diesen Märchenwald.

Erst als mein Magen gurgelnd sein Frühstück einfordert, löse ich mich von dem Spektakel da draußen und stehe langsam auf. Ich genieße es, mit nackten Füßen auf dem Flauschteppich zu laufen, während ich mich anziehe. Im Bad bin ich auch nicht schneller, und seit dem Farbunfall auf meinem Kopf wasche ich mir ohnehin gefühlt alle drei Stunden die Haare, was mit diesem waldduftenden Shampoo eine wahre Freude ist. So ein bisschen Luxus ist schon nett. Schade, dass das bald nicht mehr meine Räume sein werden, somit mache ich mir auch gar nicht die Mühe, meinen Koffer auszupacken.

Es ist Zeit, das Märchenbuch, in dem ich mich befinde, zu schließen und die Verwechslung aufzuklären. Wobei ich ganz gern in diesem Hotel bleiben würde, wenn sie noch ein Plätzchen für mich frei haben. Aber eines in meiner Preisklasse.

Bevor ich die Tür schließe, winke ich dem Zimmer einmal kurz zu, dann mache ich mich auf den Weg zum Frühstücksraum.

Im Foyer kommt mir eine ältere Dame entgegen. »Guten Morgen, Frau Spatz. Wie wundervoll, Sie bei uns begrüßen zu dürfen. Hatten Sie eine angenehme Nachtruhe?«

Ein Hauch, wirklich nur eine winzig kleine Spur, ein Fast-Nichts von Enttäuschung durchrieselt mich für einen Moment. Ich bin halt doch nur Frau Spatz und nicht Prinzessin Susanna Leonore Karoline von Hollerburg. »Danke, ich habe ganz wunderbar geschlafen.«

»So soll es sein.« Sie klatscht in die Hände und lächelt mich an. So stelle ich mir Rotkäppchens Großmutter vor. Klein und rund und von solch einer gemütlichen Ausstrahlung, dass ich mir von ihr am liebsten ein paar Kekse backen lassen möchte, während ich auf der warmen Ofenbank hocke und draußen die Stürme des Lebens toben. »Wenn Sie mir bitte folgen möchten, ich geleite Sie zu Ihrem Frühstück.« Galant zeigt die Dame auf einen Durchgang links von uns. Ich folge ihr nur zu gern, denn ein verführerischer Duft kommt uns entgegen.

Während sie vor mir herläuft, raschelt ihr glänzender, schwarzer Rock bei jedem Schritt. Sie trägt die gleiche Tracht aus weißer Bluse, geblümtem Mieder und Rock wie Lilli, allerdings kombiniert mit einem grasgrünen Tuch um den Hals und einem neongelben Gürtel um die Mitte.

Auch im Speisesaal gibt es einen Kamin, in dem ein Feuer brennt und gemütliche Stimmung verbreitet. Wie in meinem Zimmer besteht eine Wand des Raumes aus bodentiefen Fenstern, die den Blick freigeben auf die weiße Schwarzwaldlandschaft.

»Möchten Sie gern in Gesellschaft speisen oder lieber allein?« Sie zeigt zu den runden Tischen vor den Fenstern, von denen manche besetzt sind und andere frei.

»Gern in Gesellschaft, danke.«

Sie nickt begeistert und führt mich zu einem Tisch für sechs Personen. »Wenn ich vorstellen darf. Frau Spatz, das sind Herr Wilhelm, Frau Rotstein und Fräulein Lima. Und ich bin übrigens Elvira Bellwü. Fräulein Elvira Bellwü!«

Was so herrlich altmodisch klingt, ist mir dann aber doch eine Spur zu formell. »Nennen Sie mich gern Sunny.«

Herr Wilhelm, ein älterer Herr, erhebt sich und verbeugt sich erst vor Fräulein Elvira Bellwü und dann vor mir. »Sehr angenehm.«

Frau Rotstein reicht mir die Hand. »Natascha.«

»Und ich bin Fräulein Lima«, kichert das Mädchen neben ihr und beißt in seinen geflochtenen Zopf.

»Wie ich sehe, hat dir dein Frühstück nicht gereicht. Dein Zopf sieht aber auch zu lecker aus.« Lachend setze ich mich zwischen Herrn Wilhelm und Lima.

»Das ist ein Zopfeis!«

Ich nicke und begutachte den Zopf. »Und wie ich sehe, besteht es aus feinstem Karamelleis, verschlungen mit goldenem Haselnusseis. Verziert mit einer süßen Schleife aus Himbeerstreusel. Duftet es nicht auch weihnachtlich nach einem Hauch von Elisenlebkuchen?«

»Fräulein Elvira«, wendet sich Herr Wilhelm an diese. »Ich möchte bitte sofort dieses Eis.«

»Ich auch«, ruft Lima und springt auf.

Natascha stupst Limas Zopf an. »Dazu würde ich auch nicht nein sagen.«

Fräulein Elvira hebt bedauernd die Hände. »Ich fürchte, das Zopfeis ist heute leider aus.«

Alle vier ziehen enttäuscht eine Schnute, und auch an den beiden Nachbartischen haben sich interessierte Zuhörer zu uns umgedreht.

»Es sei denn ...« Ich sehe Fräulein Elvira von unten herauf schräg an.

»Es sei denn?«

Es sei denn, ich spiele meine Prinzessinnen-bekommen-Alles-Karte aus. »Es sei denn, in Ihrer Küche wäre noch ein Plätzchen frei für eine Eisliebhaberin, die Lust hat, ein Zopfeis zu kreieren.«

Fräulein Elvira blinzelt einige Male, ehe sie die Lippen spitzt. »Das ließe sich wohl einrichten.«

Die Gäste um uns herum applaudieren spontan, und in mir macht sich das geliebte Kribbeln breit, das ich immer spüre, wenn ich eine neue Eissorte plane.

Dass ich jetzt eigentlich auf dem Weg zu der Eismesse sein sollte, ignoriere ich so gut ich kann. Schließlich würde ich heute ohnehin nur dort herumschlendern und mich bemühen, bekannten Gesichtern aus der Branche auszuweichen. Auf Small Talk habe ich gerade so gar keine Lust. Es ist ohnehin unglaublich, bis wohin sich meine bevorstehende Hochzeit mit Tom schon herumgesprochen hat. Und all die Fragen, die damit zusammenhängen. Du heiratest?

Noch schlimmer sind aber die Ohs! Du heiratest? Wie schön. Bist du schwanger?

Ich bin mehr als eine Verlobte und eine Nichtschwangere. Ich bin eine Eisprinzessin, ach was, eine Eiskönigin, und kein Eiswunsch bleibt von mir unerfüllt.

Und immerhin wird hier ein sehr spezielles Eis gewünscht, und wer, wenn nicht ich, kann es herstellen? Schließlich habe ich das Zopfeis gerade zusammen mit Lima erfunden.

Außerdem sehe ich mich völlig außerstande, schon heute wieder diesen kurvigen Weg in die Stadt auf mich zu nehmen. Zurück müsste ich schließlich auch wieder.

No way! Schon gar nicht ohne anständiges Eis im Bauch.

Ich springe auf und schnappe mir ein Brötchen aus dem Brotkorb vom Tisch. »Kommst du mit?« Lächelnd reiche ich Lima den Arm.

Schnell legt sie ihr klebriges Händchen darauf. »Darf ich, Mami?«

»Wenn das für Fräulein Elvira in Ordnung geht?«

»Bitte«, bettelt Lima, während ich stumm mitbettele.

Fräulein Elvira blickt zwischen uns und dem Eingang zur Küche hin und her. »Sicher doch.« Sie räuspert sich und strafft dann die runden Schultern. »Karl wird sich über nette Gesellschaft in seiner Küche bestimmt freuen.«

Lima und ich besiegeln unseren Sieg mit einem High Five und marschieren sogleich in Richtung Küche.

»Karl, das ist Frau Spatz. Sie möchte gern zusammen mit Lima bei dir in der Küche ein ... ein Etwas zubereiten.« Fräulein Elvira nuschelt und zieht dabei ihren Gürtel mal in die eine und mal in die andere Richtung.

»Nei!« Karl sieht von seinem Schneidebrett noch nicht einmal auf.

»Kaharl! Sei nit ei Tüpflischisser. Das ist Frau Susanna Spatz! Du weißt schon!« Entschuldigend lächelt mich Fräulein Elvira an.

Jetzt sieht er doch zu uns. »Von der Lilli ihrer Zeitung?«

Fräulein Elvira nickt, winkt uns kurz zu und ist auch schon aus der Küche verschwunden.

Die Küche ist blitzblank, wie ich es nicht anders erwartet habe. Jedoch habe ich nicht erwartet, dass sie bis auf den Koch Karl leer ist. Zwar ist er ein großer, ehrlich gesagt riesiger Karl, aber eben doch nur einer.

»Arbeiten Sie in dieser Küche allein?«

»Sicher.«

Ich sehe Lima an, und die zuckt mit den Schultern. »Der Karl kann das.«

»Bist du schon länger hier?«

»Seit drei Wochen. Mama sagt, solange ich noch nicht in der Schule bin, ist die Welt unser Zuhause.«

»Das finde ich hervorragend von deiner Mutter. Und wann kommst du in die Schule?«

Lima reckt sich auf ihre volle Größe. »Im nächsten Sommer.«

»Wow, du freust dich bestimmt schon darauf. Und die Wartezeit verkürze ich dir damit, dass ich dir zeige, was sich alles so mit Sahne, Milch und Zucker anstellen lässt.« Voller Tatendrang strahle ich Karl an.

Der sieht aber eher aus, als würde ich ein Gewehr auf ihn richten. »Sahne? Milch? Zucker? Sie wollen doch nicht etwa Süßkram in meiner Küche herrichten!«

»Nein! Ich würde niemals *Süßkram* herrichten. Nur ein kleines Eis herstellen. Ein Zopfeis.«

»Das ist, das ist …«

»Das ist lecker«, helfe ich ihm auf die Sprünge. »Was bieten Sie denn Ihren Gästen als Dessert an, wenn ich fragen darf?«

»Sie dürfen. Und die Antwort liegt doch auf der Hand.« Er zeigt mit seiner Riesenhand auf einen Kühlschrank mit einer Front aus Glas. Darin befindet sich drei Torten. »Schwarzwälder Kirschtorte. Selbstverständlich!«

Ich klatsche in die Hände. »Prima, dann haben Sie auch sicher Sahne, Milch und Zucker für mich.«

Karls Gesicht verfärbt sich zu einem Ton, der eher zu saurer Sahne, vergorener Milch und schimmeligem Zucker passt.

Ganz lieb lächele ich ihn an. »Bedenken Sie doch bitte, ich bin Susanna Spatz. Sie wissen schon.«

Karl der Große schluckt ein paar Mal heftig und zeigt dann auf den Arbeitsplatz, der von seinem am weitesten entfernt ist. »Bitte, tun Sie dort, was Sie nicht lassen können. Die Zutaten zu Ihrem Nicht-Schwarzwälder-Dessert befinden sich da.« Damit zeigt er in die andere Richtung.

Mit hocherhobenen Köpfen und unterdrücktem Kichern gehen Lima und ich an Karl vorbei.

Während der sich brummend wieder seinem zuckerfreien Gemüse zuwendet, zupft Lima am Ärmel meiner Bluse. »Bist du irgendwie berühmt oder so?«

Ich schüttele den Kopf und ziehe leicht an Limas Zopf.

Nein, ich bin nicht berühmt, zumindest ist Susanna Spatz nicht berühmt. Aber Prinzessin Susanna Leonore

Karoline von Hollerburg ist berühmt, wie es aussieht. Und allmählich wird es Zeit, dass ich mehr über sie herausfinde. Aber zuerst gibt es ein Eis. Ein grandioses Zopfeis.

Kapitel 4

B wie Besonders

Butterplätzchen-Eis

Buttrige Plätzchen, fein zerkleinert, umhüllt mit einer knusprigen Zuckerhülle, verstecken sich in einem süßsahnigen Vanilleeis, bereit, auf der Zunge zu schmelzen.

Nach dem hervorragenden Eisfrühstück sprudele ich vor Tatendrang über. Sobald Lilli im Dienst ist, werde ich die Geschichte mit der Prinzessin aufklären und mein adeliges Luxusleben gegen ein normales Zimmer tauschen.

Doch so lange bleibe ich heimlich Prinzessin. No harm done.

Als erstes möchte ich mehr über meine Namensvetterin herausfinden. Da der Empfang meines Handys weiterhin äußerst bescheiden ist, frage ich Fräulein Elvira nach einem Computer. Sie führt mich in die Bibliothek des Hotels, ein gemütlicher Raum wie aus einem Rosamunde-Pilcher-Film mit samtbezogenen Lehnsesseln und deckenhohen Regalen voller Bücher.

Und tatsächlich steht auf einem zierlichen Sekretär ein Monitor. Allerdings scheint dieses Teil noch aus Bill Gates' Garagenzeit zu stammen. Das dazugehörige Equipment gehört auch eher auf den Trödel als auf einen Schreibtisch. Ist das etwa ein Modem da ganz links?

Ich versuche erst gar nicht, die Technik zum Leben zu erwecken. Dann schon lieber ganz altmodisch. Immerhin bin ich in einer Bibliothek, zwar einer kleinen, aber sei es drum.

Um mich herum befindet sich ein Sammelsurium an Büchern, was für eine Bibliothek nicht ungewöhnlich ist. Doch es lässt sich kein System erkennen. Uralte, in Leder gebundene Schinken stehen neben einem Fitzek, daneben Harry Potter. Quer darauf liegt ein Weihnachtsroman namens *Winterzauber in der kleinen Teestube*. Hm, klingt nett, das Buch nehme ich mir mit aufs Zimmer.

Hier gibt es doch sicher irgendwo auch ein Lexikon.

Ich schreite die Regale ab und werde am letzten fündig. Wenn auch anders als erwartet. Doch das überrascht mich in diesem Hotel nicht.

Breit grinsend nehme ich das Bild in mich auf. Das Regal ist gefüllt mit Zeitschriften, und zwar solchen mit vielen, vielen bunten Bildern. Fein säuberlich nach Alphabet sortiert und in Klarsichthüllen archiviert, werde ich mit großen roten Lettern darüber informiert, was die *Frau von Welt* zu wissen hat.

In einer Reihe erfahre ich von Heidi Klums fünfter Schwangerschaft, während sie zwei Reihen weiter unten geschieden wird. Ah! Und Großmutter wird sie auch – selbstverständlich von Drillingen. Eine Sensation.

Damit ist sie nicht allein, ähnliche Vorkommnisse gibt es bei Helene Fischer und Sarah Connor.

Wohingegen unsere deutsche Männerprominenz eher zum Verlassen und Kränkeln neigt. Wie dramatisch!

Ich schnappe mir fünf Zeitschriften, die das Wort *Adel* im Titel führen, und kuschele mich in einen der Sessel am Fenster. Während unseres Zopfeisfrühstücks hat es wieder zu schneien begonnen, und mittlerweile schweben Millionen von Wattebällchen vom Himmel.

Es war die richtige Entscheidung, nicht hinunter zur Eismesse zu fahren, wer weiß, in welch schlechtem Zustand die Straßen sind. Vermutlich darf gar kein Auto mehr auf die Straße, und Laufen ist definitiv zu weit!

Tom würde mit dem Rad fahren. *Geht schon! Ist ja nicht glatt, Schnee gibt guten Grip, mit dem richtigen Profil und guten Sachen passt das.* Ich sehe ihn vor mir, wie er durch das Schneegestöber mit seiner neongelben Jacke auf seinem alten Charly auf mich zu radelt.

Tom würde sich hier wohlfühlen. Alles ist irgendwie aus der Zeit gefallen und ursprünglicher, ruhiger und entspannter als in Berlin. Es fühlt sich gut an. Selbst für mich.

Ich vermisse Tom noch ein wenig, ehe ich mich in die Artikel der einschlägigen Adelsexperten-Magazine vertiefe.

Oh! Kates Tochter geht auch schon zur Schule. Meine Güte, wie die Zeit vergeht. Meghan Markle ist viel unterwegs. Wow, wie hübsch kann eine Frau eigentlich sein. Und Prinzessin Eugenie muss wichtige Entscheidungen treffen. Müssen wir das nicht alle? Wer ist eigentlich Prinzessin Eugenie?

Egal! Ich blättere schneller durch die bunten Blättchen und finde endlich, was ich suche. Prinzessin Susanna Leonore Karoline von Hollerburg, inkognito im Urlaub im Schwarzwald. Ha! Da bin ich ja. Also nicht direkt ich, aber sozusagen mein anderes Ich.

Neugierig beuge ich mich über den Text und überfliege ihn … teurer Skiurlaub … Luxushotel … ausschweifende Partys … Kaviar und Champagner …

Was zum Teufel steht da? Nichts davon ist wahr. Weder ist die Prinzessin hier zum Skifahren, noch wohnt sie in einem Luxushotel, von ausschweifenden Partys ist weit und breit nichts zu sehen und hören und zum Frühstück gab es Zopfeis statt Fischeier.

Das Einzige, was stimmt, ist die Sache mit dem Schwarzwald. Also theoretisch, wenn sie denn hier wäre. Merkwürdig.

Immerhin informiert mich ein winzig kleines Kästchen am Rand über die wahre Prinzessin Susanna. Sie ist siebenundzwanzig Jahre alt, hat einen Master in Buchwissenschaft, ist eventuell verlobt, schwanger, geschieden oder Single aus Leidenschaft, und die alleinige Erbin des Titels derer von Hollerburg.

Auf den Fotos ist eine sportliche Frau zu erkennen, deren rote Haare ein wahrer Blickfang sind. Mal sind sie glatt, mal sanft gewellt, dann wieder wild lockig, mal mit Pony, mal ohne, und das immer über riesigen, heidelbeerblauen Augen. Und wenn ich es nicht besser wüsste, könnte das auf all den Fotos auch ich sein, seitdem ich die roten Haare habe, so sehr ähneln wir uns.

Na gut, ihr Haar ist wesentlich voller und mähniger als meines und ihre Haltung ist gerader, aber irgendwie, so beim darüber hinwegschauen ...

Die Frau hätte mir doch viel früher schon mal auffallen müssen. Gut, ich bin nun keine regelmäßige Leserin dieses Zeitschriften-Genres, aber hin und wieder beim Zahnarzt blättere ich sie doch ganz gern durch.

Vielleicht waren meine eigenen Haare einfach zu blond bisher, als dass mir die Ähnlichkeit aufgefallen wäre.

Meine vermurkste Tönung hat mir also diesen Prinzessinnentitel eingebracht. So kann es gehen im Leben. Andere müssen für so etwas viel mehr bezahlen als fünf Euro fünfzig in der Drogerie.

Und bitte, wer ähnelt einer Prinzessin schon so sehr wie eine Schwester?

Vielleicht ist sie sogar meine Schwester! Meine lang vermisste Zwillingsschwester!

Ich starre intensiv meine Prinzessin-Zwillingsschwester in der Zeitschrift an. Sie starrt tapfer zurück. Mehr passiert nicht und viel schlauer als zuvor bin ich noch immer nicht. Und wenn ich ehrlich bin, ist es egal, denn ich muss den Irrtum aufklären. Sie wird bestimmt bald hier auftauchen. Ich habe es lange genug hinausgezögert. Wenn ich weiterhin warte, lässt es sich nicht mehr erklären. Nicht einmal von mir, und im Erklären bin ich nicht nur Prinzessin, sondern Königin.

Als ich von den Zeitschriften aufsehe, zucke ich zusammen. Vor mir hockt Herr Gustav, auf dem Kopf Vogerl. Fast hatte ich diese bizarre Begegnung von gestern Abend ins Reich der Träume geschoben. Falls ich jetzt nicht auch träume, ist dieses Zweiergespann durchaus real.

Ruhig blickt mich der Hund an. Vogerl zwitschert währenddessen begeistert los.

»Hi, Herr Gustav.« Irgendwie fühle ich mich unter dem Blick des Hundes ertappt. »Ich weiß, ich weiß, hier steht viel Erfundenes drin. Ich lese die eigentlich gar nicht. Aber der Computer da hinten in der Ecke ist so alt, und ich will doch wissen, wer ich bin. Also ich meine, wer diese Prinzessin Susanna ist …«

Echt jetzt? Ich rede mit einem Hund? Noch viel schlimmer, ich rechtfertige mich vor einem Hund mit einem Vogel auf dem Kopf. Aber der guckt so wissend!

»Ich lege die mal wieder zurück und gehe dann, okay?« Vorsichtig entrolle ich die *Adel für uns* und richte den Stapel auf meinen Knien.

Legt der Hund die Stirn in Falten?

»Und dann gehe ich Lilli suchen.«

Mit einem Mal verstummt der Wellensittich auf Herrn Gustavs Kopf, steckt sein Köpfchen unter einen Flügel und lässt sich von dem Hund aus der Bibliothek tragen.

Mir ist ja schon viel Merkwürdiges in meinem Leben passiert, aber das kommt unter die Top Ten!

Seufzend stehe ich auf und lege die Zeitschriften zurück ins Regal, säuberlich wieder eingetütet in ihre Hüllen. Es sind schon merkwürdige Lektüren, und sie fallen genauso aus dem Rahmen des Hotels wie der traurige Hund mit dem Wellensittich auf dem Kopf und der quietschgelbe Gürtel von Fräulein Elviras Tracht.

Dann beschreite ich den Weg zurück in mein bürgerliches Leben. Weit komme ich nicht. An der Tür treffe ich auf eine junge Frau, und kurz tanzen wir den Rechts-links-rechts-links-Tanz, der aufgeführt wird, wenn zwei Menschen aneinander vorbeiwollen und dabei stets in dieselbe Richtung ausweichen.

»Sorry.« Lachend hebe ich die Hände und bleibe stehen. »Sie suchen sich aus, wo Sie an mir vorbei möchten, ich halte still.«

»Sehr großzügig.« Sie lacht ebenfalls und knickst vor mir, ehe sie an mir vorbei in die Bibliothek tritt, drei dicke Wälzer auf dem Arm. »Haben Sie etwas zu lesen gefunden?«

»Sagen wir, ich habe eine Menge Bilder mit einigen fantasievollen Texten dazu gefunden.« Locker lehne ich mich an den Türrahmen.

»Ah ja.« Sie schüttelt den Kopf und pustet sich eine schwarze Haarsträhne aus dem Gesicht.

Mit einem Ruck stehe ich wieder gerade. Diese Augen habe ich gerade gesehen, zwar in Kombination mit einer anderen Haarfarbe, aber es sind definitiv dieselben Augen. »Sie sind Prinzessin Susanna Leonore Karoline von Hollerburg!«

»Nein! Bin ich nicht! Sie müssen mich verwechseln. Das passiert mir oft.«

Ich weise ich auf die bunte Magazinschar hinter ihr. »Da drin befinden sich viele Bilder, und wenn ich nicht gerade eine Sehschwäche habe, von der ich nichts weiß, sind Sie auf denen eindeutig abgebildet.«

Sie lächelt schief. »Zwillingsschwester?«

»Wäre eine akzeptable Erklärung, die ich mir selbst auch schon ausgedacht habe. Zumindest vom Alter her könnte es stimmen, aber der Rest ...«

Aus dem Flur sind Stimmen zu hören. Hektisch lässt die Prinzessin die Bücher auf einen der Lesesessel fallen und zieht mich ins Zimmer, ehe sie in den Flur ruft. »Bitte verzeihen Sie, die Bibliothek hat geschlossen! Inventur.« Damit drückt sie die Tür zu und schließt sogar ab.

Wow! Ich bin in einem Raum mit einer echten Prinzessin. Sie sieht zwar völlig normal aus, aber sei es drum.

Für einen Moment sehen wir uns ruhig an. Schließlich kommt sie auf mich zu und reicht mir die Hand. »Sie gefallen mir. Darf ich mich vorstellen: Susanna Leonore Karoline Prinzessin von Hollerburg alias Sanna Schneider.«

»Angenehm. Susanna Spatz alias Prinzessin Susanna Leonore Karoline von Hollerburg.«

»Nein! Ist nicht wahr! Sie wurden von Lilli mit mir verwechselt?« Lachend zieht sie mich zu einem Sofa, und wir setzen uns.

Ich zeige auf meinen Kopf. »Sind vermutlich die roten Haare.«

Die Prinzessin runzelt die Stirn, während sie das Unglück dort oben betrachtet. »Vermutlich.«

»Keine Sorge, die sind nicht echt. Das war ein Farbunfall epischen Ausmaßes. Ich arbeite bereits daran.« Und wenn ich mir in den nächsten vierundzwanzig Stunden noch vierundzwanzig Mal die Haare waschen muss!

Sie zeigt auf ihre eigenen Haare. »Meine auch nicht. Und ich hasse es!«

Mitfühlend nicke ich. »Wir könnten hier und jetzt feierlich geloben, nie und nimmer mehr unseren wunderschönen Haaren farbige Gewalt anzutun.«

»Heute würde ich dem ganz und gar zustimmen. Aber morgen ...«

Sie hat recht. Wer weiß schon, was einem die Zukunft verspricht.

Erneut reicht sie mir die Hand. »Lassen wir das Gesieze, ich bin Sanna.«

»Gern. Meine Freunde nennen mich Sunny.« Wahnsinn! Ich bin mit einer Prinzessin befreundet. Ein Traum wird wahr. »Aber Moment, gibt es da nicht irgendeinen Adelsknigge oder so, den ich unbedingt einhalten muss?« Bin ich überhaupt standesgemäß gekleidet? Darf ich Jeans tragen?

Prustend winkt sie ab. »Bestimmt. Aber dafür bin ich nicht hier.«

»Darf ich neugierig sein?« Fragend ziehe ich die Augenbrauen in die Höhe.

Genau wie sie.

Ich werte das mal als ja. »Warum bist du hier? Ich meine, warum bist du nicht als du selbst hier? Sie scheinen dich ja durchaus zu erwarten.«

»Eigentlich wollte ich inkognito Urlaub machen, du weißt schon, ohne den ganzen Rummel und das Tamtam um meine Person. Aber irgendein Heini von der Boulevardpresse hat schon wieder Wind davon bekommen und mich durch die Klatschblätter gejagt.« Sanna gestikuliert wild und zeigt zu der einschlägigen Lektüre.

Mein schlechtes Gewissen meldet sich, da auch ich mein Wissen bisher nur aus diesen Zeitschriften habe. Aber zu meiner Ehrenrettung, ich wollte vorher googeln!

»Dieses Mal hatte ich aber keine Lust mehr, alles wieder umzuplanen, und das Zeug auf meinen Haaren hatte auch schon ganze Arbeit geleistet.« Sie verzieht den Mund zu einer Schnute und wickelt sich eine Haarsträhne um den Finger. »Aber dann kam Lilli.«

Neugierig rutsche ich auf dem Sofa nach vorn. »Hey, weitererzählen!«

Doch sie sieht mich nur mit einem breiten Lächeln an und zwinkert mir zu.

Mit einem Finger tippe ich mir an die Stirn. »Na klar, und dann kam Lilli und hat dich als dein Alias begrüßt, und du konntest gar nicht anders, als Sanna Schneider zu sein. So wie bei mir.«

»Genau.«

»Und wer bitte ist dann diese Sanna Schneider?«

Die falsche Sanna Schneider steht auf und breitet die Arme aus. »Die neue Bibliothekarin dieses Etablissements, die hier für Ordnung sorgen soll. Lilli war überglücklich, dass sich endlich jemand auf ihre Stellenanzeige gemeldet hat. Meine Papiere wurden mir während der Anreise leider gestohlen, aber ich bin dabei, mir neue zu besorgen.«

»Nein!«

»Oh doch! So wahr ich hier stehe.«

»Aber irgendwo muss doch dann die echte Sanna Schneider sein? Oder lass mich raten! Die ist die neue Reitlehrerin?« Die echte Reitlehrerin wäre dann das falsche Zimmermädchen und dieses wiederum der falsche Koch, der ein Gast wäre. Vielleicht Natascha mit ihrer echten – oder unechten – Tochter Lima. Ha! Das Spiel lässt sich beliebig fortsetzen.

Sanna zeigt auf mich. »Nein, die Reitlehrerin gehört zum Inventar des Hotels, und das seit bestimmt hundertzwanzig Jahren, allerdings ist sie ebenso streng wie topfit! Wobei, der Stallbursche ist neu. Und wenn ich Bursche sage, dann meine ich Bursche. Oh, là, là, was für ein Anblick!«

»Reiten warst du auch schon?«

»Und Ski fahren!«

»Seit wann bist du denn schon hier?«

»Vor drei Tagen bin ich angekommen.« Sanna setzt sich wieder zu mir auf das Sofa.

Für einen Moment schweigen wir. Mein Blick schweift über Sannas schwarzen Schopf hinweg zum Fenster, hinaus in dieses wundervolle Winterwunderland. Ich spüre, wie sie mich anblickt.

»Wir sollten das mit Lilli klären.« Schweigen ist nicht mein Ding, und so wende ich mich mit einem schiefen Lächeln wieder Sanna zu. »Es war echt cool, mal eine Prinzessin zu sein.«

Bedächtig wiegt sie den Kopf hin und her. »Wir sollten es klären, ja. Aber nicht gleich. So richtig hattest du doch noch gar keine Gelegenheit, das Prinzessinnenleben auszukosten.«

Bilder aller fünfzehn Disneyprinzessinnen ploppen in meinem Kopf auf. Es wird gelacht, gesungen und getanzt, geliebt, gekämpft und Mut bewiesen. Nie wieder würde ich so nah an meine Idole herankommen. Außer in Disneyland natürlich. Aber das kann ja jede! Selbst, wenn sie nicht einmal alle Disneyprinzessinnen aufzählen kann. Nach Alter sortiert. Oder dem Herkunftsland.

»Sunny?«

Mit einem Schnipsen von Sannas Fingern bin ich zurück aus Elsa und Annas Königreich Arendelle. Mein Sunnyherz will unbedingt weiter Prinzessin sein, aber mein Sunnykopf meckert und erinnert mich an meine Nichthochzeit mit Tom – mit allem Drum und Dran. Fast hätte ich ihn verloren. Meine Flunkereien damals, dass Tom und ich heiraten werden, obwohl es zu diesem Zeitpunkt noch nicht so war, wurden einfach zu groß und irgendwann waren es keine Flunkereien mehr, sondern Lügen. Womit ich Menschen getäuscht hatte, die mir am Herzen liegen.

Nein! Ich bin gereift und erwachsen geworden. Ich übernehme Verantwortung, auch außerhalb meines *Schneeflöckchens*! »Das ist echt verlockend, weiter in dein Leben einzutauchen, aber es ist nicht richtig.«

»Falsch aber auch nicht.«

Wow, Sanna kann es echt mit meiner verdrehten Welt aufnehmen. Ob sie das auf der Prinzessinnenschule gelernt hat?

Sie rümpft die Nase und sieht auf die Uhr an ihrem Handgelenk. »Im Übrigen ist es ohnehin zu spät, befürchte ich.«

»Was meinst du?« Da ich selbst keine Armbanduhr trage, suche ich im Raum nach einer Uhr. »So spät kann es doch noch gar nicht sein.«

Sanna erhebt sich und schließt die Tür wieder auf. Sie blickt hinaus in den Flur und kommt dann zurück, gefolgt von Lilli. Mit einem Stapel Zeitschriften auf dem Arm.

Als sie mich sieht, drückt sie die bunten Blättchen fest an die Miederbrust, ihre Wangen röten sich und ihre Augen werden kugelrund hinter der übergroßen Brille. »Da sind Sie ja! Oh, wie ich mich freue! Herzlichen Glückwunsch, *Frau Spatz*!«

Kapitel 5

E wie Elegant

Eierlikör-Eis

Cremiges Eigelb, weißer Rum und fluffige Schlagsahne umarmen zartschmelzendes Bourbon-Vanilleeis auf einem Bett aus warmen Zimtwaffeln, getoppt von Herzkirschen mit einem Hauch Piment.

Ich ziehe die Stirn kraus und sehe von Lilli zu Sanna und wieder zurück. »Ähm, danke sehr. Aber wofür bitte?«

Lilli lacht und winkt kichernd ab. »Sie nun wieder. Vor mir müssen Sie sich doch nicht verstecken.«

»Von meiner Seite natürlich auch die allerherzlichsten Glückwünsche.« Sanna stellt sich neben Lilli und grinst genauso breit, dabei stupst sie sie leicht an und weist mit dem Kopf auf die Zeitschriften in ihren Armen.

»Ausnahmslos alle wichtigen Blätter berichten!« Begeistert fummelt Lilli eine Zeitschrift nach der anderen vom Stapel und dreht die Cover in meine Richtung.

»Hier die *Adel der Woche*, die *Adel der Frau*, *Die Krone*, *Frau nach Maß* und sogar die *Royals für uns*!«

Ein Rausch aus bunten Bildern mit dicken, noch bunteren Überschriften prasselt auf mich ein. Und während ich einen Blick erhasche auf Versprechungen wie *Flacher Bauch ohne Sport* und *Wohntipps für alle Sternzeichen*, ist doch eine Schlagzeile immer gleich:

Prinzessin Susanna Leonore Karoline von Hollerburg – weihnachtliche Blitzhochzeit im Schwarzwald.

Ich springe vom Sofa auf. Oh wow! Die Prinzessin heiratet. Um ein Haar gratuliere ich ihr, erinnere mich aber rechtzeitig daran, dass ich sie bin und halte mitten in der Bewegung inne.

Die Fotos erscheinen mir suspekt. Ich kneife die Augen zusammen und betrachte sie genauer. Ausnahmslos alle Bilder sind verschwommen. Zu erkennen ist lediglich eine rothaarige Person, mal mehr und mal weniger in Profilansicht, meist jedoch nur von hinten. Wenn ich es nicht besser wüsste, könnte das wirklich ich auf den Fotos sein!

»Herzlichen ...« Mich räuspernd, lasse ich die Arme, die ich zu einer Umarmung ausbreiten wollte, sinken. »Ich meine, herzlichen Dank euch zwei.«

»Aber immer doch.« Sanna deutet eine leichte Verbeugung an. »Ich muss mich jetzt entschuldigen, ich habe Herrn Wilhelm versprochen, mir die Buchschätze anzusehen, die er mitgebracht hat.« Noch während sie spricht, dreht sie sich um und eilt aus dem Zimmer.

»Moment!«, rufe ich ihr hinterher und lächele Lilli entschuldigend an. »Ich habe noch ein paar Fragen, ähm zu, zu royalen Büchern und so!«

Doch Sanna bleibt mir mehr als ein paar Antworten schuldig, denn als ich an der Tür ankomme und in den Flur sehe, ist er leer.

»So ist sie, unsere neue Bibliothekarin. Mal hier und mal dort und immer sehr beschäftigt.« Lilli wuchtet die Zeitschriften auf einen Tisch und stellt sich freudestrahlend vor mich hin. »Aber bei Adelsfragen bin ohnehin ich die Expertin. Wie kann ich Ihnen helfen?«

Ganz ehrlich? Manchmal kann selbst ich mir nicht mehr helfen.

Schon vor einer Weile hat mich Lilli in der Bibliothek allein gelassen – allein mit sieben Milliarden Gedanken.

Ich stütze die Ellenbogen auf das Fensterbrett und sehe hinaus in die Schneelandschaft. Mir schwirrt der Kopf, und mein Magen kreiselt vor sich hin. Habe ich nicht meine Lektion bei der Nichthochzeit mit Tom gelernt? Ich hatte mir selbst versprochen, mir keine Geschichten mehr auszudenken, die mein Leben aufpeppen. Immerhin ging die Nichthochzeit gut aus und Tom und ich sind mittlerweile wirklich ein Paar und verlobt.

Andererseits bin ich einvernehmlich mit der echten Prinzessin eine Prinzessin. Ich helfe ihr nur. Es muss schrecklich sein, immer von der Presse verfolgt zu werden und bei jedem Schritt aufpassen zu müssen.

Es ist eine gute Tat, die ich vollbringe! So kann Sanna ganz privat ihre Hochzeit planen. Zusammen mit mir.

Oder?

Ich friemele das Handy aus der Hosentasche und suche nach meinem Lieblingsfoto von Tom. Entspannt sitzt er auf dem Mäuerchen zwischen meinem *Schneeflöckchen* und seinem *Veloziped*. Sein Heidelbeereisblick richtet sich direkt auf mich, und er lächelt mich an, die schwarzen Haare leuchten im Sommersonnenschein. Ein seliges Kribbeln breitet sich in warmen Wellen in mir aus. In wenigen Tagen werde ich meine Hochzeitsnacht feiern ... ich meine, meine Hochzeit. Und dann die Hochzeitsnacht ...

Ein altmodischer Pington kündigt mir eine SMS an. Ich wusste nicht, dass es die überhaupt noch gibt.

Von Tom! Wow! Das ist meine erste SMS von Tom!

Tu nichts, was ich nicht auch tun würde. VG T

Das ist mein Zeichen! Selbst Tom ist damit einverstanden, dass ich der Prinzessin helfe!

Erleichtert schlendere ich aus der Bibliothek und mache mich auf die Suche nach Sanna. Es gibt so viel zu tun. Lilli hat mir vorhin schon eine Tonne voll Fragen zur Hochzeit gestellt, die ich nicht so recht beantworten konnte.

Da ich Sanna nirgends finde, erbettele ich mir von Karl ein saftiges Schinkensandwich und eine heiße Schokolade und mummele mich mit einer Decke auf einer der Terrassen ein, die das Hotel umgeben. Die dicksten Wolken haben sich verzogen, und es schneit nicht mehr. Warm eingepackt genieße ich die Sonne in meinem Gesicht und kann mich gar nicht sattsehen an dem blauen Himmel über den weißen Bergen.

Hier bekommt das Wort Winterhochzeit eine ganz andere Bedeutung als in Berlin. Schon da habe ich sie mir hochromantisch ausgemalt, weswegen wir uns auch für eine Hochzeit am Heiligen Abend entschieden haben. Na gut, ich wollte unbedingt am wundervollsten aller Abende feiern, Tom dagegen hätte mich auch an jedem anderen Tag geheiratet.

Aber hier, in dieser weißen Pracht, umgeben von magisch verschneiten, funkelnden Tannen, in einem Schlitten gezogen von stattlichen Schimmeln mit feinen Glöckchen in den Mähnen ... In Berlin wartet mein Hochzeitskleid aus watteweichem Chiffon auf mich, hier würde ich eines aus schwerem Satin und feiner Brokatspitze wählen. Und einen seidenen Schleier, meterlang, bestickt mit silbernen Eiskristallen ... und eine Krone! Ist eine Krone zu viel für eine Prinzessin? Oder ein Diadem, ja, definitiv ein Diadem! So ein wundervolles wie die junge Queen in der Serie *The Crown*.

»Schöne Frau, darf ich dir meinen Stehplatz anbieten?«

Noch in der Millisekunde, in der ich aufblicke, katapultiert mich mein Leben Lichtjahre zurück in eine Zeit, in der die Sommer wie Versprechen aller Möglichkeiten vor mir lagen. Eine Zeit voller Erdbeereis, hingekritzelter Seiten in geheimen Tagebüchern und unendlichen Wünschen an das Universum.

Eine Zeit restlos angefüllt mit Träumen und Sehnsüchten, die noch keine Namen hatten, eine Zeit, in der ich alles war und doch noch nichts wusste.

In diesem einen Sommer ging mir mein blonder Pferdeschwanz noch bis zur Hüfte, ich strahlte endlich wieder zahnspangenlos mit der Sonne um die Wette und verbrachte meinen ersten Urlaub ohne Eltern in einem Feriencamp in Südschweden.

Und da war dieser Junge, der es nicht nur in meine Tagebücher und meine kichernden Unter-der-Bettdecke-Gespräche mit Alma schaffte, sondern auch in meinen Stolz.

Schönes Mädchen, darf ich dir meinen Stehplatz anbieten? So sprach er mich an, abends am Lagerfeuer, mit so tiefblauen Augen wie der See Bolmen am helllichten Tag, sein dunkelbraunes Haar perfekt, nicht zu kurz und nicht zu lang.

Er setzte sich zu mir, ließ mein Herz flattern und blickte mich an, wie mich noch nie jemand angeblickt hat. In diesem Moment war ich die Eine.

Dann küsste er mich. Und was tat ich, ungeküsst bis zu diesem Moment? Ich spitzte die Lippen und schmatzte ihn ab. Laut und deutlich, selbst das Knistern des Feuers konnte es nicht übertönen.

Nur das Gelächter der anderen ist lauter gewesen ...

Zurück im Hier und Jetzt rast mein Herz und die Erinnerung an meinen ersten schamvollen Kuss dauert nicht länger als ein Wimpernschlag. Wieder erlebe ich diesen Augenblick, den ich so gründlich aus meinem Leben radiert hatte.

Diesen Kuss gibt es nicht mehr! Weder in meinen Tagebüchern noch in meinen Gedanken. Ich habe selbst die Seiten, die vor und nach dieser Episode von mir niedergeschrieben wurden, fein säuberlich herausgetrennt, in tausende Schnipsel gerissen und verbrannt.

Und doch sitze ich jetzt hier, stumm vor Schreck, und starre in diese blauen Augen aus der Vergangenheit. Allerdings erinnern sie mich jetzt nicht mehr an den wundervollen See in Schweden, sondern an geschmolzenes Schlumpfeis. Grauselig! Definitiv das einzige Eis, das ich nicht mag. Und noch nie gemacht habe. Und nie machen werde.

Also habe ich gestern am Bahnhof doch nicht halluziniert, als ich glaubte, ihn wiederzusehen. Manuel Krause. Die erwachsene Ausgabe des Teenagers von damals. Das dunkelbraune Haar genauso zur Seite gekämmt, wie ich es von früher kenne, die hellblauen Augen noch immer wässrig, akkurat gekleidet wie eh und je, alles passt bis ins Detail zusammen. Selbst die holzige Parfumwolke, die mich benebelt, ist die gleiche wie in den Sommerferien. Nur dass sie mittlerweile echt fies riecht. Stinkt.

Echt jetzt? Dieser Kerl benutzt nach fünfzehn Jahren noch immer diesen blöden Spruch?

Kann es sein, dass er damit schlicht und ergreifend Erfolg hat?

Nein!

Zumindest nicht bei mir. Denn endlich erwache ich aus meiner Starre, klappe den Mund zu und schüttele den Kopf. Betont uninteressiert blicke ich an ihm vorbei.

Anscheinend gebe ich ihm Anlass, sich eingeladen zu fühlen, denn er zieht sich einen Stuhl heran und setzt sich neben mich. Sehr nah neben mich, wobei mich seine holzige Parfumwolke schon vorher benebelt hat.

»Was für ein Anblick. Meine Mission macht sich jetzt schon bezahlt.«

Aus den Augenwinkeln sehe ich, wie er mich breit angrinst. Alles in mir schreit nach Flucht.

Und was bitte hält mich eigentlich hier? Warum stehe ich nicht einfach auf und gehe? Ich muss mich nicht bequatschen und anstarren lassen.

Es ist ganz einfach. Ich stehe auf, lege die Decke zurück auf den Stuhl und gehe an ihm vorbei zurück ins Hotel. Ohne ein Wort, ohne einen Blick zu ihm.

Okay, aus den Augenwinkeln beobachte ich ihn weiter, und Worte schallen zu Dutzenden durch meinen Kopf. Aber das weiß er ja nicht.

Mein Herz klopft noch immer zu schnell, als ich meine Zimmertür hinter mir zuknalle.

Manuel Krause! Echt und in Farbe, ausgerechnet hier!

Kann es sein, dass mich dieser Kerl nicht einmal erkannt hat?

Wie es aussieht, hat er keine Ahnung, wer ich bin und dass er mein kleines, unschuldiges Teenagerherz zerbröselt hat.

Für einen Moment überlege ich, zurückzugehen und ihm all die Sätze an den Kopf zu knallen, die ich ihm schon immer zubrüllen wollte – ehe ich das alles in mir weggesperrt, ausradiert und ungeschehen gemacht habe.

Meine Wut wächst, und ich tigere im Zimmer auf und ab. Wobei ich nicht einmal genau sagen kann, warum ich auf einmal so wütend bin.

Wäre mein dämlicher Zug gestern pünktlich gewesen und hätte mich der vermaledeite Taxifahrer ins richtige Hotel gefahren und hätte ich mich nicht so einfach verwechseln lassen, wäre alles tippitoppi in Ordnung!

Aber nein! Das wäre ja zu einfach. Einfach kann ja jeder.

Genervt mit mir im Allgemeinen und der Welt im Besonderen krame ich in der Minibar – die, nebenbei angemerkt, doppelt so groß ist wie mein Kühlschrank zu Hause – nach einem hilfreichen Eis.

Doch trotz der Maxi-Bar sieht es an der Eisfront düster aus. Dafür ergattere ich Macadamianüsse, Schokolade, Sahnejoghurt mit Himbeeren, Tannenbaum-Gummibärchen und natürlich Schwarzwälder Kirschtorte.

Das alles ist wirklich lecker, ersetzt aber kein Eis.

Dennoch, damit kann ich arbeiten.

Flugs stapele ich mir die Köstlichkeiten auf den Arm und gehe zur Küche, wo ich mich hineinschleiche.

»Das gibt es ja nicht!« Das Schleichen hätte ich mir sparen können.

Karl hockt auf dem Boden, zuckt zusammen, springt auf und dreht sich zu mir um. Er versucht, sich breiter zu machen, als er ist, doch selbst seine imposante Größe kann die Eismaschine hinter ihm nicht verbergen. Zumal ich Eismaschinen im Dunkeln und mit verbundenen Augen finde.

»Eine Gelatoletta!« Entzückt lege ich die Leckereien ab und knie mich vor dem Gerät nieder wie eben Karl.

Der holt tief Luft und läuft knallrot an. »Das ist nicht das, wonach es aussieht!«

Ich lege meine Stirn in Falten und blinzele ihn an.

»Doch das ist es!«

Karl klatscht in die Hände und setzt sich neben mich auf den Boden, zärtlich streicht er die Kontur der Gelatoletta nach. »Ist das nicht ein wunderschönes Baby?«

Hingerissen nicke ich. »Wo kam die so schnell her? Die war heute Morgen noch nicht hier. Das hätte ich gespürt!«

»Frag lieber nicht. Es gibt Dinge, die Damen nicht wissen sollten. Und so wie du eine Eisflüsterin bist, so bin ich ein Küchenflüsterer. Ich besorge dir alles für Küchen, was du dir nur vorstellen kannst.«

Na, da ist mal eine Ansage, und das *Du* lässt mich auf mehr hoffen. »Wollen wir sie einweihen?« Vorsichtig schiele ich zu Karl. Bitte sag ja, bitte, bitte!

»Selbstverständlich. Ich habe nur auf dich gewartet. Ich wusste, dass du wieder den Weg in meine Küche findest.«

Kurz überlege ich, ob ich mich vor ihm fürchten soll, verwerfe den Gedanken aber schnell wieder. Karl ist harmlos und das Angebot viel zu verlockend. Und hat nicht jedes Genie irgendwie ein Schräubchen locker?

Versonnen schiebe ich meine Beute aus der Maxi-Bar zusammen, sortiere neu und arrangiere um. »Was hältst du von einem zimtigen Himbeer-Joghurteis, darin Swirls der dunklen Schokolade, vermengt mit Stückchen der Macadamianüsse, die wir in Zimtbutter karamellisieren?«

»Und die Gummibärchen?«

»Futtern wir dazu.«

Kapitel 6

E wie Ergreifend

Enzian-Eis

Sahniges Vanilleeis, unschuldig wie eine Maid, wird
übergossen mit feurigem Enzianbrand, in Versuchung
geführt vom Teufel persönlich.

Andächtig stehen Karl und ich vor unserem Kunst-
werk. Das letzte Licht des Tages setzt es spektakulär in
Szene, und ich kann es kaum erwarten, den ersten Happen des weihnachtlichen Eisfeuerwerks zu kosten.
»Sollen wir?« Ich sehe Karl an.

Der nickt stumm, seine Hand schwebt bereits über
dem Eis.

»Eins, zwei, drei.«

Simultan tauchen unsere Löffel in das Eis und lassen
die Magie geschehen.

Begeistert schleckt Karl. »Ganz schön lecker. Das wird
unseren Gästen schmecken!«

»Und weißt du, was der Höhepunkt sein wird?«

Er zuckt mit den Schultern. »Mehr brauche ich nicht.«

Voller Vorfreude schneide ich aus einer von Karls geliebten Schwarzwälder Kirschtorten Stücke aus und setze sie so zusammen, dass sie wie kleine Schwarzwälder Kirschtorten aussehen. Diese drapiere ich neben den Eiskugeln auf den schneeweißen Tellern. »Voilà! Es soll doch schließlich dein Dessert sein, für deine Gäste.«

Mit viel zu viel Überschwang für so einen großen Kerl reißt mich Karl in eine ausgewachsene Umarmung. Ich lasse es atemlos geschehen.

Mit großer Geste schiebt er mich eine Armlänge von sich. »Für eine Prinzessin bist du echt eine Wucht.«

Der treuherzige Blick aus seinen teddybärbraunen Augen lässt mein Herz schmelzen. »Ich bin doch gar keine richtige Prinzessin«, flüstere ich.

»Bescheiden ist sie auch noch.«

Was soll ich dazu sagen? Bescheidenheit ist nicht unbedingt eines meiner hervorstechendsten Merkmale. »Aber ...«

»Nichts aber, wir bringen jetzt den Bellwü-Schwestern und Lilli eine Kostprobe, ehe das Abendessen losgeht und ich keine Gelegenheit mehr habe, mit dir anzugeben.« Karl richtet flugs mehrere Teller mit dem Dessert an und drückt mir zwei davon in die Hände.

»Karl.«

»Ja?«

»Ich frage mich schon die ganze Zeit, was die Bellwü-Schwestern sind. Das Hotel ist doch nicht so eine obskure Sekte oder so?« Blinzelnd sehe ich ihn an. Hin und her gerissen zwischen der Sensation, in einer Sekte gelandet zu sein, und dem Gefühl, mich gerade sehr lächerlich zu machen.

Da haben wir auch schon die Antwort. Karl lacht dröhnend und japst nach Luft. »Sekte! Du kommst auf Ideen. Babett und Elvira Bellwü sind die Besitzerinnen unseres wundervollen Hotels. Die beiden sind wirklich Schwestern. Blutsverwandt.«

Oh! Das hätte ich mir auch selbst denken können. »Bisher habe ich nur Elvira kennengelernt«, antworte ich so snobistisch wie es mir nur möglich ist – und das ist meiner Natur nach ungefähr so viel, wie in eine Streichholzschachtel passt. Neugierig bin ich trotzdem und folge Karl, der noch immer lachend losgeht.

Ob die beiden Schwestern auch Zwillinge sind, wie meine Mutter und meine Tante? Vielleicht trägt Elvira so knallige Accessoires, damit man sie von ihrer Zwillingsschwester unterscheiden kann.

Karl führt mich zu einer gemütlichen Sitzecke in der Eingangshalle. Zwei plüschige Sofas laden zum Verweilen ein, während das Feuer im Kamin gegenüber fröhlich vor sich hin knistert. Geflochtene Tannengirlanden ranken sich um den Kaminsaum, und es duftet so herrlich warm und würzig, wie nur Weihnachten duften kann.

Neben dem Kamin steht Elvira Bellwü in ihrer üblichen Tracht, mit einer quietschgrünen Federboa um den Hals. Sie lacht herzhaft, genau wie die Frau neben ihr. Die Art wie sich die beiden dabei zurücklehnen, die Augen geschlossen, glucksend, ähnelt sich so sehr, dass die beiden nur Schwestern sein können. Denn ansonsten unterscheiden sie sich deutlich.

So klein und rundlich Elvira ist, so groß und hager ist Babett Bellwü. Elvira trägt ihr steingraues Haar raspelkurz, wohingegen sich ein dicker, geflochtener Zopf um den Kopf ihrer Schwester schlingt.

Als Elvira uns sieht, streicht sie sich den Rock glatt und stupst ihre Schwester an. »Babett, darf ich dir vorstellen, das ist Frau Susanna Spatz.« Wobei sie die Worte Frau, Susanna und Spatz betont, als wäre ich ein Mann, Günther und eine Nebelkrähe.

Das schlechte Gewissen tritt mir mit voller Wucht auf die Füße. Doch ich trete zurück, immerhin habe ich eine Mission zu erfüllen. Ich bin die Ritterin auf dem weißen Ross, die die echte Prinzessin vor Journalistendrachen rettet.

Selbstbewusster als ich mich fühle, straffe ich die Schultern und richte mich auf, um möglichst adelig zu wirken.

»Frau Spatz, herzlich willkommen in unserem wunderbaren Hotel Bellwü. Es freut mich außerordentlich, dass Sie Ihre Hochzeit bei uns planen. Kurzfristig, aber egal.« Babett Bellwü reicht mir die Hand und drückt kräftig zu.

»Ich könnte mir keinen schöneren Ort für meine Wintertrauung vorstellen, Frau Bellwü. Und bitte verzeihen Sie die Kurzfristigkeit, das alles kam auch für mich sehr plötzlich.« Vorsichtig ziehe ich meine Hand wieder an mich und bewege kurz alle Finger. Sie fühlen sich gequetscht, aber ansonsten heil an.

Elvira hakt sich bei ihrer Schwester unter. »Aber das macht doch gar nichts, wir sind schließlich die Bellwü-Schwestern und schaffen alles. Und bitte nennen Sie uns sehr gern Elvira und Babett. Hach, es wird eine ganz wundervolle Hochzeit werden, verlassen Sie sich da ganz auf uns. Unsere Lilli hat alles im Griff.«

Als hätte sie ihren Namen gehört, kommt Lilli zu uns, im Schlepptau Herrn Gustav samt Vogerl. »Ah Karl, dich hatte ich gesucht. Wir müssen noch die letzten Details für das Weihnachtsbankett klären, und wenn Sie einverstanden sind, Frau Spatz, unterbreiten der Karl und ich Ihnen Menüvorschläge für die Hochzeitsfeier. Dazu würde ich Ihnen morgen gern den Saal für die Trauung zeigen und Ihre Wünsche entgegennehmen.«

Ich fühle mich wie auf einer Achterbahn, und um nicht völlig in Angststarre zu verfallen, reiche ich den Bellwü-Schwestern die Dessertteller. »Eine kleine Kostprobe für das heutige Abendmenü.«

Genießerisch schnuppert Elvira an dem Eis. »Haben Sie das gezaubert, meine Liebe?«

»Zusammen mit Karl, ja.«

Der schüttelt den Kopf. »Gezaubert hat sie, ich habe nur danebengestanden und gestaunt.«

Für einen Moment schweigen alle und essen ihr Eis mit dem Schwarzwälder Törtchen. Herr Gustav sitzt aufrecht vor uns und blickt von einem zum anderen. Dabei sieht er wieder so traurig aus, dass ich überlege, ihm ein Hundeeis zu kreieren. Was da wohl hineingehört? Mögen Hunde Eis?

Mit einem Mal bellt Herr Gustav. Er bewegt sich dabei kaum, nur dieses tiefe Vibrieren ruckelt einmal kurz aus ihm heraus.

Alles klar, Hunde mögen kein Eis, zumindest nicht dieser Hund.

Doch wie es aussieht, bin nicht ich gemeint, denn nun bellt Herr Gustav ein zweites Mal. Laut und deutlich, dabei sieht er an mir vorbei, quasi bellt er um mich herum. Der Wellensittich auf seinem Kopf krallt sich tapfer gegen die Schieflage ins Fell und schimpft tüchtig mit.

Erschrocken drehe ich mich um, und noch erschrockener zucke ich zusammen.

Manuel Krause! Lässig, mit einer Hand in der Hosentasche, läuft er an uns vorbei, während er konzentriert auf seinem riesigen Smartphone herumwischt. Er würdigt uns keines Blickes. Das Bellen des Hundes scheint ihn nicht im Ansatz zu stören.

Aber Herr Gustav hat recht, wenn ich könnte, würde ich den Kerl auch so anbellen.

Als ich mich wieder zurückdrehe, stehen die beiden Schwestern mit offenem Mund da, und die Farbe ist aus ihren Gesichtern gewichen. Ebenso blass starrt Lilli Manuel hinterher, und Karl flucht so saftig einen Mundartfluch, dass ich vermutlich vor Scham im Boden versinken würde, hätte ich ihn verstanden.

So abrupt, wie Herr Gustav angefangen hat zu bellen, so hört er auch wieder auf und sitzt mit einem Mal wieder still da, als hätte er nie einen Laut von sich gegeben.

»Was ist denn los?« Vorsichtig nehme ich Lilli, Elvira und Babett die Teller aus den Händen und stelle sie auf einen Beistelltisch.

Karl zeigt auf die Sofas, und wir setzen uns.

»Wir haben einen Hotelkritiker im Haus.« Lillis Stimme klingt tief, so als wäre sie ein jahrtausendealtes Orakel. »Einen unangemeldeten.«

Irritiert sehe ich dahin, wo Manuel verschwunden ist. Mal abgesehen davon, dass das so gar nicht zu ihm passt, verstehe ich nicht, warum alle so entgeistert sind.

Klar, es ist gibt Schöneres, als sich von Fremden beurteilen zu lassen, aber das gehört zum Geschäft. Und das Hotel Bellwü ist hinreißend, hier ist alles, wie es sein soll. Und überhaupt! »Wie kommt ihr denn darauf, dass er ein Hotelkritiker ist?«

»Herr Gustav hat uns gerade darauf hingewiesen.« Lilli beugt sich vor und krault den Hund an den Schlappohren.

Ich räuspere mich erst einmal, um nicht ganz so unhöflich zu klingen. »Ein Hund sagt euch, wenn jemand ein Hotelkritiker ist?«

Alle vier nicken, während ich den Kopf schüttele.

Babett Bellwü fängt sich als Erste wieder und strafft die Schultern. »Bisher hatte er immer recht.«

»Wie oft kam das denn schon vor?«

»Einmal. Und dieses Mal wird es schlimm für uns ausgehen.«

»Das glaube ich nicht.« Ich breite die Arme aus. »Das Hotel ist wunderschön, die Lage ist fantastisch, das Essen großartig und Sie alle sind herzensgut. Sehen Sie sich doch nur die Gäste an. Da hinten zum Beispiel, Herr Wilhelm zusammen mit Lima, und dort drüben, das junge Paar – alle sehen äußerst zufrieden aus.«

»Da haben Sie wohl recht. Alle bis auf den einen. Und wir haben alles bei ihm versucht, wirklich alles. Mittlerweile bin ich ratlos.« Babett verzieht das Gesicht, als hätte sie Zahnweh.

Karl schnaubt. »Den einen, dem das Essen nicht schmeckt.«

»Und die Zimmer zu antiquiert sind«, fährt Lilli fort.

Unglücklich knetet Elvira ihre Federboa. »Außerdem beschwert er sich nachdrücklich über unser schwaches

Netz hier oben. Dafür können wir doch aber nichts. Jeder Versuch diesbezüglich schlägt fehl. Es ist einfach verhext auf unserem Berg.«

Lilli springt auf und läuft vor dem Kamin hin und her. »Erst heute Morgen war er wieder sauer, dass wir keine Computer im Hotel benutzen.«

»Echt jetzt? Schreibt ihr alles mit Hand?« Ich sehe zum Empfangstresen, wo wirklich kein Monitor zu sehen ist.

»Klar. Wir haben seit Jahren ein effektives System. Und glauben Sie mir, Steno schreibt sich wesentlich schneller als irgendetwas zu tippen.« Lilli zieht einen kleinen Block und einen Bleistiftstummel aus ihrer Rocktasche und hält mir beides hin.

Hm, ein bisschen merkwürdig ist das Hotel Bellwü schon. Wie aus einer anderen Zeit. Vielleicht befinde ich mich ja im Schloss von Dornröschen. Ich meine, wenn ich schon eine Prinzessin bin.

Allerdings ist die Sache mit Manuel merkwürdig. Und hat er vorhin nicht mir gegenüber erwähnt, seine *Mission* hätte sich jetzt schon gelohnt?

Wie es aussieht, hat er mich nicht erkannt. Weder als wahre Sunny noch als Prinzessin Susanna. Und dabei sagt mir Tom immer wieder, wie unvergesslich ich doch sei. Oder unvergleichlich? Hin und wieder auch merkwürdig. Egal.

»Das Urteil wird schrecklich ausfallen.« Elvira pustet sich eine Feder aus dem Gesicht, die sich von ihrer Boa gelöst hat. Vogerl auf Herrn Gustavs Kopf tschilpt entrüstet aus voller Vogellunge.

Ich fange die Feder auf und lasse sie in meiner Hosentasche verschwinden, nicht dass der Wellensittich vor

Aufregung noch platzt. »Aber Sie haben doch bestimmt auch viele gute Bewertungen.«

»Die allerbesten.« Babett streckt den Rücken durch und hebt den Zeigefinger. »Allerdings sind es die schlechten, die in Erinnerung bleiben.«

Stimmt auch wieder. »Wissen Sie was, wir werden ihm einfach einen grandiosen Aufenthalt bescheren. Karl, du kochst ihm ab sofort seine Lieblingsessen. Und Lilli, versuchen Sie sein Zimmer aufzupeppen, Sie wissen schon, irgendwie modern zu machen. Das kann ja alles im Nachhinein wieder geändert werden, denn ich finde die Zimmer wunderschön und authentisch. Aber wenn er seelenlose Massenware möchte, dann soll er sie bekommen. Wozu haben wir schließlich einen so weitsichtigen Hund, der uns Freund und Feind verrät. Und Sie, Elvira und Babett, ködern ihn mit tollen Unternehmungen. Sanna hat mir erzählt, hier kann man reiten und Ski fahren, also ab mit ihm auf ein Pferd und eine Piste.«

Lilli tritt von einem Bein auf das andere. »Ich habe schon tausend Ideen für die Umgestaltung seines Zimmers, ich fahre gleich in die Stadt und kläre das mit den Winklerbrüdern. Und ich werde sie auch gleich noch einmal beknien, ob sie nicht doch noch etwas mit dem Empfang hier heroben zaubern können. Wenigstens in seinem Zimmer.«

»Eine hervorragende Idee, Lilli.« Babett erhebt sich und reicht ihrer Schwester die Hand. »Und wir zwei Hübschen sprechen gleich mit Wilhelm und Magdalena.«

Cool, wer auch immer die Winklerbrüder, Wilhelm und Magdalena sind. Und besseren Empfang nehme ich auch in meinem Zimmer. Oder überhaupt Empfang. Wobei das mein Stichwort ist.

Hastig stehe ich ebenfalls auf. Ich weiß zwar nicht genau, wie spät es ist, aber ich vermute, spät genug, um schon überfällig mit meinem Anruf bei Alma zu sein. Meine Cousine trommelt bestimmt schon mit den Fingern, weil ich mich nicht melde.

Nur Karl sitzt noch verloren da. Fragend sehe ich ihn an.

»Ich koche ihm ja gern seine Lieblingsessen, von früh bis spät, wenn es sein muss, aber ich weiß nicht, welche das sind.«

Großzügig winke ich ab. »Das finde ich raus.« Und wenn ich schon dabei bin, auch gleich, wie es sein kann, dass Manuel mich einfach vergessen hat!

Kapitel 7

I wie Instagram

Irish-Coffee-Eis

Süßes Kaffeeeis, mit einem geschmolzenen Kern aus
fein komponiertem irischem Bushmills Whiskey,
überzogen mit einer Schicht dickflüssiger Sahne,
wärmt unseren Bauch, unser Herz und unsere Seele.
Sláinte!

Aber zuerst muss ich unbedingt Alma verklickern, warum ich sie vergessen habe. Wobei so richtig vergessen habe ich sie ja nicht. Ich habe bloß nicht an sie gedacht. Und im Übrigen ist der fehlende Empfang im Hotel alles andere als hilfreich bei der Kontaktaufnahme nach draußen, zumal ins weit entfernte Berlin.

Eingemummelt in einen dicken Pullover, eine Jacke und mit einer Mütze, die ich mir von Lilli geborgt habe, laufe ich hinaus in die Dunkelheit und einen schneeigen Pfad entlang, der eine Anhöhe hinaufführt. Rechts und links des Weges türmen sich die Schneemassen auf. In Halterungen stecken harzig duftende Fackeln, die mir den Weg beleuchten. Der Schnee funkelt im

Schein des Feuers, und flackernde Schatten malen Bilder auf das Weiß.

Der Anstieg wird mit jedem Schritt steiler, und keuchend kämpfe ich mich vorwärts. Immer das Ziel vor Augen, den von Lilli versprochenen Handyempfang.

Schließlich habe ich es geschafft. Auf dem höchsten Punkt der Erhebung begrüßt mich ein Gipfelkreuz. Davor steht eine Bank, vom Schnee befreit und von Fackeln flankiert.

Mein erstes Gipfelkreuz! So stolz, wie eine Nichtbergsteigerin nur sein kann, klopfe ich gegen das kalte Holz. Warum auf den fernen Mount Everest steigen, wenn der gute – wie heißt der Berg eigentlich? – so nah liegt?

Seufzend sinke ich auf die Bank und ziehe eine Decke aus einer Truhe darunter hervor.

Die Luft riecht klar und frostig, und ich atme sie tief ein. Am Himmel schweben Millionen Sterne, und mir scheint, als wäre das Universum gerade nur für mich da.

Grandioses Glück umarmt mich, und tiefer Dank und Demut wärmen meine Seele.

Eine ganze Weile sitze ich da und lasse meine Gedanken schweigen; ich bin ganz nah bei mir und genieße dieses Gefühl der Einzigartigkeit.

Doch leider beißt sich irgendwann die Kälte durch die Decke sowie meine Sachen, und ich zerre mit steifen Fingern das Handy aus der Jackentasche.

Ein Teil von mir wünscht sich, dass es nicht zum Leben erwacht, als ich es anschalte. Es ist so friedlich hier oben, meine flattrigen Gedanken kommen zur Ruhe und meine Welt, die sich mal in die eine und mal in die andere Richtung dreht, bremst ab und lässt mir Zeit, mit mir selbst Schritt zu halten.

Doch mein Handy hält nichts von Stille und legt los. Das Plingen, Summen und Vibrieren nimmt kein Ende, und eines steht fest: Empfang ist definitiv vorhanden.

Danke Gipfelkreuz.

Tapfer wische ich die bunten Meldungen zur Seite und sehe in meine Apps. Ein Instagram-Post lässt mich innehalten. In Alaska wurde soeben die erste Eisprinzessin gekürt. Das gefällt mir, und flugs hinterlasse ich ein Herzchen. Oh! Das Avalon launcht eine neue Kekseisreihe. Herzchen. Robert Downey Jr. kehrt als Iron Man zurück. Herzchen!

Stopp! Meine Mission ist es, Alma anzurufen und nicht mit den Avengers die Welt zu retten. Zumindest nicht im Augenblick.

Aber ... ich könnte schnell mal nach Manuel suchen. Nur ganz kurz ...

Ernüchternd. Von den Krause Manuels gibt es eine Menge. Könnte es krause.manuel.123321 sein? Nein, die Ähnlichkeit ist nicht groß genug.

Ist das nicht wieder typisch Social Media? Ein jeder und jede muss sich hier präsentieren, aber die, die man sucht, sind nicht dabei. Ich finde, das gehört verboten.

Schnell noch sehe ich im Account meines *Schneeflöckchens* vorbei. Alma hat einen Schnappschuss von sich und ein paar Gästen gepostet. Lachend stehen sie vor der Eisdiele, deren Fenster weihnachtlich von Lichterketten erleuchtet werden. So liebe ich es.

Bevor ich mich weiter in meinen Nachrichten verliere, wähle ich Almas Nummer. Ich weiß schließlich, was ich zu tun habe.

Bereits nach dem ersten Ton geht Alma ran.

»Weißt du eigentlich, wie spät es ist? Du hast auf keine einzige meiner Nachrichten geantwortet! Ist dir klar, wie untypisch das für dich ist? Ich habe mir Sorgen gemacht, dass du in deiner Sunny-im-Wunderland-Art in irgendein Kaninchenloch gestolpert bist!« Almas Stimme fegt durch die Leitung, und zum Glück schützt die Mütze mein Ohr.

Entsetzt halte ich das Handy ein Stück weg und sehe mich um. »Nicht so laut! Du weckst noch irgendwelche Berggeister. Oder noch schlimmer Schneeleoparden!«

»Sunnyyy?«

»Jaaa?«, hauche ich.

»Welche Geschichte denkst du dir nun wieder aus?«

»Wie bitte? Warum sollte ich mir eine Geschichte ausdenken? Ich habe doch noch nicht einmal von meinem Tag erzählt!«

»Da ich davon ausgehe, dass du dir weder den Kopf gestoßen, noch einen über den Durst getrunken hast, vermute ich eine interessante, wenngleich haarsträubende Geschichte à la Sunny, die garantiert so in keinem Märchenbuch steht! Ansonsten wüsste ich nicht, warum du von Berggeistern und Schneeleoparden fabulierst. Außerdem weiß ich aus zuverlässiger Quelle, dass du definitiv in Freiburg gelandet bist und nicht im Riesengebirge oder in Nepal.«

Da ich eigentlich sowieso nicht vorhatte, ihr zu erzählen, dass ich jetzt eine Prinzessin bin, hat sich meine gestrenge – wenn auch heißgeliebte – Cousine nun endgültig disqualifiziert, davon in Kenntnis gesetzt zu werden. Das würde sie ohnehin nicht verstehen. Sie akzeptiert ja nicht einmal die Tatsache, dass es fünfzehn Disneyprinzessinnen gibt! Ständig diskutieren wir zu diesem Thema, und sie sieht einfach nicht ein, dass Elsa und Anna und Raya definitiv dazugehören!

Aber zuerst muss ich sie überzeugen, dass ich keinen Blödsinn anstelle, wie zum Beispiel eine Hochzeit zu planen, die gar nicht stattfindet. Oder eine Prinzessin zu sein. »Was macht das *Schneeflöckchen*? Wie kam das Irish-Coffee-Eis an? Konntest du die Whiskeyherzen zur richtigen Konsistenz schmelzen und in das Kaffeeeis setzen?«

»Das *Schneeflöckchen* blüht, das Irish-Coffee-Eis geht weg wie warmer Glühwein und die Whiskeyherzen habe ich aufgefuttert, weil sie mir ständig aus dem Kaffeeeis geflossen sind.«

Mir fehlen die Worte. Eisbecher in Form edel geschliffener Whiskeygläser flirren mir vor Augen – leer!

»Sunny? Bist du noch dran? Sag nicht, diese verdammte Verbindung ist schon wieder abgebrochen!«

»Du hast allen Ernstes meinen Gästen ein Irish-Coffee-Eis ohne irischen Whiskey serviert? Ohne den wahnsinnig kunstvoll komponierten Bushmills, der einundzwanzig Jahre für seine Perfektion gereift ist?« Ich fasse es nicht!

»Ich habe *unseren* Gästen das beste Irish-Coffee-Eis serviert, das mir möglich war. Und glaube mir, niemand hat sich gesträubt, dein perfektes Kaffeeeis zu futtern und dazu den Whiskey zu genießen, den ich ausgeschenkt habe.«

Verzweifelt klopfe ich mir das Handy gegen die Stirn. »Das dürfen wir doch gar nicht«, flüstere ich.

»Was? Geschmolzenen Whiskey in Gläsern auffangen und servieren? Doch, das dürfen wir. Und sage nicht, das hättest du nicht auch so gemacht. Habe ich alles von dir gelernt.«

Nein, das hätte ich nicht gemacht, denn mir wäre der Whiskey im Kaffeeeis nicht geschmolzen. »Geht es allen gut? Kann Beatrice wieder sprechen oder ist sie immer noch heiser? Und denken Mama und Tante Marietta daran, dass ich beim Dekorieren meiner Hochzeitstorte selbst mithelfen will? Ach, und haben Herr Sonthofen und Hedwig sicher auch das Trauzimmer für mich reserviert?«

Alma schnaubt hörbar. »Was war bitte noch einmal der Grund, warum du eine Woche vor Weihnachten und vor allem deiner Hochzeit unbedingt zu einer Eismesse am anderen Ende der Republik reisen musstest? Du fehlst an allen Ecken und Enden! Ich hoffe, die Messe ist es wert! War heute nicht eines dieser, ich zitiere dich, wenn du erlaubst, mega spannenden, super wichtigen, alles verändernden Workshops neuer Eiskreationen, die für staunende Augen sorgen werden?«

In der Tat hat es heute Morgen staunende Augen gegeben, nämlich Limas und Nataschas und ebenso Herrn Wilhelms und Karls und die weiterer Hotelgäste. Nämlich als sie mein phänomenales Zopfeis genossen haben. Und erst vorhin, das zimtige Joghurteis, mit dem Herzen aus Weihnachten, zusammen mit den Mini-Schwarzwälder-Törtchen. Ich räuspere mich. »Also das Eis von heute hat definitiv für staunende Augen gesorgt. Ich schicke dir nachher Fotos.«

Alma gähnt mehrmals, während ich spreche. »Schön, schön, dann lohnt sich der ganze Stress ja wenigstens.«

»Sorry, du bist sicher müde, es ist spät. Schlaf gut.«

»Du auch.«

»Alma«, rufe ich noch schnell, ehe sie auflegen kann.

»Ja?«

»Danke, dass du im *Schneeflöckchen* allein die Stellung hältst, gerade jetzt in der Weihnachtszeit.« Eine Welle von Heimweh erfasst mich, als ich meine Eisdiele vor mir sehe. Weihnachtlich geschmückt mit duftenden Tannengestecken, funkelnden Kerzen und roten Eisbechern, randvoll mit Lebkucheneis und Zimtsahne. Doch auf der Zimtsahne fehlt noch etwas ...

Erneut gähnt Alma. »Mache ich doch gern. Komm nur bald wieder nach Hause. Und viel Erfolg bei deinem Vortrag übermorgen. Bye.«

Vortrag? Übermorgen? Mist!

Alma hat mir Beine gemacht, und so verlasse ich flugs mein nächtliches Winterwunderland und eile zurück zum Hotel. Unterwegs schreibe ich eine Nachricht an Tom, jedoch wird sie nicht gesendet. Für einen Augenblick überlege ich, den Aufstieg zurück zum Mount Sowieso zu wagen, entscheide mich im Angesicht meiner wackeligen Knie aber für morgen.

Warme Luft umfängt mich, als ich das Hotel betrete. Der Kronleuchter im Foyer ist heruntergedimmt, und so schimmert der Weihnachtsbaum in der Ecke umso behaglicher.

Das Feuer im Kamin knackt leise vor sich hin, als ich vorbeigehe.

»Guten Abend, Herr Wilhelm.« Halb versteckt sitzt der ältere Mann auf einem Sessel davor und blickt ins Feuer.

»Guten Abend, Frau Spatz. Zu so später Stunde noch unterwegs?«

»Ja, ich musste mal telefonieren.«

Herr Wilhelm runzelt die Stirn und zeigt auf einen Sekretär, der versteckt hinter dem Weihnachtsbaum steht. »Warum benutzen Sie nicht das Haustelefon?«

Tatsächlich steht auf dem Tisch ein Telefon. Und wenn ich Telefon sage, dann meine ich Telefon. So ein richtig altes, schweres Ding aus dunklem Holz mit einem Hörer zum Abnehmen. Und einer Wählscheibe. Wenn das mal kein Museumsstück ist.

Lachend schüttele ich den Kopf. »An ein Festnetztelefon habe ich überhaupt nicht gedacht. Ich bin so an mein Handy gewöhnt, dass es andere Telefon für mich gar nicht mehr gibt.«

»Sie müssen allerdings das eine oder andere beachten, wenn Sie damit telefonieren möchten.«

Ich ziehe mein Handy aus der Jackentasche und wackele damit. »Danke für den Hinweis, aber ich vermute, mit dem hier geht es dann doch einfacher.«

Herr Wilhelm schmunzelt, und die Fältchen um seine Augen verdoppeln sich. »Aber sicher doch. Ihre jungen Beine bringen Sie schneller den Berg hinauf.«

Ich verziehe den Mund. »Wenn Sie das so sagen, ist das antike Telefon beim nächsten Mal vielleicht doch einen Versuch wert.«

»Es ist es immer wert, neue Dinge auszuprobieren, oder in diesem Fall wohl eher alte.«

»Da haben Sie wohl recht. Gute Nacht, Herr Wilhelm, schlafen Sie gut.«

»Sie auch, Frau Spatz.«

Irgendetwas hält mich davon ab, in mein Zimmer zu gehen. Herr Wilhelm blickt wieder ins Kaminfeuer, das verschmitzte Lächeln von eben ist verschwunden. Ruhig setze ich mich auf ein Sofa neben ihn. »Sie sehen müde aus. Können Sie nicht schlafen?«

Er sieht mich einen Moment an. »Es gibt Nächte, da finden der Schlaf und ich nicht so recht zusammen.«

»Und heute ist solch eine Nacht?«

»Leider ja. Aber es ist in Ordnung. Es gibt auch bessere.« Herr Wilhelm lehnt seinen Kopf gegen das rote Samtpolster des Sessels und reibt sich mit einer Hand über die Stirn.

»Sie vermissen jemanden, richtig?«

Er nickt leicht. »Meine Frau, ja. Sie hat mich schon vor vielen Jahren verlassen, und es war eine schmerzhafte Trennung für beide. Aber wir hatten auch eine wundervolle Zeit miteinander. Nun bin ich in Pension und frage mich manchmal, wie es wohl wäre, wenn wir durchgehalten hätten.«

Tja, wie es wohl wäre, wenn dieses oder jenes. Im Ausmalen von Möglichkeiten bin ich auch ziemlich gut. »Vermutlich wären Sie dann nicht hier, zusammen mit mir, und wir würden keine Partie Schach spielen.« Schwungvoll ziehe ich mir die Jacke aus und schmeiße sie zusammen mit der Mütze und den Handschuhen neben mich auf das Sofa. »In der Bibliothek habe ich einen Korb mit Spielen gesehen, da ist bestimmt auch ein Schachspiel dabei.«

Herr Wilhelm beugt sich zu mir vor. »Sie wollen ernsthaft um Mitternacht mit einem alten Mann Schach spielen?«

»Klar, ich muss doch üben. Tom, mein Freund, ich meine, mein Verlobter, hat es mir im letzten Sommer beigebracht, und er hält mich für ein Naturtalent.« Gut, das waren vielleicht nicht exakt Toms Worte, aber die Regeln beim Schach waren mir zu eintönig, also bin ich kreativ geworden und habe neue Spielzüge und Figuren eingeführt. Wo es einen König und eine Königin gibt, sind auch Prinzen und Prinzessinnen nicht weit. Und Drachen!

Herr Wilhelms Wangen röten sich, und seine Augen blicken wieder klarer drein. »Na wenn das so ist, bin ich gern mit dabei.«

»Und wenn Sie sich noch einen Moment gedulden, hole ich nicht nur das Schachspiel, sondern auch eine heiße Schokolade für uns beide. Das Rezept stammt von meiner besten Schokofreundin Julie, und sie stellt mit Schokolade an, was ich mit Eis zaubere.«

Kapitel 8

S wie Schnee

Schneeball-Eis

Süße Ananaserdbeeren, samtiger Apfelkaktus und saftige Birne tanzen umeinander in einem Eis weiß wie Schnee, geformt zu einem Ball des Genusses.

Trotz der kurzen Nacht wache ich erholt auf. Die Sonne begrüßt mich durch die riesigen Fenster meines Zimmers und die verschneiten Berge funkeln um die Wette.

Plan eins für heute: aufstehen, frühstücken und mit Sanna klären, wie wir uns unauffällig in die jeweils andere zurückverwandeln.

Plan zwei für heute: aufstehen, frühstücken und meinen Vortrag für die Messe morgen vorbereiten. Im Prinzip weiß ich genau, was ich sagen will, aber ein paar Stichpunkte können nicht schaden. Nicht, dass ich zu weit abschweife, das passiert mir hin und wieder schon mal. Allerdings ist das Thema Eis für Kinder ein so weites Feld, dass selbst ich sicher sein sollte.

Plan drei für heute: aufstehen, frühstücken und unauffällig Manuel Krause auf den hinterlistigen Zahn fühlen.

Plan vier bis sechs: weiterhin aufstehen und frühstücken und nach Herrn Wilhelm sehen, mit Karl Eisrezepte für das Weihnachtsbankett ausdenken und dieser Eingebung nachgehen, die mich wegen meines perfekten Weihnachtseises umtreibt.

Tom sollte ich auch dringend anrufen. Für unsere Hochzeit gibt es sicher noch den einen und anderen Punkt zu klären. Wobei ich wieder bei Plan eins wäre, meiner märchenhaften Prinzessinnenhochzeit. Priorität geklärt.

Pfeifend hüpfe ich aus dem Bett, tänzele ins Bad und entscheide mich für ein knalloranges Wickelkleid mit knielangem Rock, der mir locker um die Beine schwingt. Warm genug für dieses Ensemble ist es allemal im Hotel und schließlich bin ich keine Frostbeule. Heute will ich einfach schick sein.

Beim Frühstück treffe ich auf Herrn Wilhelm, der noch immer über meine doch recht freie Interpretation des Schachspiels den Kopf schüttelt. Aber ich glaube, ihm gefällt es, und Schachspielen wird für ihn nie wieder das sein, was es mal war: langweilig.

Im Übrigen ist seine Wehmut verschwunden, und wir albern uns mit Natascha und Lima durch das Frühstück.

Die drei beschließen, nachher Ski zu fahren und bitten mich, mitzukommen.

Ich würde wirklich unglaublich gern, aber es gibt so viele Pläne für heute, und ich habe schon auf so viel verzichtet. Eigentlich wäre es doch schade, wenn auch Ski fahren dazu gehört, oder?

Zögerlich trenne ich mich von ihnen. Wenn ich schnell Sanna finde, tauschen wir ruckzuck unsere Leben zurück. Dann suche ich schnell Manuel und finde heraus, ob er wirklich der Hotelkritiker ist, entlocke ihm sein Lieblingsessen und zeige ihm, wie wunderschön das Hotel ist.

Anschließend lerne ich schnell Ski fahren, und dann geht es mit Herrn Wilhelm, Natascha und Lima ab auf die Piste.

Und abends kümmere ich mich um meinen Vortrag. Wenn ich Lima heute ganz genau beobachte, zählt dies gewiss auch zur gründlichen Vorbereitung. Schließlich ist Lima ein Kind und mag Eis, ergo passt unser Zusammensein perfekt zum Thema Eis für Kinder.

»Lilli, haben Sie Sanna gesehen?« Lilli fährt erschrocken zusammen und springt vom Stuhl auf, als ich gegen den Türrahmen des Büros hinter dem Empfangstresen klopfe. »Sorry, ich wollte Sie nicht erschrecken.«

Schnell reißt sie die Brille aus den Haaren und setzt sie sich auf die Nase. Sie zeigt auf die aufgeschlagenen Seiten der Zeitschriften vor sich, die den Schreibtisch bedecken. »Recherche ...«

So kann man das auch nennen. Fraglich ist nur, wer wirklich all die tränenreichen, geheimen Beichten *recherchiert.* »Oh, das Tagebuch irgendeiner Ex-Freundin von einem, weiß nicht, Fußballer vielleicht, wird geöffnet.«

»Unglaublich, nicht wahr!« Lilli reißt die Augen auf, die hinter den Brillengläsern kugelrund wirken. »Aber bitte, Frau Spatz, kommen Sie doch herein. Wo habe ich nur meine Manieren. Darf ich Ihnen einen Kaffee anbieten oder ein Kaltgetränk? Champagner oder Kaviar?«

»Lilli! Es ist halb zehn Uhr vormittags, da trinke ich sicher keinen Champagner.« Höchstens löffele ich ein Champagnereis. »Und Kaviar habe ich als Kind mal gekostet. Sagen wir so, es darf gern eine einmalige Erfahrung bleiben. Und Lilli, magst du mich bitte Sunny nennen?«

Lilli atmet hörbar ein und hält dann die Luft an. Ergriffen legt sie die Hände auf die Brust. »Ich darf Sie wirklich mit Ihrem Rufnamen anreden?«

»Und mit du. Ich würde mich freuen.«

»Aber gibt es da nicht ein höfisches Protokoll, das wir einhalten müssen? Nicht, dass Sie oder du nachher noch schrecklichen Ärger mit der Queen oder so bekommst.« Lilli schiebt die Zeitschriften auf dem Tisch hin und her, als würde sie hoffen, eine Antwort fiele heraus.

Ich erinnere mich an Sannas Worte. »Bestimmt. Aber dafür bin ich nicht hier. Und ich glaube nicht, dass *die* Queen bei uns etwas zu sagen hat.«

»Wie du meinst, Sunny«, haucht Lilli und sieht mich an wie ich den ersten Eisbecher des Tages, randvoll mit Vanilleeis und Himbeerstreusel.

Ich kann mir vorstellen, was sie gerade denkt – wow, ich bin mit einer Prinzessin befreundet. So geht es mir ja ebenfalls, und eigentlich ist Lilli durch mich wirklich mit einer echten Prinzessin befreundet. Also alles gut und lieber nicht weiter darüber nachdenken. »Lilli, kannst du mir nun sagen, wo ich Sanna finde?«

»Aber sicher doch. Sie war erst kurz vor dir hier und auf dem Weg zum Pferdestall, ehe sie sich weiter um die Bibliothek kümmert.«

»Alles klar, danke. Zum Pferdestall komme ich rechts den Pfad am Hotel entlang, richtig?«

Lilli nickt. »Du solltest dir aber einen Mantel überziehen, es ist arg kalt draußen. Ich laufe schnell hoch und hole dir einen.«

Ich winke ab. »Geht schon, ich bin keine Frostbeule, die paar Meter schaffe ich locker.«

»Dann nimm doch kurz meinen.« Sie zeigt auf einen Kleiderständer neben der Tür, an dem ein wahres Lodenmantelzelt hängt.

Ich schüttele den Kopf, winke ihr zu und verlasse das Büro.

Schwungvoll trete ich aus dem warmen – sehr warmen – Hotel in die Kälte hinaus. Es ist so kalt, dass ich fast umkehre und doch Lillis Ungetüm überstreifen möchte. Aber hey, bin ich eine Eisprinzessin oder bin ich keine!

Tapfer stapfe ich den schmalen Pfad entlang, dabei rieselt mir Schnee in die Ballerinas. Das ist schon wirklich eine andere Kälte als ein sahniges Schokoeis im Bauch.

So fest es geht schlinge ich die Arme um mich und ziehe den Kopf zwischen die Schultern. Wie kann die herrliche Sonne an diesem grandiosen blauen Himmel nur so wenig Wärme spenden. Von drinnen betrachtet,

verspricht sie etwas, das sie nicht mal im Ansatz ein-
hält! Das ist arglistige Täuschung. Das gibt es in Berlin
nicht!

Ich kann gar nicht so schnell laufen, wie ich bibbere,
und dabei schlittere ich auch noch bei jedem Schritt einen halben zurück. Meine Nase fühlt sich an wie ein
Eiszapfen, und dennoch duftet es wundervoll nach
Frost und Winter.

Bis ich am Pferdestall ankomme und es intensiv nach
Pferd duftet. Riecht. Müffelt.

Aufatmend stemme ich die schwere Holztür auf, und
der Schwall wird intensiver. Aber es ist warm, also ist
das akzeptabel. Gerade so.

Schnaubend werde ich von drei Pferden begrüßt, die
zur Linken jeweils eine eigene Box bewohnen. Wobei
ich mir nicht ganz sicher bin, ob sie sich freuen, mich
zu sehen oder ob sie mich lieber fressen wollen. Die Vie-
cher sind schon arg groß. Und erst ihre riesigen Augen!
Als könnten sie mich damit verschlingen.

Mit so viel Abstand wie möglich laufe ich an den Pferden vorbei bis zum Ende des Ganges, von wo ich Stim-
mengemurmel höre. Dort ist eine Box geöffnet, und mit
gebührendem Abstand schmule ich hinein.

»Wie süß!« Das zotteligste Tier, das ich je gesehen
habe, wiehert mir zu. Es ist nur halb so klein wie seine
Kumpels weiter vorn, und ich kann auf das Minipferd
hinuntersehen statt es auf mich.

Auf Schemeln und umgedrehten Eimern sitzen
Sanna, Herr Wilhelm, ein junger Mann mit Laptop auf
dem Schoß und ein Teenagermädchen. Mit einem Mal
sind alle vier still und sehen mich so schuldbewusst an,

als hätten sie sämtliche Vorräte des Hotels heimlich verspeist.

»Störe ich?« Ein wenig fehl am Platz fühle ich mich schon. Das ganze Treffen sieht extrem geheim aus. Soll ich mich zurückziehen? Mich schnell rausreden, ich hätte nur etwas liegenlassen? Mich verlaufen? Ein wenig frische Pferdestallluft schnuppern wollen?

Das Mädchen springt auf, wird aber von Sanna am Arm zurückgehalten. »Setz dich bitte, Sunny ist harmlos. Sie gehört zu uns.«

Ich bin harmlos? Harmlos wie ein Goldfisch? Oder harmlos wie homöopathische Kügelchen? Oder so harmlos wie das dumme Mädchen, das im Horrorfilm in den dunklen Keller geht?

Der junge Mann holt mir indessen einen Strohballen, und ich setze mich demonstrativ aufrecht darauf. Jetzt gehe ich ganz bestimmt nicht mehr. Autsch! Wie dieses Stroh überall pikst!

Vielleicht hätte ich mich in meinem Überschwang heute Morgen nicht unbedingt für mein zartes, duftiges Kleid entscheiden sollen. Aber wer konnte schon ahnen, dass ich eine Stunde später durch einen Blizzard in einem Stall voller Riesentiere in eine Verschwörung gerate, das Ganze garniert mit fiesem Stroh?

Ob ich das Zeug gleich für sie zu Gold spinnen soll? Quasi als Initiationsritus?

Aufgeregt reibe ich mir die Hände, die ziemlich schnell ziemlich warm geworden sind. Dabei fällt beim Blick auf Sannas Boots, die sie einem Yeti geklaut haben könnte, und auf das Ungetüm von Mütze auf ihrem Schoß, die offenbar aus dem Fell jenes Yetis gemacht wurde.

Sie grinst schief. »It's too cold to be pretty."

Das Mädchen sieht unter dem kohlrabenschwarzen Pony argwöhnisch zwischen Sanna und mir hin und her, wobei Sannas Hand weiterhin locker auf seinem Arm liegt.

Ich räuspere mich. Schweigen ist nicht so mein Ding. »Hi.«

»Hi«, antwortet Sanna.

Hm, nicht so ergiebig, dieses Gespräch. Vielleicht sollte ich doch wieder gehen?

Aber ich bin so neugierig. Was ist hier los? Hat Sanna eine Affäre mit dem jungen Mann? Was ich durchaus nachvollziehen kann! Unter einem Haufen dunkelblonder Locken sehen mich braune Augen an, die mich vergessen lassen, dass meine Knie bis eben noch tiefgefroren gewesen sind. Und das Mädchen ist ihre heimliche Tochter, während Herr Wilhelm der Vater von Sanna ist und nun alles herausgefunden hat.

»Sunny, das ist Kiara. Wilhelm hat sie heute Morgen im Stall bei den Pferden gefunden.«

Oh! Oder das Mädchen ist von zu Hause ausgerissen. Wie schrecklich! »Du hast die Nacht im Stall verbracht?«

Kiara zuckt mit den Schultern. »Soll ich Mimi einfach so ihrem Schicksal überlassen?«

Mimi ist dann wohl das Zotteltier vor mir, das Kiara nun fröhlich ins Gesicht schnaubt.

»Wissen deine Eltern, wo du bist?«

»Nein! Und das interessiert sie ohnehin nicht!« Kiara richtet sich auf und kneift die Augen zusammen.

So viel Wut habe ich selten gespürt und bei einem jungen Menschen schon gar nicht. Hilflos sehe ich Sanna an.

»Wie gesagt, Wilhelm hat sie heute Morgen hier entdeckt, und ich habe die beiden entdeckt, als ich auf der Suche nach Herrn Wilhelm war.« Sanna verzieht den Mund und kräuselt die Stirn.

Wie lustig, dass der junge Mann Wilhelm heißt und der ältere Herr Wilhelm. Zufälle gibt es, die gibt es gar nicht.

Herr Wilhelm zeigt auf die anderen. »Und ich habe die drei entdeckt, als ich wiederum auf der Suche nach Frau Schneider war.«

Wer war bitte noch einmal Frau Schneider? Ich bin verwirrt. Aber da Sanna nickt, fällt es mir wieder ein. Sie ist Frau Schneider. »Und dann kam ich und nun sitzen wir hier alle.« Also sind wir doch nicht bei Rumpelstilzchen gelandet, sondern in dem Märchen von der Goldenen Gans. Nur dass wir nicht an einer goldenen Gans festhängen, sondern an einem rotblonden Pony. Irgendwie.

Und nun?

Zu Hause in meinem *Schneeflöckchen* würde ich jetzt hinter die Theke gehen, den größten Becher heraussuchen, den ich finden kann, und ihn randvoll mit dunklem, glänzendem Zartbitterschokoeis füllen, getoppt von cremiger Vanillesahne und verziert mit einer großzügigen Portion Himbeerstreusel.

Aber ich bin nicht zu Hause, genauso wenig wie Kiara.

Als ich einmal weggelaufen bin, ging es nicht um ein Pony, sondern um Erdbeeren. Meine Eltern wollten mir partout nach dem Mittagessen keine frischen Erdbeeren zu meinem Erdbeereis holen gehen. Also bin ich selbst losgestiefelt. Hinunter in das *MaMa*, wo meine Tante Marietta gerade die letzten Erdbeeren verkauft hatte. Ich brach in Tränen aus, wie nur fünfjährige Mädchen in Tränen ausbrechen können. Als ich mich endlich beruhigt hatte, fragte sie mich, was ich meine, wie es nun weitergehen soll. Ich habe mich umgesehen und auf die Himbeeren gezeigt.

»Was meinst du, wie es nun weitergehen soll?« Was damals bei mir funktioniert hat, sollte doch wohl auch hier klappen.

Kiara zuckt wieder nur mit den Schultern, blickt stur geradeaus zu Mimi und krault das Pony hinter den Ohren.

»Dann werden wir wohl doch die Polizei verständigen müssen.« Zum ersten Mal spricht Wilhelm, mit einer so tiefen Stimme, dass ich ihn erstaunt ansehe. Macht er das absichtlich? »Deine Eltern sind garantiert schon in Panik vor Sorge.«

Kiara springt auf, und Mimi wiehert, während sie mit dem Huf aufstampft. »Nein! Und selbst wenn! Was dann? Sie bringen mich nach Hause, und ich werde wieder weglaufen!«

Dieses Mal lege ich eine Hand auf Kiaras Arm, um sie zu beruhigen. Dabei lasse ich Mimi nicht aus den Augen, die nervös umhertrippelt. »Möchtest du uns nicht erzählen, was passiert ist? Dann finden wir sicher eine Lösung.«

Kiara zögert, und ich lege noch eine Schippe drauf. »Was hältst du davon, wenn wir zum Hotel rübergehen und ich uns ein Kriseneis richte? Du musst wissen, es gibt nichts, was sich nicht bei einem großen Becher Eis klären lässt.«

»Hallo zusammen. Wie wäre es mit einem schönen, heißen Kaffee? Oh! Wenn haben wir denn da?«

Erschrocken fahre ich herum. Lilli steht vor der Pferdebox und putzt sich die beschlagene Brille. Lächelnd sieht sie Kiara an.

Und mir wird schlagartig klar, dass Kiara nicht nur von zu Hause weglaufen ist, sondern dass sie dazu auch noch ein blinder Passagier in diesem Hotel ist. Ich springe auf und lege einen Arm um Kiara. »Lilli, darf ich vorstellen, das ist Kiara. Meine Nichte.«

Kapitel 9

U wie Ungeduld

Urmeleis

Saftig-süßes Kokoseis, vermengt mit grasgrünen Seetrauben, durchzogen von einer Schicht cremigen Drachenfruchtpürees, schickt unseren Gaumen selbst im kältesten Winter in die warme Sonne.

Nachdem sich die erste Überraschung über mein neues Familienmitglied bei allen Anwesenden, vor allem auch bei mir, gelegt hat, bekommt Kiara ein eigenes Zimmer neben meinem und zieht sich erst einmal dorthin zurück. Irgendetwas in Richtung *Danke* murmelt sie mir noch zu, ehe sie die Tür hinter sich schließt und ich allein im Flur stehe.

Fast stolpere ich über Herrn Gustav und Vogerl, als ich ein paar Schritte rückwärtsgehe.

Still sitzt der Hund da und blickt mich megatraurig an. Der Wellensittich auf seinem Kopf döst. Unglaublich!

»Hallo Herr Gustav.«

Eine dicke Falte bildet sich auf der Hundestirn, während er mich weiter in Grund und Boden starrt.

»Das mit Kiara richte ich wieder. Versprochen. Das kriege ich hin!«

Fast sieht es aus, als würde er eine seiner Brauen nach oben ziehen. Aber das bilde ich mir sicherlich nur ein.

»Es ist doch alles gut. Letztlich helfen wir einem armen Mädchen, das sonst nirgendwohin kann. Stell dir nur vor, wenn Kiara bei dieser Eiseskälte weiter draußen herumirren würde! Wir müssen ihr Vertrauen gewinnen und das mit ihren Eltern klären. Bingo. Bis dahin hat sie es hier sicher und warm.«

Die zweite Braue geht nach oben. Das gaukelt mir doch nur mein schlechtes Gewissen vor!

»Und das Zimmer, in dem sie untergekommen ist, gehört ohnehin zu meiner Suite. Also ist sie auch kein blinder Passagier mehr. Für das Bellwü ist damit alles in Ordnung.«

Vogerl auf Herrn Gustavs Kopf erwacht und streckt seine Flügel. Der Hund schielt nach oben und dann wieder zu mir, ehe er sich trollt. Aber nicht, ohne mir noch einmal einen Blick zuzuwerfen.

Schräg!

Da ich an dieser Stelle vorerst nicht weiterkomme, mache ich mich zum zweiten Mal an diesem Tag auf die Suche nach Sanna.

Hoffentlich erwische ich sie allein, damit meine Familie nicht noch weiter anwächst. Wir müssen dringend dieses Chaos aufdröseln, in das wir uns hineinmanövriert haben.

In der Bibliothek werde ich fündig. Sanna ist dabei, eines der Regale auszuräumen. Im ganzen Raum stapeln sich Bücher, und da ich weder eine Möglichkeit zum Sitzen noch zum Stehen finde, gehe ich ihr einfach zur Hand.

»Wir müssen uns über deine Hochzeit unterhalten. Lilli stellt mir tausend Fragen, die ich nicht beantworten kann.« Ich muss niesen, denn die Bücher aus den hinteren Reihen stauben ziemlich.

Sanna wuchtet einen ledergebundenen Schinken auf das Fensterbrett. »Ach, mache dir darüber bitte keine Gedanken. Wichtig ist doch nur die Trauung, nicht wahr? Das ganze Drumherum ist Beiwerk.«

Selbstverständlich ist die Trauung, der Akt der wahren Hochzeit, das Herz einer Heirat. Aber das Drumherum finde ich auch ziemlich spannend. Hallo! Es heiratet eine Prinzessin! Wir reden hier von Märchenkleidern, zehnstöckigen Marzipantorten mit gezuckerten Baccararosen, von Champagner mit kandierten Kirschen und einer Dekoration wie im Sommernachtstraum. Nein! Eine Dekoration, als würde die Sommernacht im Reich der Eiskönigin stattfinden! Strahlend weiß und prachtvoll, aber zugleich warm und funkelnd.

»Oh, oh! Dein Blick verspricht mehr, als ich mir vorstellen kann.« Sanna stützt sich mit dem Ellenbogen auf das Regal. »Bist du verheiratet?«

Mit einem Stapel Konsalik-Taschenbüchern auf dem Arm bleibe ich stehen. »Nein. Ich meine, noch nicht. Ich heirate an Weihnachten. Aber Tom und ich waren schon mal fast verheiratet.«

»Was ist passiert?«

»Eigentlich nichts, die ganze Nichthochzeit hat es nur irgendwie nie gegeben.«

Sanna blinzelt und runzelt die Stirn. Schließlich lacht sie laut auf. »Ich glaube, du bist für meine Hochzeit genau die richtige Braut.«

»Nur, wie stellst du dir den Tausch zurück vor?« Die Romane wiegen auf einmal eine Tonne, und ich stelle den Stapel auf den Boden. »Im Übrigen fahre ich in drei Tagen wieder nach Hause.«

Sanna winkt ab, widmet sich dem fast leeren Buchregal und angelt aus den untersten Fächern einige zerlesene Exemplare hervor. Die Cover mit ihren gewagten Bildern schreien nach Aufmerksamkeit.

»Du wirst ja rot!« Sanna wedelt lachend mit zwei Büchern vor meinem Gesicht herum.

Josefine Mutzenbacher und *Starke Hände auf samtenen Brüsten* lese ich. Wobei die Schrift noch das samtigste ist. Ah! Diese Bilder bekomme ich nie wieder los!

»Deine Jungfräulichkeit gönnst du deinem Tom aber nicht erst in eurer Hochzeitsnacht, hoffe ich?« Demonstrativ breitet Sanna die erotischen Werke um mich herum aus.

Du meine Güte, wie können sich Frauen so verbiegen? Und diese Riesendinger ... genug! »Na und? Das ist doch meine Sache, wenn es so wäre. Was es natürlich nicht ist. Tom und ich führen eine ausgewogene Beziehung!«

»Dann ist es ja gut. Ich hatte schon Angst um deinen Tom, dass er in der Nacht der Nächte um dich herumschleichen muss.«

»Sanna!«

Abwehrend hebt sie die Hände und hört doch nicht auf zu lachen. »Sorry«, prustet sie und meint damit alles, aber mit Sicherheit nicht, dass es ihr leidtut.

»Hier geht es ja lustig zu.« In der offenen Tür steht Natascha, und ich war noch nie so froh, jemanden zu sehen.

»Sunny heiratet zu Weihnachten«, berichtet Sanna, »und …«

»Und das alles wird ganz wunderbar!«, unterbreche ich sie schnell. Meine Güte, diese Adelsleute sind ja echt mit allen Wassern gewaschen. Wie dekadent.

Und ein wenig aufregend, muss ich zugeben. Irgendwie. Verrucht. In mir prickelt etwas. Irritiert hebe ich die Konsaliks auf und verteile sie über Sannas Anlass der Heiterkeit.

Ob Tom auch meint, ich wäre prüde? Nein! Bei uns läuft es hervorragend. Er liebt mich!

»Ich komme dann später wieder.« Natascha nickt Sanna zu und ist auch schon wieder verschwunden.

»Warum war sie denn überhaupt hier?« Vorsichtig klopfe ich den Staub von meinem Kleid.

Sanna zuckt mit den Schultern und wischt mit einem Lappen die leeren Regalreihen aus, dabei grinst sie breit. »Wer weiß. Vielleicht war ihr auch nur die Spannung in diesem Raum zu hoch.«

Okay, das reicht! Mir ist heiß, ich bin schmutzig, ich gehe mich umziehen. »Ich muss auch los. Wir sehen uns dann später.« Eilig verlasse ich die Bibliothek.

»Guter Abgang, Sunny«, ruft mir Sanna spöttisch hinterher.

Da ich das dringende Bedürfnis verspüre, mit Tom zu reden, aber nicht erneut in meinem Kleidchen zu einem Eiszapfen zu mutieren, ziehe ich mich rasch um und mummele mich in Wintersachen.

Schnellen Schrittes, ohne nach rechts und links zu blicken, verlasse ich das Hotel und nehme den Aufstieg zum Telefonplatzberggipfel in Angriff.

So überwältigend der Ausflug letzte Nacht bei Dunkelheit auch war, so sehr berührt mich der Ausblick bei Tag. Bis zum Horizont reihen sich weißgeschneite Berge aneinander, funkeln winterweiße Tannen im Sonnenlicht, überspannt von einem Himmel so blau wie Heidelbeereis.

Die eisige Luft prickelt auf meinen Wangen, und tief atme ich den frischen Wintergeruch ein, ehe ich das Telefon einschalte und Tom anrufe. »Hi Tom! Sieh mal!« Begeistert drehe ich mich mit dem Handy von mir gestreckt um mich selbst. »Ist es nicht wunderschön hier?«

»Nicht so wunderschön wie du.«

Ich drehe das Handy wieder zu mir, um Tom ansehen zu können. »Wer sind Sie, und was haben Sie mit meinem Verlobten gemacht?«

»Na hör mal, darf ich meiner wunderschönen Braut nicht ein Kompliment machen, ohne dass sie misstrauisch wird?« Tom grinst breit in die Kamera.

So richtig überzeugt bin ich nicht. Tom ist nicht der romantische Komplimenttyp. Eher drückt er seine Zuneigung zu mir aus, indem er meine Fahrradkette ölt und mir die Kräuterbutter überlässt, wenn wir Steak essen.

Und da dämmert es mir. Tom überlässt mir auch die Wahl bei Dingen, die mir wichtig sind. Wie dem Geschmack des Zuckergusses auf meiner … unserer! … Hochzeitstorte. Zu welcher Musik wir getraut werden. Welchen Anzug er tragen soll. »Du hast dich heute früh mit Julia im *MaMa* getroffen, um die Hochzeitstorte auszusuchen?«

»Jep.«

»Und du warst bei Herrn Sonthofen wegen der Musik für die Trauung?«

»Wieder kann ich dir nur zustimmen.«

»Du hast deinen Anzug gekauft?«

»Alles erledigt. Wie von dir beauftragt.«

In mir schrillen Alarmglocken in der Größe eines Zwergplaneten. »Aber es ist gerade mal zehn Uhr morgens! Das alles dauert Stunden!«

Tom blickt zur Seite und flüstert jemandem etwas zu. »Sorry, Sunny, ich habe einen Kunden.«

»Du solltest mit Julia die Glasur verkosten! Sie ist schließlich unsere Hochzeitsplanerin. Ich weiß doch noch immer nicht, ob wir Himbeerzuckerguss möchten oder eine Mischung aus Himbeeren mit Erdbeeren! Vielleicht passt auch Mangopüree mit Heidelbeeren!«

»Und vielleicht reicht auch ganz schlicht einfacher Zuckerguss? Sunny, die Torte schmeckt super. Manchmal ist das Einfache das Beste.« Wieder blickt Tom zur Seite. »Ich bin gleich bei Ihnen.«

»Und die Musik? Welche Lieder hast du mit Oskar Sonthofen besprochen? Welches Stück, wenn wir hineingehen? Uns setzen? Beim Hinausgehen als Frau und Mann? Die Liste mit unseren Lieblingsliedern ist doch so lang. Das muss zusammenpassen!« Verzweifelt schüttele ich das Handy.

Tom sieht mich wieder an und runzelt die Stirn. »Ich habe einfach die drei ersten Lieder von unserer Liste genommen. Alles gut.«

»Und deinen Anzug hast du auch einfach so gekauft? Du bist zu C&A gegangen, hast die Preise gecheckt, einen in deiner Größe geschnappt, anprobiert, bezahlt und fertig, richtig?«

»Klar. War total easy.«

Mit voller Wucht schießen mir Tränen in die Augen. »Aber das wollte ich doch alles machen!«

»Du bist aber gerade nicht da.«

»Aber ich habe dir alles ganz genau aufgeschrieben! Du solltest mit Julia den Zuckerguss verkosten und mir dann beschreiben, wie welcher geschmeckt hat. Die Lieder solltest du Herrn Sonthofen vorspielen und testen, wie lange wir zu jedem zu unseren Plätzen schreiten. Und wegen des Anzuges habe ich dir gesagt, dass du ins *Just for the Boys* gehen solltest, dort habe ich dir bereits drei ausgesucht, die zu meinem Kleid passen!«

»Und du meinst wirklich, dass ich das alles mache, wenn du mich anschreist?« Tom blickt mir geradewegs in die Augen, sein Ton ist im Gegensatz zu meinem ruhig. »Wenn dir all diese Details so wichtig sind, dann hättest du vielleicht die Woche vor deiner Hochzeit – deiner Weihnachtshochzeit – zu Hause bleiben sollen. Aber nein, Miss Sonnenschein war es ja wichtiger, zu einer spaßigen Eismesse zu fahren! Apropos Eismesse. Wo zum Teufel bist du überhaupt? Das sieht nicht gerade nach der Innenstadt von Freiburg aus und schon gar nicht nach einer Messehalle.«

Ich schlucke einen giftigen Cocktail aus Wut und Scham hinunter und fühle mich in die Enge getrieben. »Wir machen Pause.«

Toms Gesicht verschwindet vom Display. »Moment. Lass mich nachsehen, du hattest mir deinen Messeplan ja haarklein in meinem Handy notiert. Richtig, hier ist es. Du machst also gerade Pause bei deinem Seminar *Überraschendes Eis – Eis mit Überraschung*.«

Das *Ja* will mir nicht über die Lippen, und ich muss zweimal ansetzen. »Ja.«

»Ja?«

»Du brauchst das gar nicht so zu wiederholen!« Mit zittrigen Fingern drücke ich die Kamera weg und halte das Telefon ans Ohr. »Ich habe heute schon ein Eis gemacht. Und eine Überraschung!«

»So? Lass mich raten! Du wurdest überraschend aus dem Messecenter entführt, um bei einer streng geheimen Mission zur Rettung von Überraschungseis zu helfen, dabei persönlich rekrutiert von Iron Man und begleitet von Wonder Woman.« Toms Stimme trieft vor Sarkasmus.

So kenne ich ihn gar nicht.

»Wenn schon begleitet Black Widow Iron Man! Wonder Woman gehört zu Steve Trevor!« Ich lege auf.

Und mich kenne ich so auch nicht. Mir ist zum Heulen zu Mute, denn seit ich quasi mit mir selbst hadere, schlage ich um mich und treffe ausgerechnet den Menschen, den ich am meisten liebe.

Am Empfang im Hotel drückt mir Lilli einen Brief meiner Freundin Julie in die Hand. Er ist an mich im

Hotel Bellevue adressiert, jedoch ist die Adresse durchgestrichen und stattdessen ins Bellwü weitergeleitet worden. Die Freiburger Post hat es echt drauf!

Der Umschlag ist einer Tafel Schokolade nachempfunden und trägt auf der Rückseite den Kakaobohnenstempel ihrer Chocolaterie *Schokofee*.

Julies Brief kommt mir gerade recht. Sie meint es bestimmt gut mit mir. Im Gegensatz zu Tom. Dem Esel!

In der gemütlichen Kaminecke im Foyer sitzt gerade niemand, und so lasse ich mich dort nieder und lese.

Liebe Sunny,
dein Winter im schönen Schwarzwald sieht bestimmt gerade besser aus als unser Berliner Winter. Du kannst dir nicht vorstellen, wie grau alles ist, als hätte sich jede Farbe in den Winterschlaf verabschiedet.
Aber dafür ist es in der Schokofee umso gemütlicher. Deine Idee, Schokoeis in kleinen Kugeln mit flüssiger Schokolade zu überziehen, gelingt mir jeden Tag besser. Und meine Gäste lieben es. Ich serviere die leckeren Dinger zu den heißen Schokis. Nochmal ein dickes Dankeschön an dich. Du bist und bleibst meine Lieblingseisfee.
Apropos Liebling! Hörst du mich kichern? Rate, wer sich verlobt hat!
Nein! Meine Geschwister haben sich zur Abwechslung mal nicht scheiden lassen und sind somit auch nicht wieder verlobt.
Auch nein! Herr Munzel und Herr Wester würden zwar hervorragend zusammenpassen, aber sie leben lieber wild in meiner Schokofee zusammen.

Das dritte Nein! Weder Willi noch Erna oder Happy und schon gar nicht Piepsi und Nörgi interessieren sich für andere Hunde oder Katzen.

Es ist Fräulein Lotte!

Ja, Sunny, lach nur. Fräulein Lotte ist bis über beide ihrer ausgezeichnet hörenden Ohren verliebt und gedenkt in naher Zukunft diese Liebe zu ehelichen. Ihre Worte, nicht meine.

Aber im Ernst. Ich freue mich für sie. So schnell sie mich auch in Angst und Schrecken versetzt, so sehr ist sie mir auch ans Herz gewachsen. Und ihr Verlobter ist ein echtes Original. Du wirst ihn mögen. Dabei fliegen bei den beiden permanent die Fetzen, aber wehe, es wagt sich jemand einzumischen. Dann sind sie Yin und Yang.

Sunny, darf ich ehrlich sein?

Ich weiß, du nickst jetzt und denkst, klar, immer doch. Aber du knabberst garantiert auch an deiner Unterlippe und hoffst, dass alles um dich herum in deiner kunterbunten Balance bleibt.

Ich war gestern bei Tom, wegen eurer Hochzeitstrüffel für den Empfang nach der Trauung. Wir haben dich vermisst.

Mir ist aufgefallen, dass du dich in letzter Zeit häufiger mit Tom streitest. Ich meine nicht so, wie ihr schon immer kabbelt, diese Art, bei der ihr euch – und alle anderen um euch herum – wohlfühlt, sondern irgendwie anders. Kälter. Grauer.

Bitte verzeihe mir meine Einmischung, aber dazu sind Freundinnen da, nicht wahr?

Ich kann nicht im Ansatz erahnen, was in deinem Köpfchen vor sich geht, ich glaube, das kann niemand, vermutlich nicht einmal du selbst. Aber egal, was es ist,
Sunny, es gibt nichts, was sich nicht bei einem guten
Becher Vanilleeis lösen lässt. Dein Ratschlag an mich,
zu einer Zeit, als mein Leben um mich herumgewirbelt
ist und ich mich nirgendwo festhalten konnte.
Ich weiß nicht genau, was es ist, das dich ein paar Tage
vor Weihnachten aus deinem geliebten Schneeflöckchen getrieben hat, und ich weiß auch nicht, was es ist,
das dich ein paar Tage vor deiner Hochzeit von Tom
weggetrieben hat.
Ich hoffe allerdings sehr, du weißt es.
Liebe Grüße an dich im fernen Schwarzwald
deine Julie
P.S.: Enno lässt dich grüßen. Du sollst ihm ein paar
Weckmänner mitbringen.
P.P.S.: Mein geliebtes Häuschen erstrahlt in der aller-
schönsten Weihnachtspracht. Und es ist nun wirklich
und wahrhaftig mein Häuschen.

Kapitel 10

N wie Neumodisch

Neujährchen-Eis

Winzige Kränze aus saftigem Hefegebäck, gesüßt mit schneeweißem Hagelzucker, verzieren ein Eis, samtig gerührt aus cremiger Sahne, frischer Milch und warmem Zimt.

»Oh Sunny, es tut mir so schrecklich leid.«

Ich sehe vom Brief auf und direkt in Lillis Augen, die vor Tränen überquellen. Was beeindruckend durch das Vergrößerungsglas ihrer Brille wirkt – wie das sprichwörtliche Meer aus Tränen. »Was ist denn passiert?«

Sie schnieft und hält die Hände versteckt hinter dem Rücken. »Ich will nicht der Bote sein.«

»Setz dich doch bitte erst einmal.« Einladend klopfe ich auf den Sofaplatz neben mir.

Sie winkt ab und zappelt stattdessen vor mir herum, ihre Wangen leuchten vor knallroter Flecken und sie verzieht den Mund, als habe sie Zahnweh.

Mir wird etwas mulmig. »Jetzt erzähl schon, was ist los?«

»Er betrügt dich«, flüstert Lilli.

Mir bleibt die Luft weg, während sich Eiseskälte in mir ausbreitet, obwohl ich anfange zu schwitzen. Mein Magen zieht sich zusammen, und mein Herz rast. Tom betrügt mich?

»Es tut mir so schrecklich leid.« Lilli zieht die Hände hinter dem Rücker hervor und drückt mehrere Zeitschriften an die Brust.

Mir schwant etwas. Ich strecke die Hand aus, und sie legt die bunten Blätter hinein.

Die brüllenden Schlagzeilen bestätigen meine Vermutung. Nicht Tom betrügt mich, sondern der Verlobte von Sanna sie. Was aber auch total bescheuert ist.

Meine Nerven beruhigen sich, und mit der Erleichterung durchflutet mich Wut.

Diesen ganzen Schlamassel habe ich mir selbst zuzuschreiben! Unter normalen Umständen würde ich nie auch nur auf die Idee kommen, Tom könnte mich betrügen. Er ist einer der grundehrlichsten Menschen, die ich kenne. Ich liebe ihn ... und habe ihn vorhin ziemlich blöd behandelt.

Dazu schwirren mir die Worte aus Julies Brief im Kopf herum, und meine Gedanken prallen aneinander, nur um sich wieder voneinander wegzustoßen.

Ich stehe auf, ohne dass ich so recht weiß, warum.

»Ich kann die Zeitschriften wegwerfen, wenn du möchtest.« Lilli verzieht das Gesicht, als würde sie vorschlagen, die letzte Eiswaffel des Tages wegzuschmeißen, anstatt sie zu genießen. Sie ist echt süchtig nach diesen Magazinen. Mehr als ihr guttut.

Vielleicht ist es die Gelegenheit, sie ein wenig zu kurieren? Mit Schwung drücke ich Lilli die Zeitschriften in die Hand. »Das wäre wirklich nett. Und würde mir sicher sehr helfen.« Auch wenn ich zu gern wüsste, was es mit der neuen Fensterbank-Apotheke auf sich hat oder welches Wunder vor Gericht geschah.

Ihr Recht im neuen Fahrrad-Jahr – Vom Schlagloch bis zu Helm …

hm, vielleicht sollte ich das ausschneiden und an Tom schicken.

Ich nehme Lilli besagtes Blättchen aus den Händen, und wenn ich schon dabei bin, noch ein zweites. Wenn die Frauen vom Bergdoktor auspacken, könnte es interessant werden.

Oh Sunny!

Rasch gebe ich ihr die Zeitschriften zurück. »Weg damit!«

»Ich kann sie ja erst einmal in der Bibliothek zwischenlagern, einverstanden?« Zärtlich streicht Lilli über ein Cover. Warum sind die Frauen darauf eigentlich immer blond und der Hintergrund blau?

»Das ist ein guter Kompromiss.«

Und in der Bibliothek ist Sanna! Wie hält sie diese Flut an Schlagzeilen bloß aus? Denn, mal ehrlich, ich tippe bei diesen News auf einen Wahrheitsgehalt von drei Prozent. Quasi weit unter der Fünf-Prozent-Hürde, um überhaupt zur Kenntnis genommen zu werden.

Ich reiße Lilli die Magazine erneut aus den Händen. »Ich habe Hunger, und auf dem Weg zu meinem Mittagessen nehme ich das erst einmal an mich.« Bestätigend knurrt mein Magen.

Lilli tätschelt mir den Arm. »Ich bewundere Leute, die bei Kummer essen können. Ich bringe dann gar nichts herunter. Nicht mal ein Guzele.«

Guzele? Kann man das überhaupt essen?

Und Kummer? Ach, stimmt ja, ich bin frisch betrogen. Eine frisch betrogene Verlobte. Eine frisch betrogene Verlobte eine Woche vor ihrer Hochzeit. Eine frisch betrogene, verlobte Prinzessin eine Woche vor ihrer Hochzeit!

Wow! Ich bin so einiges von mir gewohnt, aber im Augenblick schwirrt mir der Kopf.

Zum zweiten Mal an diesem bisher kurzen Tag stürme ich in die Bibliothek zu Sanna und komme mir vor, als wäre ich in einer Sitcom gefangen. Nur gut, dass ich in Freiburg bin und nicht in Westview, wo Scarlet Witch ihren Zauber wirkt.

»Na? Brauchst du Lesenachschub? Ich habe da noch so einiges für dich ausgebuddelt.« Beine baumelnd sitzt Sanna auf dem breiten Fensterbrett und futtert ein Stück Schwarzwälder Kirschtorte.

Mein Magen überschlägt sich vor Neid und knurrt gierig, was Sanna breit grinsen lässt.

»Dein Verlobter betrügt dich!« Schon in dem Moment, in dem ich es ausspreche, weiß ich, wie blöd es ist, weil ich einfach so das dämliche Geschwätz nachplappere. Aber sie hat auch eine Art an sich! Ob man das auf der Prinzessinnenschule beigebracht bekommt?

Unbeeindruckt schiebt sie sich einen Löffel voll Sahne in den Mund. »Interessant.«

»Interessant?« Na, das finde ich mal eine interessante Reaktion.

»Glaubst du wirklich alles, was diese Blättchen verbreiten?« Sanna nickt in Richtung der Zeitschriften in meiner Hand.

Ich fühle mich dermaßen ertappt, dass ich mich am liebsten selbst gegen das Schienbein treten würde. Hektisch sortiere ich die Magazine ins Regal. Bloß weg mit den Dingern. »Nein. Natürlich nicht.«

Mit der Fingerspitze pickt Sanna die letzten Krümel vom Teller und schleckt sie genussvoll ab. Das hat sie definitiv nicht von der Prinzessinnenschule. »In den *Artikeln* steckt genauso viel Wahrheit oder Unwahrheit wie in deinem Horoskop. Oder glaubst du wirklich, Menschen, denen ihr Privatleben wichtig ist, erzählen manchen *Journalisten* eine unglaublich frohe *Botschaft*, während sie anderen *Journalisten* eine zutiefst verstörende *Botschaft* verkünden?«

»Vielleicht haben sie ja zwei Botschaften?« Mich nervt Sannas herablassende Art, und obwohl ich es besser weiß, halte ich nicht die Klappe.

»Willst du dich selbst überzeugen oder mich?« Sanna zieht spöttisch die Augenbrauen in die Höhe. »Aus einem einfachen Einkauf wird in der einen Scheinwelt Baby Nummer Vier – hurra! – und in der anderen die Sehnsucht nach Baby Nummer Vier, die sich nie erfüllen wird. Wie tragisch!«

»Du bist zynisch.«

»Und du naiv.«

»Ich bin lieber naiv als zynisch.«

»Das ist dein gutes Recht.«

»Es gibt gar keine Hochzeit, richtig? Vermutlich bist du nicht einmal liiert?« Meine Fragen sind keine echten Fragen, im Prinzip kenne ich die Antworten bereits.

Kopfschüttelnd setze ich mich an den Schreibtisch, der quasi eine Barriere zwischen Sanna und mir bildet.

»Wer weiß das schon so genau.« Sannas Antwort dauert zu lange und ist für meinen Geschmack zu gekünstelt.

»Ha!« Ich springe auf und zeige auf Sanna. »Erwischt! Du bist verliebt. Und diese Hochzeit gibt es wirklich. Wusste ich es doch.« Ich habe zwar noch nie Poker gespielt, aber ungefähr so müsste es funktionieren.

Sanna scheint eine erfahrene Pokerspielerin zu sein, denn sie blinzelt nicht, als sie mir in die Augen sieht. »Verliebt? Aber sicher doch.« Schwungvoll springt Sanna vom Fensterbrett. »Schließlich läuft bisher alles nach Plan.«

»Wenn du das Chaos bisher als Plan bezeichnest, dann will ich nicht wissen, wie es bei dir ohne Plan läuft.«

Lächelnd sortiert sie einen Stapel Bücher ins Regal. »Da haben wir beide ja Glück, uns gefunden zu haben. Wenn mein Plan bei dir Chaos ist, ist dein Chaos mein Plan.«

»Jetzt will ich aber ...« Mein Satz bleibt unvollendet, denn in diesem Moment betreten Natascha und Lima die Bibliothek.

»Wow! Ein Teil der Bücher steht ja mittlerweile sortiert in den Regalen.« Natascha dreht sich einmal um sich selbst. »Fleißig, fleißig.«

Sanna rückt ein Buch gerade und nickt mir zu. »Entschuldige mich bitte, Sunny, ich bin mit diesen beiden Damen verabredet.« Damit hakt sie sich bei Natascha unter, nimmt Lima an die Hand und verlässt die Bibliothek.

Danke dafür. Etwas bedröppelt stehe ich neben dem Schreibtisch und fühle mich sehr fehl am Platz.

Wieder knurrt mein Magen und ich gebe ihm recht und schlendere in Richtung Restaurant.

In wen Sanna wohl verliebt ist? So ein normaler Adelsmensch wird es nicht sein, dazu ist sie zu unkonventionell. Vielleicht in einen Fußballer? Nee, die turteln mit Models.

Ein Schauspieler? Bei dem Gedanken kribbelt es in mir, das ist bestimmt mein sechster Sinn. Deutsche Schauspieler fallen mir nur leider gerade nicht ein. Allerdings passt das auch nicht zu ihr.

Mit einem Ruck bleibe ich stehen. Brad Pitt ist wieder frei!

Kopfschüttelnd gehe ich weiter. Auch nein, zu alt. Bei der letzten Oscarverleihung sah er aus wie sein eigener Großvater.

Aber vielleicht kennt sie ihn? Bestimmt kennt sie ihn!

Aufgeregt, bald wahrhaftig Brad Pitt kennenzulernen, komme ich am Restaurant an, wo neben der Tür Elvira und Babett eng beieinanderstehen und in den Saal linsen. Dabei kitzelt die neonviolette Federdeko an Elviras Spange Babett am Kinn, und sie versucht sie immer wieder wegzubiegen.

»Was gibt es denn Spannendes?« Ich schmule ebenfalls in das Restaurant, von wo es verführerisch nach Maultaschen und buttrigen Spätzle duftet. »Wow, es ist ja fast voll! Dabei ist es noch nicht einmal richtig Mittag.«

»Wir sind ja auch ausgebucht«, flüstert Babett.

»Aber ich fürchte, das wird nicht mehr lange so bleiben, wenn dieser ... dieser ... Unhold nicht zufrieden ist.« Elvira schiebt die Unterlippe vor und kräuselt die Stirn.

Ich suche unter den Gästen den Unhold, und schnell bleibt mein Blick an Manuel hängen, der allein an einem Tisch in einer Ecke sitzt, zu beiden Seiten eingerahmt von Panoramafenstern. Doch für die glitzernde Winterschönheit um ihn herum scheint er keinen Blick übrig zu haben. Mit verzogenem Mund studiert er die Speisekarte, die er in den Händen hält wie einen klebrigen Lolli, den ihm ein dreijähriger Hosenscheißer in die Hand gedrückt hat. Genauso gut könnte er in einer verqualmten Berliner Eckkneipe sitzen, wo die Fenster mit allerlei obskuren Botschaften zugeklebt sind.

»Unhold ist aber ein arg nettes Wort für ihn.« Vermutlich aber das unhöflichste, das Elvira einfällt.

»Er ist ja schließlich unser Gast.« Babett klemmt einige Federn von Elviras Spange in dieser ein. Zufrieden nickt sie, doch da lösen sie sich auch schon wieder und versperren Babett erneut die Sicht.

Ich weiß, was sie meinen. Ich liebe meine Gäste im *Schneeflöckchen* ausnahmslos, aber hin und wieder verirrt sich jemand dorthin, den ich am liebsten mit Eiswürfeln bewerfen würde.

Einmal habe ich es sogar getan. Das habe ich allerdings bis heute nicht einmal Alma erzählt, die würde glatt mich zur Strafe mit Eiswürfeln bewerfen. Wobei ich eindeutig im Recht war. Schließlich lasse ich mir von niemandem sagen, mein Eis wäre eine überteuerte Pampe mit Rezepten aus einem Kinderkochbuch. Und ich selbst sei eine versponnene, überdrehte Öko-Eistante. Bei Öko-Eistante war dann wirklich Schluss!

Wenn überhaupt bin ich eine Öko-Eiscousine und eine Öko-Eistochter. Und eine Öko-Eisprinzessin sowieso!

Wie auch immer, hier kommen wir mit Eiswürfel-weitwurf nicht weiter. Doch wo Eiswürfel sind, ist Kälte. Und wo Kälte ist, ist Eis nicht weit. Und Eis ist Nahrung, Nahrung ist Essen und Essen um die Mittags-zeit ist Mittagessen. Ergo ich werde jetzt mit Manuel Krause zu Mittag essen.

Kurz dreht sich mir der Magen bei diesem Gedanken auf links und mein Schmatzerkuss mit ihm ploppt in meinem Kopf auf. Schärfer als in 8K-Auflösung, mit Farben jenseits jeglicher HDR-Vorstellungskraft. Dazu ein Ton, der Dolby-Atmos blechern klingen lässt.

Gedanklich gehe ich in die Knie vor Scham. Wie die gefallene Heldin in einem Film. Doch ich stehe wieder auf … wieder und wieder und wieder, unterstützt von epischer Musik und beobachtet von Zuschauern mit Gänsehaut am ganzen Körper und Tränen in den Au-gen.

Ich verscheuche den schlechtesten Kuss der Welt mit anderen Küssen aus meiner Fantasie. Immerhin bin ich jetzt eine erwachsene Frau. Eine vielgeküsste, er-wachsene Frau. Und er hat keine Ahnung, wer ich bin. Wozu ich fähig bin.

Immerhin weiß ich das oft selbst nicht.

»Würde mich bitte eine von Ihnen zu des Unholdes Tisch führen? Ich würde gern exquisit mit ihm speisen und ihm zuckersüß beweisen, wie falsch er doch mit al-lem liegt.« Ich biete Elvira und Babett meinen Arm an, doch beide sehen mich an, als säße mir der Kopf ver-kehrt herum auf den Schultern.

»Ich möchte mit ihm zusammen Mittag essen und ihm zeigen, wie toll es hier ist.«

»Aber sicher doch. Gern. Es ist uns eine Ehre, nicht wahr, Babett?« Elvira klatscht in die Hände und hakt sich bei mir unter. So stolz, als wäre sie einen Kopf größer als ich und nicht zwei Köpfe kleiner, stolziert sie mit mir durch das Restaurant zu Manuels Tisch.

»Herr Frill, wenn Sie erlauben, möchte ich Ihnen gern Frau Spatz vorstellen. Ich dachte, Sie beide könnten zusammen unsere herrliche Küche genießen. Frau Spatz ist allein hier, und solch eine hübsche Frau sollte unter gar keinen Umständen einsam sein.«

Herr Frill? Ist es doch nicht Manuel Krause? Und was zum Teufel redet sie da?

Mir wird merklich wärmer, und ich vermute, dass sich meine Wangenfarbe gerade meiner künstlichen Haarfarbe anpasst.

So dezent wie möglich trete ich Elvira auf den Fuß. Sie blickt nach unten, als hätte ich ihr eine Melone darauf geworfen. Unauffällig geht definitiv anders!

Doch ihm scheint der Köder zu schmecken. Manuel – ganz sicher, es ist Manuel – steht auf, und mit ihm zusammen springt mich sein Aftershave-Parfum-Körperspray-Irgendetwas an, sodass ich einen Schritt zurücktrete. Dabei reiße ich Elvira mit.

Manuel zieht mir schief grinsend einen Stuhl zurecht, damit ich mich setzen kann. »Es freut mich sehr, dass du mein Angebot doch noch annimmst.«

Erkennt er mich nun oder nicht? In der Tat sieht er so aus, als hätte er sich nicht einmal an mich erinnert, als Elvira meinen Nachnamen erwähnt hat.

Tapfer lasse ich Elvira los und schlängele mich neben Manuels angebotenem Platz auf einen anderen Stuhl gegenüber von seinem, quasi als Mindestabstand. Doch sein Geruch hängt über dem Tisch wie eine Duftglocke. »Na ja, ganz so ist es nicht. Du hattest mir deinen Stehplatz angeboten.« Ich beiße mir auf die Zunge, schließlich will ich ihn umgarnen und nicht vergraulen.

Allerdings ist meine Sorge unnötig. Er lacht laut – zu laut – auf. »Ein guter Spruch, nicht wahr! Und wie du siehst, schon sitze ich mit meiner Traumfrau zusammen.«

Kurz überlege ich aufzuspringen und wegzurennen, doch dann sehe ich Elvira an. Ihr Gesicht legt sich in tausend Sorgenfalten, und so, wie mir Manuels Benehmen auf den Keks geht, so scheint er ihr Magenschmerzen zu verursachen.

»Das altmodische Essen hier ist zwar eine Zumutung, aber vielleicht finden wir doch etwas Schnuckeliges für dich.« Manuel sieht mich an, als würde er mich für *etwas Schnuckeliges* halten und jeden Augenblick in mich hineinbeißen. Dabei wedelt er mit der Speisekarte vor meinem Gesicht herum, und ich beschließe, zu bleiben. Mein Ehrgeiz ist geweckt.

Kapitel 11

D wie Delikat

Damenküsschen-Eis

Piemonteser Haselnüsse, sanft geröstet wie die Liebe und fein gemahlen wie Seide, finden zusammen mit pudrigem Zucker, zartschmelzend wie frische Schneeflocken, und sahniger Butter. Ein Hauch delikater Vanille sowie rassigen Kakaos als Verbindung für die Ewigkeit.
Dies ist ein Kuss für jegliches Lieblingseis.

»Was hältst du von einem klassischen Weihnachtsessen?« Begeistert von meiner Wahl nehme ich Manuel die Speisekarte aus der Hand. »Saftige Knödel, die in einer aromatischen Soße schwimmen, dazu würziger Rotkohl und kross gebratene Ente.«

»Wirklich? Solch eine bezaubernde Frau will sich vollstopfen mit pappiger Kartoffelpampe, ranziger Soße und fetttriefendem, altem Geflügel?« Manuel nimmt mir die Speisekarte wieder weg und winkt damit einen Kellner herbei. »Wir hätten gern zwei Thai-Currys mit Seidentofu und schwarzem Reis.«

Der junge Kellner, der sich vermutlich heute Morgen das erste Mal rasiert hat, läuft tiefrot an. »Bitte entschuldigen Sie, Herr Frill, aber dieses Gericht steht leider nicht auf der Karte.«

»Na und?« Manuel zuckt mit den Schultern. »Ihr hochgelobter Koch wird doch wohl ein Curry kochen können.«

Schon wieder Herr Frill. Das muss ich gleich klären. Und immerhin kenne ich jetzt auch seinen Essensgeschmack. Kein Wunder, dass es bisher nicht so recht gefunkt hat zwischen Karls Schwarzwälder Delikatessen und Manuels asiatischen Abschweifungen. Aber erst einmal muss ich dem armen Kellner helfen, der sichtlich nicht geeignet ist für diese Art von Kundschaft und von einem Bein aufs andere zappelt. Ich brauche einen Moment, das Namensschild an seiner Brust zu entziffern. »Andreas, richtig?«

Er nickt.

»Richten Sie Karl doch bitte meine besten Grüße aus und meinen, unseren, Wunsch nach einem Curry. Ich bin sicher, er wird uns etwas Wundervolles zaubern. Sie wissen, wer ich bin?«

Wieder nickt er, und wenn überhaupt möglich, vertieft sich das Rot auf seinen Wangen noch um ein paar Nuancen. »Selbstverständlich, Eure ... ich meine Pri..., ähm, Frau Spatz.«

»Sehr schön, danke.«

»Sehr gern.« Sich verbeugend geht Andreas ein paar Schritte rückwärts.

Die anderen Gäste beobachten uns, und Getuschel setzt ein. Zückt da hinten jemand ein Handy und fotografiert mich?

Aus den Augenwinkeln beobachte ich Manuel, der wiederum mich beobachtet. Entspannt zurückgelehnt, die Arme vor der Brust verschränkt, grinst er schief und holt Andreas mit einem Schnipsen seiner Finger noch einmal zurück. »Das Curry bitte ordentlich scharf und nicht zu geizig mit den Früchten, besonders den Rosinen. Und bloß nicht den Seidentofu in ranzigem Schweinefett anbraten.«

Oh! Scharf hört sich nicht gut an. Und Rosinen im Mittagessen schon gar nicht, von Seidentofu – auch noch ohne Fett – ganz zu schweigen. Ich hebe den Finger. »Für mich das Curry bitte nicht scharf. Und ohne Rosinen. Tofu muss auch nicht sein, und statt Reis hätte ich gern Nudeln. Mit Tomatensoße bitte.«

Andreas sieht mich mit glasigen Augen an. Ist das heute sein erstes Mal, oder was? Das Theater beginnt mich zu nerven. Ich will doch nur gute Stimmung bei Manuel machen, damit er das Hotel nicht zerreißt. Es kann doch nicht so schwer sein, mit ihm zusammen entspannt zu essen. »Andreas ...«

Er sieht mich mit angstvoll aufgerissenen Augen an.

»Zweimal Thai-Curry, wie es Herr Frill möchte. Und für mich ein Glas süßen Weißwein dazu. Ein großes Glas, bitte!«

Mir doch egal, ob süßer Weißwein zu Curry passt. Ich liebe ihn, damit schmeckt jedes Essen.

Hastig dreht sich Andreas um und flieht. Ich wende mich Manuel zu. Und wir starren uns an. So richtig lange, wie in einem Starrwettbewerb. Selbst über den Appetithappen hinweg, den uns Karl aus der Küche schickt, starren wir weiter. Derweil lasse ich mir die

Mini-Fleischküchle mit Radieschen schmecken, während mir Manuel lediglich stirnrunzelnd dabei zusieht.

Nach einer Ewigkeit halte ich es nicht mehr aus und plappere los. »Erzähl doch mal, wie kommst du denn ausgerechnet auf den Namen Frill?«

Langsam lässt er die Arme sinken und beugt sich vor. Er sieht mich mit seinen wässrigen blauen Augen an, ohne zu blinzeln.

Mein Herzschlag beschleunigt sich. Nicht nur, weil eine frische Welle seines künstlichen Geruches über mich hereinbricht, sondern, weil mir mein Schnitzer bewusst wird.

»Wie kommst du darauf, dass mein Name nicht Frill ist?«

Mist! Kann er nicht nicht zugehört haben? So wie es anständige Männer tun?

Ich bin einfach nicht dazu geboren, zu lügen. Flunkern ja, lügen nein.

»Das habe ich doch gar nicht gesagt.« Nun lehne ich mich zurück und verschränke die Arme. Nur an dem intensiven Starren muss ich noch arbeiten. Meine Augen tränen schon.

Manuel lehnt sich noch weiter vor. »Deine Frage eben suggerierte, dass ich mir den Namen Frill ausgesucht habe, Frau Spatz. Oder Eure wie in Eure Hoheit? Eventuell Prinzessin? Welches Spiel treibt Ihr, Eure Hoheit, Prinzessin Frau von Spatzen?«

Meine Güte, dieser Kerl hört aber auch jedes Detail und macht aus einer Fliege einen Elefanten. Pikiert recke ich das Kinn vor. »Diesen Titel gibt es nicht.«

»Aber Prinzessin Susanna Leonore Karoline von Hollerburg, den gibt es, nicht wahr, Frau Spatz?«

Ich blicke mich um, doch die anderen Gäste widmen sich ihren eigenen Gesprächen. Und ihren wundervollen Gerichten. Am Tisch links von mir wird eben ein knuspriger Entenbraten serviert, und würzige Aromen von Nelken und Kardamom erreichen mich. Der Rotkohl dampft satt violett auf dem Teller und mischt eine fruchtige Note in das Ganze.

Mit einem Mal sitze ich nicht mehr im Restaurant des Bellwü, sondern zu Hause, in der Küche meiner Eltern, zusammen mit meiner Familie. Und Tom.

Ich hätte bleiben sollen. Mit Tom reden, statt zu flüchten.

Manuels warme Hand auf meiner holt mich zurück. Ich schüttele sie ab und lasse die zerknautschte Stoffserviette los. »Wie bitte?«

»Du bist genauso wenig eine von Hollerburg wie ich ein Frill.« Manuel schenkt sich Wasser aus einer Karaffe nach, ohne mich aus den Augen zu lassen.

Ich schiebe ihm mein Glas hin, das in der Sonne funkelt. Soll ich alles abstreiten? Darüber hinweggehen und lachen? Oder mit offenen Karten spielen?

»Nein. Ich bin nicht Susanna von Hollerburg. Mein Name ist Susanna Spatz, und ich bin keine Prinzessin.« Ich kneife die Augen zusammen und beobachte Manuel, doch er scheint mich wirklich nicht zu erkennen – oder sich an meinen Namen zu erinnern. Er weiß nicht, wer ich bin und was er mir angetan hat! Auch gut!

»Du bist die Kleine, die mich vor Jahren mal in einem Ferienlager abgeschleckt hat, richtig?« Manuel zwinkert mir zu und grinst schief.

Mit einem Ruck springe ich auf, mein Stuhl kippt krachend nach hinten. Scham und Wut ballen sich in mir zusammen, und ich könnte Feuer speien. »Und du bist ein zwielichtiger Hotelkritiker, der seine überhebliche Laune an einem wundervollen Hotel auslässt, weil ihm in seinem Leben noch nie wahre Freundschaft begegnet ist!«

»So? Bin ich das?« Ruhig steht Manuel auf, umrundet den Tisch und hebt den Stuhl auf. »Deine Fantasie hat dich schon immer zu interessanten Schlüssen gebracht, Prinzesschen.«

In diesem Moment tritt Andreas mit zwei dampfenden Tellern an unseren Tisch. Dabei sieht er aus, als wäre er sehr gern sehr weit weg. Und sei es einsam in den Wäldern Alaskas, umarmt von einem Grizzly. »Ist alles in Ordnung, Frau Spatz?«

Langsam verschwindet das flammendrote Hintergrundbild, das mir meine Wut vorgaukelt, und ich werde mir der gaffenden Gäste bewusst. Na ja, woanders muss man viel Geld zahlen, wenn man zu seinem Essen eine Show geboten bekommen möchte. »Alles gut, Andreas, danke. Ich wollte Herrn Frill nur etwas demonstrieren.« Als wären sie mein Publikum, wende ich mich an die anderen Gäste. »Ich war mal sehr erfolgreich in einer Theater-AG. Es ist nett, hin und wieder Szenen nachzuspielen. Bitte entschuldigen Sie die Störung bei Ihren sicher ganz wunderbaren Mahlzeiten, nur manchmal geht mein Schauspielblut mit mir durch. Das verstehen Sie sicher. Na dann. Lassen Sie es sich weiterhin schmecken.« Mit einer Verbeugung setze ich mich wieder und lasse mir von Andreas meinen Teller reichen.

Schnellen Schrittes entfernt sich daraufhin der Kellner.

Aufgedreht nehme ich mein Weinglas und mit drei großen Schlucken leere ich es bis auf eine Pfütze. Habe ich schon erwähnt, dass ich süßen Wein liebe? »Nein, ich bin nicht die Kleine, die dich mal am Lagerfeuer abgeschleckt hat!«

»Dann bin ich auch nicht der zwielichtige Hotelkritiker mit der überheblichen Laune.« Schwungvoll breitet Manuel die Serviette aus und legt sie sich auf den Schoß. »Aber schon merkwürdig, dass du dich an das Lagerfeuer erinnerst, obwohl ich doch nur vom Ferienlager geredet habe.«

»Jedes Ferienlager hat ein Lagerfeuer! Und schon merkwürdig, dass du hier alles kurz und klein redest. Noch deutlicher geht es kaum.« Vorsichtig probiere ich das Curry, was ziemlich lecker duftet und auch mit seiner gelblichen Farbe wunderbar aussieht. Hilfe! Scharf! Den letzten Rest Wein aus meinem Glas nutze ich zum Löschen.

»Vielleicht bin ich aber einfach nur anspruchsvoll.«

»Das sowieso«, hauche ich und versuche verzweifelt, Andreas' Aufmerksamkeit auf mich zu ziehen. Ich brauche mehr Löschmittel.

»Dann hätten wir das ja geklärt.« Ebenso vorsichtig wie ich kostet Manuel das Curry. Doch seines scheint nicht scharf zu sein, denn er löffelt genießerisch weiter.

Sehr schön. Ein Punkt für mich. »Schmeckt es dir?«

Neckisch wackelt er mit den Augenbrauen. »Vielleicht liegt es an deiner Gesellschaft, aber ich muss zugeben, das Thai-Curry hat er richtig gut hinbekommen.«

Darf ich das als zweiten Punkt für mich werten? Aber sicher, ich nehme, was ich kriegen kann. Was auf das Essen nicht ganz zutrifft. Mühselig klaube ich die Tofustücken aus dem Curry und suche dann nach den Rosinen. Das eine oder andere Stück Gemüse kommt mir äußerst verdächtig vor und landet ebenfalls auf dem Tellerrand. Was genau ich mit der hyperscharfen Soße machen soll, weiß ich noch nicht. Vielleicht mit dem Wein verdünnen, den mir Andreas gerade bringt?

»Danke sehr.« Wie nach einem Rettungsanker greife ich nach dem Glas. »Könnte ich bitte noch etwas Brot zu meinem Curry bekommen? Und Butter? Schwarzwälder Schinken wäre auch grandios.«

»Selbstverständlich, Frau Spatz.« Mit einer weiteren Verbeugung entfernt sich Andreas, und ich verdrehe die Augen. Für Gesprächsstoff unter den Gästen ist heute wahrlich gesorgt.

»Wir haben uns noch gar nicht offiziell vorgestellt.« Manuel lächelt, und für einen Augenblick sehe ich das, was ich vor so vielen Jahren in diesem strahlenden Jungen im Ferienlager gesehen habe. »Wenn du nicht Prinzessin Sowieso bist und auch nicht die Kleine von damals, wer bist du dann?«

»Sunny. Ich bin Sunny.«

Mit der Handfläche nach oben reicht mir Manuel seine Hand quer über den Tisch. Zögerlich lege ich meine hinein. »Freut mich Sunny, nicht mehr die Kleine von damals. Ich bin Malte, für dich aber Manuel.«

»Also doch Manuel Krause!«

»Also doch die Schlabbermaus von damals!«

Mit einem Ruck ziehe ich meine Hand zurück. »Lass das! Ich war ein Kind! Außerdem hat dieser Vorfall niemals stattgefunden! Nicht für mich und schon gar nicht für dich.«

Malte-Manuel schlägt mit der flachen Hand auf den Tisch. »Wenn wir damit frisch starten, so ist mir dein Wunsch Befehl, meine Schöne. Eine zweite Chance soll niemandem verwehrt werden.«

Ich schüttele den Kopf. »Keine zweite Chance.«

»Wer weiß.« Entspannt lehnt er sich zurück und zwinkert mir zu.

»Ich weiß es, denn ich habe eine Mission!«

»Und die wäre?«

»Ich beweise dir, dass das Bellwü das schönste Hotel ist, und du wirst es lieben. Und deine Kritiken werden grandios ausfallen.« Mit dem Glas in der Hand proste ich Manuel zu, ehe ich einen weiteren Schluck des süßen Weines nehme.

Zwei Scheiben Bauernbrot, beladen mit Schinken und Gewürzgurken, und einem weiteren, verdammt süßen Weißwein später, schwebe ich aus dem Restaurant. Meine Mission ist fulminant gestartet, und egal, wie blöd ich mich damals am Lagerfeuer angestellt habe, so gut habe ich diese Situation gemeistert. Die Bellwü-Schwestern können aufatmen, Malte-Manuel haben wir in der Tasche.

Da am Empfang niemand zu sehen ist, bleibe ich mitten im Foyer stehen und gähne ausgiebig. Leise lullt mich Bing Crosby ein, während er mir von Weihnachten in Killarney vorsingt und das Feuer im Kamin vor dem Weihnachtsbaum einladend knistert.

Träge starre ich auf das Sofa und frage mich, wie wohlig sich ein kleines Ruhepäuschen darauf wohl anfühlen würde.

Doch noch ehe ich mich dazu überreden kann, stürmen aus dem Paternoster Herr Wilhelm, Wilhelm, Natascha und Lima. Alle vier sind dick eingemummelt in kunterbunte Skihosen und Jacken, beladen mit Mützen und Handschuhen.

»Hi Sunny, wolltest du nicht mit uns Ski fahren?« Lachend hakt sich Natascha bei mir ein.

Dunkel entsinne ich mich an die ganzen Pläne, die mir heute Morgen noch so durchführbar erschienen sind, im Augenblick jedoch mächtig wanken. Oder bin ich das?

»Oh ja, bitte.« Lima legt bettelnd die Fäustlingshände aneinander. »Es ist so toll draußen!«

Und in der Tat funkelt goldenes Sonnenlicht auf weißem Schnee, als wären wir zu Gast bei Anna und Elsa höchstpersönlich. Es würde mich nicht wundern, wenn sich das Hotel plötzlich in einen schillernden Eispalast verwandelt, samt magischer Eisblumen und Schneeflockenfeen. Was wohl Olafs Lieblingseis sein mag? Apropos Eis ...

»Sunny? Alles gut?«

Mühsam blinzele ich mich zurück in den Schwarzwald. Natascha betrachtet mich aufmerksam.

»Ähm, klar. Ich war nur gerade in Gedanken.« Mit der Fingerspitze stupse ich Limas Wange an. Eigentlich wollte ich die Nasenspitze treffen, aber sei es drum. »Es tut mir leid, aber ich halte morgen einen Vortrag und muss mich noch darauf vorbereiten. Aber beim nächsten Mal bin ich definitiv dabei!«

»Was ist denn das für ein Vortrag? Dürfen wir mitkommen?« Lima schnappt sich ihren geflochtenen Zopf und schiebt sich das Ende in den Mund. Was schon eine gewisse Meisterleistung ist angesichts ihrer dicken Fäustlinge.

»Das Thema passt perfekt für dich, es geht nämlich um Kindereis.«

Natascha zieht Limas Zopf aus deren Mund. »Wie kommt es, dass du einen Vortrag über Eis hältst?«

»Ach«, nonchalant winke ich ab. »Ich liebe Eis. Und Eis liebt mich.« Damit winke ich dem Grüppchen zu und mache mich auf den Weg in mein Zimmer. Ein paar Vorbereitungen können in der Tat nicht schaden.

Das findet auch Herr Gustav, der neben dem Paternoster hockt und mich traurig und irgendwie auch stirnrunzelnd ansieht.

Kapitel 12

W wie Wahnsinn

Weihnachtseis

Die süßeste Zeit des Jahres wird gekrönt mit einem
Duett aus sahnigem Zimteis, das sich verliebt in ein
cremiges Vanilleeis mit einem Herz aus Lebkuchen-
parfait.
Übergossen mit zartoranger Marillensoße.
Überstreut mit tannengrünen Weihnachtsstreusel
aus purem Glück.

Ich habe die Wahl zwischen einer erfrischenden Dusche, die mich wieder wach und aufnahmefähig macht,
und dem Schreibtisch vor dem Fenster, von wo aus ich
mit dem Blick auf die weißen Berge meinen Vortrag
vorbereiten kann.

Ich entscheide mich für das Bett. Nur ganz kurz. Ich
meine, wer kann diesem watteweichen Wolkenberg
schon widerstehen? Nur ganz kurz, und danach ...

Danach wache ich auf. Ein wenig desorientiert sehe
ich aus dem Fenster. Wo eben noch weiße Winter-

pracht unter goldenem Sonnenschein für Postkartenidylle gesorgt hat, funkeln jetzt goldene Sterne in der Dunkelheit. Was definitiv auch eine Postkarte wert ist.

Mit einem hatte ich allerdings recht, ich fühle mich jetzt entschieden ausgeruhter als vorhin und konzentriert für all das, was ich heute noch machen wollte. Vielleicht sogar ein wenig überkonzentriert. Irgendwie krabbelt ein Riesenohrwurm in meinem Gehirn umher und trällert permanent *Un! Dos! Tres! ... irgendetwas spanisches ... Maria!*

Im Takt dazu hüpfe ich aus dem Bett und ziehe mich um. Das wievielte Mal heute eigentlich?

Egal, ich bin eine Prinzessin, da gehört es sozusagen zu meinen Pflichten, mich mehrfach umzuziehen.

Warum eigentlich?

Ich brühe mir einen Kamillentee auf, um meine Nerven einen Gang herunterzuschalten, und nach einer Stärkung aus der Maxi-Bar gehe ich ins Schlafzimmer und krame im Koffer nach den Unterlagen für die Messe.

Der Koffer ist leer! Leer und geputzt. Selbst die eine Rolle, die immer ein wenig lose rumklapperte, ist an Ort und Stelle.

Wo verdammt sind meine Unterlagen?

Und meine Unterwäsche?

Und meine geheime Geheimunterwäsche, die ich als Glücksbringer immer dabeihabe, und die nur Tom und ich zu Gesicht bekommen sollten?

Wer stiehlt denn einer Prinzessin die Unterwäsche?

Natürlich! Einer dieser unverschämten Boulevardjournalisten! Und morgen kann es die ganze Welt bunt auf bunt sehen, was ich darunter trage! Wie verwerflich!

Hitze überflutet mich, und vor Hektik stoße ich mit der Hüfte gegen die Kommode, während ich im Schlafzimmer herumrenne. Autsch!

Ich reibe über die schmerzende Stelle und sehe den blauen Fleck bildlich vor mir erblühen, der mindestens die Größe der Kommode haben wird. Und das eine Woche vor meiner Hochzeitsnacht! Toll!

Aber Moment mal. Kommode! Schwungvoll reiße ich die oberste Schublade auf. Natürlich!

Fein säuberlich zusammengelegt und farblich sortiert liegt darin meine Unterwäsche. Ganz in der Mitte meine verruchte Geheimunterwäsche, wobei nur ich diese als verrucht bezeichne. Tom meint, sie wäre niedlich. Aber was versteht der schon von solchen Dingen. Immerhin fährt er unter seinen Radhosen nackig durch die Gegend. So weit kommt es noch!

Beruhigt streiche ich über den Stoff und schließe die Kommode sanfter, als ich sie aufgezogen habe. Wer sollte schon in diesem abgelegenen Berghotel voller netter Gäste etwas stehlen. Kein Boulevardjournalist der Welt würde hier auch nur einen Krümel Interessantes vermuten. Wenn er denn überhaupt herauffindet. Außer er gerät an einen Taxifahrer namens Albert.

Allerdings wurmt es mich doch, dass nicht ich meine Unterwäsche ausgeräumt habe. Das ist doch hochprivat. Aber vermutlich sind Prinzessinnen an solche Gepflogenheiten gewöhnt und räumen selbst gar nichts weg. Was zum Beispiel bei angetrockneten Milchreistellern oder übervollen Mülleimertüten durchaus Sinn ergibt.

Aber ich bin nur eine einfache Bürgersfrau und räume meine Unterwäsche noch immer selbst ein. Mit einem Ruck öffne ich die Schublade wieder und quirle einmal durch die Reihen der Slips und BHs, sodass meine guten Stücke bunt durcheinanderliegen. Schon besser.

Da in meiner hoheitlichen Suite anscheinend alles da ist, wo es hingehört, vermute ich meine Unterlagen auf dem Schreibtisch. Und so schlendere ich in den Wohnbereich, doch ein Klopfen an einer Tür, die mir bisher gar nicht aufgefallen ist, lässt mich innehalten.

»Herein?« Zögernd nähere ich mich der Tür, die wie ein übergroßes Bild neben den anderen Bildern des Zimmers wirkt.

»Von deiner Seite ist sie abgeschlossen.« Dumpf klingt Kiaras Stimme zu mir.

Das schlechte Gewissen packt mich, und ich drücke einen Knopf in dem Knauf, der als Türklinke fungiert.

Wie konnte ich Kiara nur vergessen!

Kein süßer Wein mehr in naher und ferner Zukunft! Und auch kein saurer oder sonstiger!

Die Tür öffnet sich zu Kiaras Zimmer hin.

»Hi Tante.« Kiara grinst mich an, doch sie steht mit zusammengezogenen Schultern vor mir und macht sich kleiner als sie ist. In ihrem Zimmer, das eine Miniausgabe von meinem ist, riecht es nach Gummibärchen und Fanta, und es herrscht eine Unordnung, wie selbst ich sie nicht hinbekommen könnte. Sogar wenn ich wollte.

Jeder Zentimeter jeder Oberfläche, und der Teppich sowieso, sind übersät mit Kleidungsstücken, Make-up-Utensilien, zerknüllten Handtüchern, vollgekrümelten

Tellern, leeren, vollen, halbvollen Fantaflaschen und Zetteln – mit Linien, ohne Linien, kariert, vollgekritzelt, aneinandergereiht oder wahlweise zusammengeknüllt. Mindestens eine Zillion Stifte krönt das Ganze. Dazu flimmert der Fernseher und das Radio dudelt im Bad, zugleich plärrt es aus einer Lautsprecherbox, die neben einem Handy auf dem Bett liegt.

»Was zum Teufel ist hier passiert?« Ich wage es nicht, auch nur einen Schritt weiterzugehen, aus Angst, dieser Malstrom könnte mich packen und in meine Einzelteile zerlegen. »Sag nicht, dass du es allein geschafft hast, dieses Zimmer so zu verwüsten! Dafür benötigt ein normaler Mensch mindestens eine Horde Kindergartenkinder.«

»Ich bin halt kein normaler Mensch.« Abwehrend verschränkt Kiara die Arme vor der Brust und tritt einen Schritt zurück.

Ich hebe die Hände. »Sorry. So habe ich das nicht gemeint. Ich meine, ich bin auch nicht gerade die Ordnung in Person – außer in meiner Eisdiele natürlich – aber das hier gleicht einer Naturgewalt. Dazu gehört eindeutig Talent.«

»Dir gehört eine Eisdiele? Echt? Ich dachte, du wärst eine Adelstante.«

»Und Adelstanten können keine Eisdielen haben, oder was meinst du?«

Kiara pustet sich den Megapony aus den Augen und lockert ein wenig die Schultern. »Sicher, aber das ist doch eher ungewöhnlich.«

»Tja, ich bin halt auch kein normaler Mensch.« Einladend winke ich sie zu mir. »Lass uns reden, in Ordnung?«

Kiara kämpft mit sich und ihrer Abwehr, doch nach einem Blick zur Eingangstür ihres Zimmers kommt sie meiner Bitte nach.

»Lass mich raten. Vor deiner Tür sitzt Herr Gustav – mit Vogerl auf dem Kopf – und hat dich vorwurfsvoll angesehen, als du gerade hinausgehen wolltest. Und sein Blick hat dir gesagt, lass den Blödsinn, welchen auch immer du gerade tust, und kümmere dich.«

Kiara schlendert herein und plumpst auf das Sofa vor dem Kamin. »Wenn diese Traurigkeit von Hund so heißt, dann ja. Der ist echt unheimlich.«

»Oder ziemlich klug.«

Sie zuckt mit den Schultern, schnappt sich ein Kissen und lümmelt sich damit breit hin. »Dein Zimmer ist ziemlich krass.«

»Na ja, deines ist ohne deine doch sehr individuelle Dekoration auch *ziemlich krass.*«

»Traut man dem alten Kasten gar nicht zu, was?«

»Allerdings. Ich bin froh, hier gelandet zu sein.« Ich hebe den Wasserkocher hoch.

Kiara verzieht den Mund und schüttelt den Kopf. »Hast du Fanta da?«

»Meinst du nicht, du hast genug Fanta für diese Woche intus?«

»Echt jetzt? Bist du nun auch noch meine Mami?«

»Nein. Aber deine Tante. Und als diese sage ich, du hast genug Zucker und Farbstoffe zu dir genommen. Früchte oder Kräuter?« Ich zeige auf das Teekästchen auf der Anrichte, das überquillt mit herrlichen Kreationen wie *Verliebter Himbeerkuss* und *Winterspazier-*

gang. Alles fein säuberlich in niedliche Teebeutel verpackt. Miela und Claire würden im Siebeneck springen und dann Weihnachtsbaumschmuck daraus basteln.

»Deinen Tee kannst du gern selbst trinken.«

Ich werte das mal als Nein, stelle den Wasserkocher zurück und setze mich in den Sessel neben Kiara. »Was ist los? Warum bist du weggelaufen?«

Sie lässt den Kopf hängen und nestelt an dem Kissen auf ihrem Schoß herum.

»Kiara?«

Mit einem Ruck reißt sie den Kopf hoch und wirft das Kissen von sich. Knapp am Kamin vorbei. Durch den Luftzug flackert das Feuer auf und die Wärme streicht mir für einen Moment über die Wangen. »Warum sollte ich nicht weglaufen? Wenn sie mir das Einzige nehmen, was ich liebe? Ich habe ihnen gesagt, dass ich Mimi niemals aufgeben werde! Es ist meinen Eltern total egal, wie es mir geht. Und ob sie mich nun auf dieses dämliche Internat nach Wales verkaufen oder ich hierherkomme, macht doch keinen Unterschied! Oder doch, so kommt es ihnen billiger – nein, ich korrigiere mich, günstiger. Wir kaufen niemals billig! Nein, wir kaufen günstig, wenn es sich ergibt. Ansonsten natürlich so teuer wie möglich!«

Okay. Das war eine ausführliche Antwort, jedoch bin ich nicht schlauer als zuvor. Mal sehen, ob ich dieses Antwortknäuel auseinanderdröseln kann. »Erstens, du bist deinen Eltern laut deiner Aussage egal – was ich nicht glaube ...«

Kiara holt Luft, doch ich winke ab, und sie klappt den Mund wieder zu. »Zweitens, Mimi ist dein Pferd und aus irgendwelchen Gründen im Bellwü gelandet und somit auch du. Drittens, du wirst in ein Internat *verkauft*, das heißt übersetzt für mich, in ein Internat geschickt, was du nicht möchtest. Viertens, Geld scheint ein großes Thema in eurer Familie zu sein. Und fünftens musst du mir jetzt bitte alles noch einmal langsam und genau erklären, damit wir eine Lösung finden.«

Kiara erhebt sich und schlendert zur Maxi-Bar. Dort fischt sie sich eine Fanta heraus, doch ich schüttele den Kopf und sie stellt sie wieder zurück.

Wow! Ich kann mit Kindern!

Oder vielleicht auch nicht. Für einen Moment rast mein Herz, und rauscht mir das Blut in den Ohren. Tief atme ich ein und halte für einen Moment die Luft an. Halt! Ich bin nicht hunderte Kilometer von Berlin nach Freiburg gefahren, um mich jetzt von meiner Panik überrollen zu lassen! Die habe ich zurückgelassen.

»Wir haben doch schon eine Lösung.« Kiara schnipst mit den Fingern und zeigt auf mich. »Ich bleibe bei meiner Tante.«

Langsam löse ich mich aus dem Angstgriff von eben und atme wieder aus. »Kiara, ich wäre wirklich gern deine Tante, aber ich habe nicht einmal Geschwister. Also lass uns im echten Leben eine Lösung finden.« Einladend klopfe ich neben mich. »Du darfst dir auch eine Fanta mitbringen. Aber nur eine kleine!«

»Du hast keine Kinder, oder? Die würden dir bei deiner Inkonsequenz auf der Nase herumtanzen.« Lachend lässt sich Kiara wieder auf das Sofa fallen – ohne Fanta.

»Vermutlich hast du recht. Aber immerhin hast du dir kein zuckerhaltiges Softgetränk in grelloranger Farbe genommen.«

Kiara nickt. »Eins zu null für dich, Tantchen.«

»Und dein Tantchen befiehlt dir jetzt, raus mit der Sprache, direkt und ohne Umwege.«

»So viel gibt es gar nicht zu erzählen.« Kiara lehnt den Kopf gegen die Polster und sieht knapp an mir vorbei aus dem Fenster. »Ich habe im Sommer mein MSA gemacht und danach bei dem Bauernhof gejobbt, der verwaiste Tiere aufnimmt und wo auch Mimi untergekommen war. Sie kam ein Jahr zuvor aus einem Zirkus, der sich wegen finanzieller Schwierigkeiten auflösen musste. Es war Liebe auf den ersten Blick für uns beide.

Doch nun geben Anni und Lutz den Bauernhof auf, weil sie zu alt sind und niemanden finden, der für sie weitermacht. Er wurde an eine Immobiliengesellschaft verkauft, die Ferienwohnungen daraus macht. Für die Tiere haben sie keine Verwendung. Ich konnte meinen Eltern geradeso überreden, dass wir uns um Mimi kümmern, aber sie meinten damit, sie hierher zu schicken.«

»Wie kommen sie denn ausgerechnet auf das Bellwü? Es gibt doch bestimmt hunderte Gestüte in Deutschland, warum dann ausgerechnet ein Hotel?«

»Meine Eltern waren vor Jahren mal hier, um Urlaub zu machen, diese Wochen sind quasi ihr heiliger Gral. Sie wissen, dass es hier einen Pferdestall gibt, in dem sich selbst um die lahmsten Gäule, wie sie es nennen, gut gekümmert wird. Mein *altes Vieh* hätte ohnehin niemand anderes mehr genommen.«

Nicht ganz überzeugt wiege ich den Kopf hin und her. »Alles klar so weit. Mimi kam also hierher und du bist hinterher, richtig?«

»Jup.«

»Und was hat das mit dem Internat auf sich? Ich denke, du hast deinen Schulabschluss im Sommer gemacht?«

Kiara zieht die Augenbrauen nach oben und neigt den Kopf. »Aber nur den mittleren. Also quasi nichts. Weil ich keine Lust habe, weiter aufs Gymnasium zu gehen, haben sie mich in einem Oberfuzzi-Internat in Wales eingekauft.«

»Wow! Sag bloß, das UWC Atlantic College in Donats?"

»Bist du etwa auch eine von denen?« Kiara verzieht den Mund, als hätte sie eine Mücke verschluckt.

»Nein, ich habe in einer dieser, äh, Zeitschriften darüber gelesen. Irgendeine Tochter irgendeiner Königin geht demnächst nach Wales. Ich bin in Berlin zur Schule gegangen, völlig normal. Aber stell dir nur mal so eine Schule vor! Das ist wie Harry Potter in echt.«

»Mit oder ohne Voldemort?«

»Ohne natürlich. Aber mit Dobby und Seidenschwanz.«

»Und kalten Gemäuern und dunklen Verliesen, garniert mit arroganten Karrierekids stinkreicher Eltern aus der ganzen Welt. Danke, aber nein danke. By the way, warum bist du in Berlin zur Schule gegangen, kommst du nicht aus Hamburg?«

»Ähm ...« Ich strecke mich ausgiebig und klaube mir einen Staubflusen vom Ärmel. »Hamburg, Berlin, so weit liegt das ja nun nicht auseinander. Zurück zu dir. Superluxusinternat ist also nicht so dein Ding. Aber was dann?«

Kiara zuckt mit den Schultern. »Das würde ich ja gern herausfinden, aber mach das mal, wenn dir alles abgenommen wird.«

Als sie nicht weiterredet, klatsche ich in die Hände. »Nun lass dir doch nicht alles aus der Nase ziehen!«

»Unsere Köchin kocht für uns, Dienstmädchen halten unsere Häuser sauber, Chauffeure fahren uns durch die Gegend, Gärtner stutzen unsere Gärten, Nachhilfelehrer machen meine Hausaufgaben, einkaufen geht die Haushälterin und meine Nanny wäscht mir die Haare, putzt mir die Nase und räumt mein Zimmer auf.«

Je länger die Aufzählung dauert, desto öfter muss ich blinzeln. »Na ja, das mit dem Zimmeraufräumen scheint mir eine überlebenswichtige Aufgabe zu sein, sonst würdest du eines Tages in deinem Chaos verschwinden.«

»Schön wärs. Meinen Eltern würde es ohnehin nicht auffallen. Für die bin ich sowieso der Totalausfall. Der große Störfaktor in ihrem astreinen Leben.« Kiara verzieht keine Miene und wirkt völlig emotionslos. Ich will ihr sagen, dass es bestimmt nicht so schlimm sei und Eltern ihre Kinder immer lieben, aber die Worte wollen mir nicht über die Lippen. Dazu wirkt sie zu resigniert, geradezu versteinert.

Langsam erhebe ich mich und setze mich auf die Lehne des Sofas neben Kiara. Fest nehme ich das Mädchen in die Arme, und still sehen wir hinaus in die Nacht, wo das ewige Leuchten der Sterne in der Dunkelheit funkelt.

Kapitel 13

E wie Ereignis

Energie-Eis

Ein Löffelchen frische Luft, ein Gläschen Vorfreude, eine Messerspitze Gemeinsamkeit, verquirlt mit Liebe und Hilfsbereitschaft, genossen mit Freunden bei einem Vanilleeis mit Zitronenguss.

Vamos a Marte plärrt mir aus meinem Handy entgegen und reißt mich aus dem Schlaf. Ich hasse dieses Lied. Und so springe ich auf und sprinte zum Handy am anderen Ende des Raumes, um der Lärmbelästigung ein Ende zu bereiten.

Ha! Funktioniert! Ich bin aufgestanden, in weniger als zwei Minuten. Um diese unwirkliche Zeit, quasi vor dem Wachwerden! Wer hätte das gedacht! Diesen Trick namens *Turbo-Aufstehen in fünf Minuten* habe ich in einem der bunten Blättchen aufgeschnappt, gleich neben dem *Schnellcheck für die fitte Mitte.*

Es ist noch spät geworden gestern Abend mit Kiara, aber es hat ihr glaube ich gutgetan. Zumindest war sie

beim Zubettgehen nicht mehr so schrecklich ange-
spannt.

So früh es ist, so dunkel ist es auch. Ein mindestens so
dunkler Kaffee wäre jetzt genau das Richtige. Und dazu
eine dicke Scheibe frisches Brot mit Süßrahmbutter
und Nutella.

Müde recke und strecke ich mich ausgiebig und inspi-
ziere die Vorräte. Den Kaffee kriege ich hin, doch das
Brot mit Nussnugatcreme sieht trotz Maxi-Kühl-
schrank mau aus.

Na gut, dann bereite ich mich halt mit knurrendem
Magen für den Vortrag nachher vor. Das treibt mich sicher an und ich bin umso schneller fertig. Außerdem,
ein voller Bauch studiert nicht gern. Also frisch ans
Werk.

Ein leises Klopfen an der Zwischentür hält mich davon ab, mich an den Schreibtisch zu setzen. »Herein.«

Die Tür öffnet sich, und Kiara steckt ihren verwu-
schelten Kopf in mein Zimmer. »Bist du schon wach?«

»Dank Helenes Marstrip, ja. Und du? Schlecht geschlafen?«

Sie nickt, gähnt und fährt mit den Händen durch ihren Megapony, der dadurch wieder mehr Form annimmt.

»Hunger?«

Wieder nickt sie.

»Na dann los, lass uns sehen, ob wir Karl um diese Zeit
schon ein Frühstück abschwatzen können.« Ich biete
Kiara den Arm an, doch sie deutet auf mich.

»In deinem Pyjama?«

»Der ist hübsch.«

»Ganz sicher, wenn du drei Jahre alt bist und auf Eishörnchen stehst.«

»Ich stehe auf Eishörnchen.« Liebevoll streiche ich das Oberteil mit den zauberhaften Eishörnchen glatt, die in allen Pastellfarben darauf umherspringen.

»Umziehen, Tantchen, sonst lichte ich dich ab und schicke das Foto an die *Adel intim.*« Kiara wackelt mit ihrem Handy, und ich beuge mich ihren Argumenten.

Im Höchsttempo drehe ich eine Minirunde im Bad und springe in Jeans und Pulli. Im Wohnzimmer präsentiere ich mich meiner Schwindel-Nichte. »Schon fertig. Besser?«

Sie blickt von ihrem Telefon auf und blinzelt mehrfach, ehe sie antwortet. »Vielleicht nicht unbedingt besser, aber schon die richtige Richtung. Wenn du das nächst Mal statt einer rosa Jeans eine schwarze erwischst, könntest du sogar diesen orangenen Pullover anbehalten.« Sie steht auf und kommt zu mir. Sehr nah zu mir. »Sag mal, sind das kleine, pinke Eistüten mit lachenden Eiskugeln auf deinem Pullover?«

»Selbstverständlich sind sie das.« Ich öffne die Zimmertür und gehe Kiara voraus zum Paternoster.

Im Foyer herrscht bereits Betriebsamkeit. Erstaunlich um diese Zeit, ich hatte vermutet, dass das Hotel noch ruht wie ein Dornröschenschloss.

Aber weit gefehlt. Herr Wilhelm sitzt mit Wilhelm dem Stallburschen am Kamin und winkt uns zu. Natascha kommt plaudernd mit Lima und Sanna die Treppe herunter, und am Empfang bei Lilli steht ein Paar, das direkt aus der Serie *Reich und Schön* hierher katapultiert wurde – aus der japanischen Version von *Reich und Schön* wohlgemerkt.

Die Frau trägt eine Wahnsinnsbluse in einem knallroten Ton mit kunstvollen, grünen Ranken darauf. Solch eine Eissorte wäre doch der Knaller im Frühling ... Granatapfelsorbet mit einem Kern aus Kirscheis, durchzogen mit einem Wirbel aus Kiwieis, serviert in einer blauschwarzen Schale, so wie das dichte, glänzende Haar der Dame. Eng und knöchellang schmiegt sich ein farblich passender Rock um ihre Beine, im Kontrast dazu steht sie sicher und bequem in schneeweißen Sneakers. Cool!

Lilli ist jenseits von cool und wickelt sich ihren geflochtenen Zopf immer wieder um die Hand, dabei nickt und verbeugt sie sich mehrmals, während die neuen Gäste reden.

»Wetten, sie versteht kein Wort«, murmelt Kiara neben mir.

Mitfühlend beobachte ich Lillis nervöses Gezappel. »Sieht so aus.«

»Dann lass mal Multikulti-Kiara in das Geschehen eingreifen.« Kiara strafft die Schultern, malt ein zauberhaftes Lächeln auf ihre Lippen und zwinkert mir zu. »Du kannst schon mal frühstücken gehen, ich komme nach.«

»Und du?«

»Ich gehe flexen mit meinen Japanischkenntnissen.«

Flexen hört sich nicht japanisch an, aber wer weiß das schon so genau. »Du sprichst Japanisch?«

»Hai. Ist aber nur eine von einem Dutzend Sprachen, in denen ich losplappern kann.«

»Hobbys braucht der Mensch.«

Kiara mustert mich einmal von oben bis unten und tippt sich dann zum Gruß an die Stirn. »Genau. Und außerdem war ich ein sehr einsames Kind.«

Damit lässt sie mich stehen und eilt Lilli zur Hilfe, die diese dringend zu benötigen scheint, so zerrupft wie ihr Zopf aussieht.

Im Prinzip höre ich sämtliche Uhren um mich herum ticken, doch ich kann dem japanischen Schauspiel nicht widerstehen, nähere mich langsam dem Grüppchen und bleibe in Hörweite stehen. Interessiert starre ich auf den dunklen Bildschirm meines Handys, damit niemand denkt, dass ich spionieren könnte. Nein, ich bin lediglich interessiert an meiner Nichte. Das ist quasi meine Pflicht als Tante.

Kiara lauscht dem Paar, antwortet schließlich etwas auf Japanisch – also ich gehe davon aus, dass es sich um Japanisch handelt – und lächelt dann Lilli beruhigend an. »Darf ich vorstellen, Frau und Herr Tanaka, die sich sehr freuen, in diesem wundervollen Hotel gelandet zu sein, das ihnen wärmstens empfohlen wurde.«

»Wirklich? Die beiden sehen so ernst aus, ich dachte schon, sie wollen uns verklagen, weil Albert sie hergefahren hat.« Lilli lässt endlich ihren Zopf los. »Nur gut, dass wir noch unser geheimes Ersatzzimmer haben. Kannst du noch mehr Japanisch mit ihnen reden?«

»Aber sicher. Überlass die Herrschaften getrost mir, ich regele das.«

Lilli findet zu ihrer alten Form zurück und wendet sich strahlend dem Paar zu. »Ich freue mich ja so, dass wir Sie als unsere Gäste begrüßen dürfen. Wenn Sie mir bitte folgen mögen, Ihr Zimmer ist sofort bereit.«

Kiara übersetzt und das Grüppchen setzt sich in Bewegung. »Übrigens«, höre ich Kiara noch zu Lilli sagen, »ich habe mich als deine persönliche Assistentin vorgestellt.«

»Ich bin geehrt, ich wollte schon immer eine haben. Aber darfst du das als Prinzessinnennichte überhaupt?«

Kiara blickt über die Schulter zu mir und winkt ab, während ich mich zurückziehe. Ich habe genug gehört und will gar nicht wissen, was Kiara noch so einfällt.

Aus dem kurzen Frühstück wird ein mittellanges. Zum einen, weil ich Karl spontan dazu überrede, mit mir Tannenbaumeis als Give-away für meinen Vortrag zu zaubern und zum anderen – ganz ehrlich – wer kann schon widerstehen bei saftigen Apfelküchle und süßen Weckmännern mit fruchtigem Pflaumenmus. Ich ganz sicher nicht, genauso wenig wie die anderen Gäste, die sich zahlreich im Restaurant einfinden.

Herrlicher Duft nach frischgebrühtem Kaffee und zimtigem Gebäck schwebt über dem entspannten Gemurmel um mich herum. Einzig die Aussicht aus den Panoramafenstern passt nicht ganz, als es endlich heller wird am Horizont. Denn, wo gestern noch ein blitzblauer Himmel erstrahlte, ballen sich heute graue Wolken zusammen.

Vollgefuttert und ein wenig schläfrig stemme ich mich schließlich aus dem Stuhl hoch und gehe ins Foyer, um mit dem Paternoster nach oben in mein Zimmer zu fahren.

Doch mit einem Schlag hellwach bleibe ich mitten in der Bewegung stehen.

Im Foyer sammeln sich gerade gefühlt alle Gäste des Hauses, und durch die Eingangstür sehe ich einen Minibus vor dem Hotel stehen. Gerade winkt Albert mit seiner Chauffeursmütze alle zu sich heraus.

»Da sind Sie ja, Sunny. Genau richtig, Sie als unser Star dürfen natürlich ganz vorn beim Albert sitzen.« Elvira ruckelt sich einen wagenradgroßen Hut auf dem Kopf zurecht, dessen schwarzer Filz von einer quietschgelben Schleife mit einer rosa Bommel verziert wird. Ein Schal, der in sämtlichen Farben des Universums gestrickt wurde, komplettiert ihr Outfit.

»Das ist wirklich sehr nett, aber ich muss selbst gleich los. Ich habe leider keine Zeit für einen Ausflug.« Mit einem entschuldigenden Lächeln wende ich mich von ihr ab.

Doch Elvira hält mich am Arm zurück. »Aber das ist für Sie. Wir bringen Sie runter zum Kaufhaus.«

»Es tut mir leid, aber hier liegt ein Missverständnis vor, Elvira. Ich möchte nicht einkaufen gehen, ich habe gleich einen Termin bei der Eismesse Freiburg, wo ich einen Vortrag halten werde.«

»Ja, genau. Und wir kommen mit.«

»Wie, Sie kommen mit?«

Elvira breitet die Arme aus. Die Geste umschließt das Foyer, die Gäste darin und Albert mit dem Bus draußen. »Lima hat uns von Ihrem Vortrag erzählt, und wir kommen alle mit, um Sie anzufeuern, nicht wahr, Babett?«

Babett, die eben auf uns zu schlendert, nickt. »Es ist immer wieder ein Genuss, einer Veranstaltung im *Historischen Kaufhaus* beizuwohnen. Und wir sind alle sehr gespannt, was Sie zu erzählen haben.«

»Aber ...« Ich lasse den Satz in der Luft hängen, da ich nicht weiß, welche Wörter hinter *Aber* folgen sollen. Und eigentlich ist die ganze Sache doch auch ziemlich nett. So weiß ich, dass wenigstens ein paar Zuhörer definitiv da sein werden, denn so recht vorstellen kann ich mir nicht, wer so kurz vor Weihnachten zu einem Vortrag über Eis kommen sollte.

»Oh Babett! Sieh nur, wie sprachlos unsere Pri... prima Sunny ist.« Atemlos schlägt Elvira die Hände vor der Brust zusammen und strahlt ihre Schwester an. Diese neigt leicht den Kopf und lächelt still in sich hinein.

»Na dann los.« Schwungvoll marschiere ich durch das Foyer nach draußen zum Bus. Doch meine Zuversicht schwindet, als ich an die Fahrt nach hier oben denke, und ich möchte am liebsten wieder zurück ins Hotel gehen.

»Alles gut?« Sanna sieht von mir zum bedrohlich nah gerückten Himmel hinauf. »Keine Sorge, das Wetter müsste sich noch so lange halten, bis wir wieder hier sind.«

»Du kommst auch mit?«

»Na klar, das Spektakel lasse ich mir doch nicht entgehen.«

Noch immer in Gedanken an die kurvige Straße, starre ich den Bus an. »Was für ein Spektakel erwartet ihr denn alle? Ich halte einen simplen Vortrag über Kindereissorten.«

»Eine Inkognito-Prinzessin hält einen Vortrag über Kindereissorten. Na, wenn das mal nicht für Ruhm und Ehre sorgt.«

»Was ist eine Iknokito-Prinzessin? Du bist doch nur eine Prinzessin.« Lima schiebt sich zwischen mich und

Sanna und klaubt sich die Mütze vom Kopf, sodass ihr die Haare zu Berge stehen.

Es knistert kurz, als ich Limas Haare glatt streiche. »Woher weißt du, dass ich eine Prinzessin bin?«

»Das weiß doch jeder.«

»Aber ich bin inkognito hier!«

»Das weiß auch jeder.« Natascha nimmt Lima die Mütze aus der Hand und setzt sie ihrer Tochter wieder auf den Schopf.

»Na dann hätten wir das ja geklärt.« Ich zucke mit den Schultern und steige tapfer in den Minibus. Wird schon gut gehen. Schließlich ist es heute hell, nicht wie bei meiner Ankunft, und außerdem fahren wir bergab, das ist weniger anstrengend als bergauf. Zumal ich beim letzten Mal Hunger hatte, und nun ist mein Bauch voll. Außerdem ist so ein träger Bus bestimmt viel angenehmer als ein wackeliges kleines Auto.

Wie gesagt, wird schon gut gehen.

Nichts geht gut!

Der verdammte Minibus schlingert wie dieses verflixte Segelboot, das sich Tom unbedingt letzten Sommer von Leo leihen musste. Sunny, das wird dir Spaß machen, hat er mir ins Ohr geflüstert. Das Meer, die Sonne und das Schaukeln des Bootes werden dir gefallen, meinte er zu wissen. Und schwupp war ich gefangen auf diesem wackeligen Ungetüm von einem Boot, mein Magen ein einziges Chaos.

Diese schreckliche Zeit auf dem Wasser werde ich mein Leben lang nicht vergessen, auch wenn Tom damals sagte, ich reagiere über und solle die fünf Minuten abhaken! Er war ja auch nicht grün für den Rest des Tages.

Leider helfen mir die Gedanken an dieses Segeldebakel kein Stück in diesem fiesen Bus, auf dieser entsetzlichen Straße, mit den katastrophalen Kurven.

Ich will wieder zurück! Nein! Halt! Ich will einfach aussteigen, mich an den Straßenrand setzen und bleiben. Kein Wackeln, kein Schlingern, keine Bewegung.

»Wir sind gleich da«, nuschelt Albert, während ich versuche, gleichmäßig und tief zu atmen, um den Schwindel in Griff zu bekommen, und gleichzeitig die Luft anhalten will, denn der Busgeruch nach ... nach Bus lässt mich würgen.

Ich glaube, wir halten an. Vorsichtig hebe ich ein Augenlid. Zwar bewegt sich noch alles um mich herum, aber irgendwie fährt der Bus nicht mehr weiter.

Zittrig erhebe ich mich vom Sitz und torkele nach draußen an die frische Luft. Dort lehne ich mich an eine der roten Säulen des Gebäudes, vor dem der Teufel von Bus parkt. Alles, was sich nicht gerade im Uhrzeigersinn dreht, wackelt in die andere Richtung. Selbst die riesige Kirche neigt sich über den Platz vor mir auf mich zu.

Mit einem Mal umringen mich ein Dutzend Menschen und knipsen mit ihren Fotoapparaten drauflos. Mehrere Mikrofone werden mir entgegengehalten, und vor Schreck und Übelkeit muss ich mich übergeben. Genau da, wo ich stehe, vor die Füße der vielen fremden Leute.

Kapitel 14

J wie Irre

Ischlerschnitten-Eis

Feinstes Mandeleis, elfenbeinfarben und zartschmelzend, wird durchzogen von sattrotem Gelee aus saftigen Johannisbeeren, die zuvor in Cassis badeten. Vollendet mit einer hauchzarten Schicht dunkler Edelkakao-Schokolade.
Ein Fest für die Sinne für das Fest aller Feste.

Ein Arm legt sich um mich, und bei dem blumigen Geruch, der ihn begleitet, muss ich gleich wieder würgen.

Stolpernd folge ich Sanna, die mich mit sich in das Gebäude zieht und dort in ein Badezimmer bugsiert. Sie spritzt mir Wasser ins Gesicht und zwingt mich, ein paar Schlucke zu trinken.

Als ich mich aufrichte, verschwinden nach und nach die ekelhaften Gerüche, und das penetrante Klopfen in meinen Ohren lässt nach und verwandelt sich in ein leichtes Rauschen.

»Besser?« Sanna sieht mich mit zusammengekniffenen Augen an und streicht mir eine Strähne aus dem Gesicht.

Vorsichtig nicke ich, und auch das Schaukeln und Drehen verabschiedet sich und lässt die Welt wieder geradestehen.

Meine Hände zittern weiterhin, als ich mir erneut den Mund ausspüle, um den ranzigen Geschmack loszuwerden.

»Ich glaube, das ist effektiver.« Sanna reicht mir eine Minizahnbürste, die sie mit einem Tübchen Zahnpasta aus ihrer Tasche zaubert.

Gierig greife ich danach und drücke mir eine großzügige Portion Mintgeschmack auf das Bürstchen. »Du bist wohl auf alles vorbereitet?«

»So ziemlich.«

Während ich die Zähne schrubbe, lässt das geleeartige Gefühl in meinen Knien nach, auch wenn mein Magen weiterhin vor sich hin trudelt. So richtig begeistert bin ich nicht, gleich einen Vortrag halten zu müssen und so zu tun, als würde ich nichts lieber machen, als einen Eisbecher nach dem anderen zu schnabulieren.

Aber auch dafür hat Sanna eine Lösung und drückt mir eine Tablette aus einem Blister. »Gegen Reiseübelkeit. Schließlich musst du als Prinzessin immer strahlen, egal wie mies es dir geht.«

»Genauso wie die Eiskönigin«, murmele ich und schlucke die Tablette. »Die ist so winzig, kann ich lieber noch eine haben?«

»Ich weiß nicht so recht ...« Sanna studiert den Beipackzettel. »Hier steht, im Bedarfsfall ein bis zwei Tabletten mit reichlich Wasser schlucken. Allerdings machen die auch ziemlich müde.«

Ich winke ab. »Ach, nicht bei mir. Ich bin so aufgekratzt, da kann mir ein wenig Ruhe nur helfen.«

Mit einem Schulterzucken reicht mir Sanna eine zweite Tablette, die ich mit reichlich Wasser zu mir nehme. Vor dem Schminktisch im Vorraum zu den Toiletten steht ein Hocker, und ich setze mich, um kurz durchzuatmen. »Ich brauche noch fünf Minuten.«

Sanna linst auf ihr Handy und verzieht den Mund. »So richtig viel Zeit hast du nicht mehr, du hättest vor fünf Minuten anfangen sollen.«

In dem Maße, wie die Übelkeit nachlässt, fühlt sich mein Kopf leichter an. Befreit springe ich auf. Ich bin wieder da, voll und ganz im Sunny-Modus.

Vor dem Spiegel binde ich mir mit Sannas Hilfe schnell den Zopf neu und spritze mir noch einmal kaltes Wasser ins Gesicht. Den Sitz der Hose überprüfen, den Pullover geradeziehen, und los gehts.

Sanna und ich eilen durch die Gänge des eleganten, alten Gebäudes und stürmen in den Kaisersaal – wie passend.

Der Raum ist voll! Jeder einzelne der roten Plüschstühle ist besetzt, sogar vor den hohen Bogenfenstern stehen Leute und applaudieren, als sie mich sehen.

»Da bist du ja endlich!« Elvira zieht mich weiter in den Saal, zum Rednerpult hin. »Toi, toi, toi.«

Dort beendet ein grauhaariger Mann mit einem Schnauzer von hier bis Spitzbergen gerade seine Rede. »Und nun, meine sehr verehrten Damen und Herren, in

Vertretung für Susanna Spatz aus der Eisdiele *Schnee-flöckchen*. Prinzessin Susanna Leonore Karoline von Hollerburg. Ich habe die Ehre.«

Entsetzt sehe ich Sanna an, die einen Schritt zurücktritt und schließlich hinter den Bellwü-Schwestern verschwindet. Diese applaudieren so frenetisch, dass Elviras Hut vom Kopf rutscht und Babetts grauer Dutt wackelt.

Hallo? Ich denke, ich bin inkognito unterwegs. Ich verstehe die Welt nicht mehr.

Kamerablitzlichter treffen mich, mein Herz pocht heftig gegen die Rippen, und Hitze breitet sich von meiner Mitte im ganzen Körper aus. Jeden Augenblick wird meine Tarnung auffliegen! Ich lächele, was das Zeugt hält, und löse den Zopf am Hinterkopf, damit meine roten Sanna-Haare möglichst viel von meinem Sunny-Gesicht verbergen.

Ganz bestimmt wird gleich jemand vortreten, mit dem Finger auf mich zeigen und mich als Hochstaplerin enttarnen. Die Polizei wird anrücken, mich in Handschellen legen und unter Buh-Rufen aus dem Gebäude führen. Einsam, verlassen und ohne Eis werde ich in einer mausgrauen Zelle frierend meinem Schicksal entgegen hadern.

Habe ich heute Morgen mein geliebtes Bananen-Deo benutzt? Passt eigentlich meine Unterwäsche zusammen?

Oh Gott! Meine Gedanken spielen Billard in meinem Hirn, während mich Dutzende Leute neugierig anstarren.

Doch keiner tritt vor.

Vorsichtig optimistisch straffe ich die Schultern und marschiere mit erhobenem Kopf zum Rednerpult.

Wow! Die sind alle meines Eises wegen hier. Mein Herz schmilzt wie Vanilleeis in der Sonne vor Wonne. Hi, hi, das reimt sich.

»Ich freue mich außerordentlich, heute bei Ihnen sein zu dürfen. Sie müssen wissen, ich rede gern. Und besonders gern über Eis.« Die dunklen Holzsäulen, die den Saal elegant unterteilen, sehen großartig aus. Ob das auch etwas für mein *Schneeflöckchen* wäre? Da müsste ich aber helles Holz wählen ...

»Ähm ... ja, Eis. Welch wundervolles Geschenk der Götter, nicht wahr? Vor allem an die Kinder, nicht wahr?« Mein Blick schweift über die ersten beiden Reihen, wo Lima sitzt, umringt von anderen Kindern. Die Beinchen zappeln und die Augen glänzen. »Was meint ihr? Soll ich nur von Eis erzählen, oder wollen wir auch welches futtern?«

Kichernd klatschen die Kinder in die Hände. »Eis, Eis, Eis!« jubeln sie, und auch manch einer der Erwachsenen stimmt in die freudigen Rufe mit ein.

Ich nicke Karl zu, und der beginnt, unser dunkelgrünes Tannenbaumeis mit weißen Zuckerwattespitzen zu verteilen. Ich würde sagen, Treffer und versenkt, so wie alle an ihrem Eis schnuppern, es schlecken und glücklich lächeln.

Versonnen bleibt mein Blick an dem Weihnachtsbaum hängen, der sich neben mir in den Saal reckt. Würziger Tannenduft, vermischt mit dem Geruch nach Äpfeln und dem Aroma der Bienenwachskerzen erwärmt mein Herz, und Weihnachtssehnsucht erfasst mich. Weihnachtsliedfetzen von Tannenbäumen und

Schlittenglöckchen ertönen in meinem Kopf und katapultieren mich in ein kitschiges Weihnachtswunderland.

Vor dem Kamin hockt Olaf, von Elsa geschützt vor der Hitze des Feuers, und futtert geröstete Marshmallows von einem Stock. Kristoff hält Anna wohlig im Arm ...

Anna! Elsa! Das ist es! Mein Kindereisthema! Mein neues Kindereis! Die perfekte Symbiose aus Prinzessin Susanna und Sunny! Prinzessinneneis! Und Prinzeneis, natürlich.

Begeistert klatsche ich in die Hände, und das Echo klingt, als hätte ich Watte in den Ohren. Ich fühle mich so leicht ...

Los Sunny, oder Prinzessin Susanna oder so, konzentriere dich!

»Welche Prinzessinnen kennt ihr?«

Aus dem Saal ertönt Gemurmel, während die Kinder Namen durcheinanderrufen. Auch Lilli mischt kräftig mit.

»Cinderella.«

»Schneewittchen.«

»Dornröschen.«

»Belle.«

»Elsa.«

Dann wird es still.

»Och Leute, kommt schon! Es gibt mindestens fünfzehn Disney-Prinzessinnen. Euch werden doch noch mehr einfallen. Und ja, es gibt definitiv mehr als zwölf! Elsa und Anna und Raya gehören auf jeden Fall dazu!« Mein Finger fuchtelt vor meinem Gesicht herum, und ich lasse die Hand sinken.

»Vaiana«, ertönt ein schüchternes Stimmchen rechts vor mir.

»Rapunzel«, steuert Sanna von hinten bei.

Wieder Stille. Na ja, wenigstens die Hälfte haben sie ungefähr geschafft. Ich erhebe wieder meine Hand und zähle an den Fingern ab. »Schneewittchen, Aschenputtel, Dornröschen, Arielle, Belle, Jasmin, Pocahontas, Mulan, Tiana, Rapunzel, Merida, Vaiana, Anna, Elsa und Raya. Spekulieren können wir auch über Jane, Giselle, Esmeralda, Vanellope und Tinker Bell.« Atemlos sehe ich meine Finger an. Irgendwie habe ich mich verzählt. Egal.

Ich strahle mein Publikum an. »Und nun überlegen wir uns, welches Eis die Prinzessinnen wohl am liebsten mögen. Wer hat einen Vorschlag?«

Stille. Stille. Stille.

Ungünstig.

»Dann fange ich einfach an. Nehmen wir das schöne Schneewittchen, mit einer Haut weiß wie Schnee, Lippen so rot wie Blut im frischen Schnee und Haar so schwarz wie das Ebenholz des Fensterrahmens, aus dem sich die Mutter gerade beugt.« Ein kleiner Junge schräg vor mir wimmert bei dem Wort Blut auf und steckt damit ein doppelbezopftes Mädchen neben sich an. Lima schreitet tatkräftig ein und tätschelt der Kleinen über den Kopf.

Okay. Sensibles Publikum. Schnell weiter. »Und unser Schneewittchen, ganz klar, liebt nichts mehr als saftige, rotbackige Äpfel, die nur so vor Frische knacken beim Hineinbeißen. Schneewittcheneis verzaubert uns also mit einem prickelnden Blutapfeleis-Sorbet, in das wir leuchtend rote Granatapfelkerne mischen und das wir mit schneeweißen Krönchen aus knusprigem Baiser überstreuen. Serviert in einem Becher aus glänzendem Ebenholz.«

Großartig! Ich sehe es vor mir, das Schneewittcheneis wird ein Klassiker im *Schneeflöckchen* werden, und beim Servieren könnten Alma und ich *Whistle while you work* singen ... oder lieber nicht. Pfeifen reicht vermutlich auch.

Es ist mucksmäuschenstill im Saal, selbst die Kameras klicken nicht mehr. Alle starren mich an. Ich klopfe auf das Mikrofon vor mir. Möglicherweise ist es defekt und ich bin nicht zu hören?

»Vaiana mag Ananase.«

»Tinkerbell will Sokolade.«

»Und Anna auch.«

»Olaf futtert die Geburtstagstorte von Anna weg.«

»Und Sven dafür Olafs Möhrennase.«

Mit einem Mal fliegen die Ideen durch den prächtigen Kaisersaal, und ich fange sie auf, verflechte sie miteinander, und gemeinsam lassen wir Eis in unserer Fantasie entstehen, wie es Prinzessinnen würdig ist.

Egal, ob jung oder alt, dick oder dünn, in Anzug gekleidet oder mit rosa Tutu über grasgrünen Leggings, das Publikum lacht mit mir und spekuliert über Eiskombinationen jenseits von Fürst Pückler und Bananensplit.

Und jedes einzelne Eis, das wir uns ausdenken, wird einen Ehrenplatz auf einer Prinzessinnen-Ehren-Eiskarte im *Schneeflöckchen* bekommen. Ich werde Prinzessinnen-Eistage veranstalten, ach was, gleich eine ganze Prinzessinnen-Eiswoche. Wir werden uns verkleiden und singen und Eis futtern ... und irgendwie verliere ich gerade wieder den Faden.

Ich blinzele ins Publikum. Die Kinder sitzen längst nicht mehr auf ihren Plätzen, sondern toben vor dem Pult durch den Saal. Aufgekratzt schlagen die einen Rad, während die anderen Fangen spielen.

Aus den Augenwinkeln sehe ich, wie Sanna mir zuwinkt und dann auf die Uhr über der Eingangstür zeigt.

Ganz ehrlich? Wer bitte hat an der Uhr gedreht? Ich kann unmöglich bereits seit drei Stunden hier stehen und mir Eis ausdenken?

Anscheinend kann ich. Mit einem Mal bahnt sich eine Müdigkeit den Weg durch meinen Körper, wie ich sie noch nie gespürt habe.

»Wisst ihr was?«, wende ich mich noch einmal an mein Publikum, meine Stimme rau, sodass ich mich mehrmals räuspere, ehe ich weiterrede. »Ich lade euch alle nach Berlin in mein *Schneeflöckchen* ein, ich meine, in Sunnys *Schneeflöckchen*. Jede und jeder einzelne ist herzlich willkommen, und ihr werdet den besten Eisbecher von mir – von ihr – serviert bekommen, den es auf der ganzen Welt gibt.«

Applaus fegt mir entgegen, und selbst die Racker vor mir hören kurz damit auf, sich gegenseitig niederzurangeln.

Glücklich verlasse ich das Podest und wackele zu Sanna. »Das hat Spaß gemacht.«

»So kann man das auch nennen.« Sie legt die Stirn in mehr Falten, als ich hoffentlich jemals haben werde. »Und was für Spaß die Klatschpresse spätestens morgen haben wird.«

Gähnend angele ich nach dem Handy in der Hosenta-sche. Ich muss mir unbedingt Notizen zu den leckeren Eisideen machen. Wie war das mit dem Rapunzelbe-cher? Irgendetwas Köstliches hatte ich gefunden, um es mit dem Rapunzelsalat zu einem Eis zu verschmelzen, das auch wirklich ein Eisgenuss ist und kein Beilagen-salat.

»Sunny?«

Ich blicke vom Handy hoch, dessen Bildschirm wei-terhin schwarz bleibt. Hm, einschalten würde vermut-lich helfen. »Ja?«

»Hast du mir zugehört?« Zu den vielen Stirnfalten zieht sie nun auch noch die Augenbrauen zusammen und sieht mindestens so streng aus wie Alma, wenn ich mal wieder das falsche Dokument in den richtigen Ord-ner oder andersherum geheftet habe! Anstatt glücklich zu sein, dass ich überhaupt etwas abhefte!

Gesprächsfetzen mit Sanna tauchen auf und wieder ab. »Ähm, ja.«

Sie schnalzt mit der Zunge, legt mir einen Arm um die Schulter und zieht mich mit sich zum Ausgang des Kai-sersaales. »Ich schlage vor, du machst ein Nickerchen, während wir anderen Mittagessen gehen. Du siehst echt müde aus. Vielleicht hätte vorhin eine Tablette auch genügt.«

Nickerchen hört sich fantastisch an, und nur allzu gern lasse ich mich von Sanna in einen Salon führen, in dem das plüschigste Sofa auf mich wartet, das ich je gesehen habe. Das packe ich mir nachher ein und nehme es mit ins *Schneeflöckchen*. Meine Gäste wer-den es lieben.

Der Länge nach strecke ich mich dort aus und könnte schwören, noch nie so komfortabel gelegen zu haben.

»Brauchst du noch etwas?« Sanna reicht mir ein goldbesticktes Kissen und eine Flasche Mineralwasser.

Selig atme ich aus. »Nö. Ich bin rundum glücklich.«

»Na dann. Wenn du fertig gedöst hast, wir sind drüben im *Bunten Onkel.*«

Ich winke Sanna zu, die leise die Tür hinter sich schließt. Bunter Onkel! Na, wenn das nicht ebenfalls einen Eisbecher wert ist … saftiggrünes Kiwieis, neben tiefviolettem Ubeeis, neben knallgelbem Zitroneneis …

Endlich schalte ich das Handy ein. Während ich warte, betrachte ich die grandiose Stuckdecke über mir. Die roten Säulen des Salons gehen über in eine cremefarbene, aufwändig verzierte Decke mit strahlendbunten Gemälden.

Wow! Prinzessiger könnte ich mich nicht fühlen als beim Anblick dieser Pracht.

Mein Handy erwacht zum Leben und piepst, brummt und zirpt. Eine Nachricht nach der anderen erreicht mich in meiner Zivilisation mit echtem Handyempfang. Und diese gleichmäßigen, beruhigenden Töne schicken mich auf direktem Weg ins Traumland.

Kapitel 15

H wie Himmeldonnerwetter

Heinerle-Eis

Cremiges Kokoseis, vermischt mit dickflüssiger Edel-
bitterschokolade, bestäubt mit süßem Zimt, geschich-
tet mit zartschmelzenden Oblaten zu einem Türm-
chen reinsten Weihnachtsglücks.

Ich träume, dass ich durch das *Historische Kaufhaus*
wandere. Der polierte Parkettboden knarrt unter meinen Füßen, es duftet herrschaftlich nach königlichen
Schlössern. Und Vanilleeis. Und nach Blumen, die mir
vage bekannt vorkommen. Es ist angenehm warm,
dann windig und kalt und schließlich wieder warm.

Langsam entgleitet mir der Traum, und ich wache
auf. Gemütlich strecke ich mich, wobei mich etwas am
Popo drückt.

Vielleicht eine Erbse? Grinsend sehe ich aus dem
Fenster in die Dunkelheit hinaus.

Moment! Warum liege ich im Bett in meinem Zimmer
im Bellwü? Das Feuer im Kamin erhellt flackernd den

Raum, und hektisch suche ich auf dem Nachttisch nach meinem Handy.

Dort finde ich es nicht. Allerdings in der Hosentasche meiner Jeans, die ich noch trage. Das Ding ist es, das mich drückt. Ich bin halt doch keine Prinzessin auf der Erbse. Nur eine auf dem Handy. Und eigentlich nicht einmal das.

Ich schüttele über mich selbst den Kopf und schwinge die Beine aus dem Bett.

Es ist kurz nach achtzehn Uhr, und für einen Moment überlege ich, wo mein Traum anfing und die Realität aufhörte.

Das Eisseminar? Hat stattgefunden, oder?

Die grässliche Fahrt hinunter nach Freiburg? Die war definitiv echt!

Stöhnend lasse ich mich rückwärts auf das Bett fallen.

Aber die Rückfahrt scheint easy verlaufen zu sein. Wie auch immer sie vonstattenging.

Wo ist bloß der Rest des Tages hin verschwunden?

Meine Gedanken kreiseln umeinander, während ich hibbelig aufstehe. Ich bin wach, total und hundertprozentig.

Da ist der Nachmittag hin! Ich habe geschlafen wie Dornröschen.

Mein Magen knurrt. Doch mir pappen auch die Klamotten am Leib, und ich fühle mich verschwitzt und klebrig.

Erst duschen, dann essen!

Mit Schwung werfe ich das Handy aufs Bett und gehe Richtung Bad.

Kurz drehe ich mich noch einmal um, als mir das ganze Gepiepse einfällt, das mich in den Schlaf geschickt hat.

Erst duschen, dann Nachrichten lesen, dann essen.

Erst duschen, dann essen und dann Nachrichten ist auch eine Option.

Im Restaurant treffe ich auf die Bellwü-Bande, bestehend aus Herrn Wilhelm, Natascha, Lima, Wilhelm, Sanna und noch einigen anderen Gästen, die ich vom Sehen kenne. Sie sitzen an einem runden Tisch in der Mitte des Raumes und futtern sich an Karls Köstlichkeiten satt.

Während ich mir selbst sein Kratzete und Apfelküchle schmecken lasse, werde ich darüber aufgeklärt, wie mein verschlafener Nachmittag verlaufen ist.

Sanna hebt schließlich ihr Glas, gefüllt mit rubinrotem Wein. »Tja, lange Rede kurzer Sinn, wenn du das nächste Mal unter Reiseübelkeit leidest, bekommst du von mir ein Stück Ingwer zum Lutschen. Das hilft vielleicht nicht so effektiv wie eine Reisetablette, aber streckt dich für den Rest des Tages auch nicht gleich nieder.«

»Von Ingwer muss ich brechen.« Kurz schüttele ich mich. »Dann bleibe ich lieber hier oben auf dem Berg und genieße Karls Küche. Da komme ich ganz kurvenfrei hin.«

»Dein Wort ins Gottes Gehörgang, meine Liebe.« Damit stoßen alle auf mich an.

»Aber dein Vortrag war schon eine Sensation, muss ich sagen.« Natascha reckt den Daumen in meine Richtung.

Grinsend stellt Wilhelm sein Glas ab. »Wobei ich mich frage, ob du von der Reisetablette eher gebremst oder beflügelt wurdest.«

»Ich tippe auf gebremst.« Trocken bestätigt Sanna damit meine Meinung.

Ich zucke mit den Schultern. »Tja, meine Herrschaften, dies werdet ihr wohl nie erfahren. Und wenn ihr mich bitte entschuldigt, ich muss noch etwas mit Kiara klären.«

Mit einem Winken erhebe ich mich und gehe zum Eingang des Restaurants, wo Kiara sich eben von den japanischen Gästen verabschiedet hat. »Hi, hast du einen Moment?«

»Klar, aber in einer halben Stunde bin ich mit Lilli am Empfang verabredet, sie will mich ein wenig hinter die Kulissen schauen lassen.« Fröhlich hakt sich Kiara bei mir unter, und wir gehen zu der Sofaecke im Foyer.

»Na? Hat da jemand Feuer gefangen?«

»Und wie!« Mit Schwung pustet sich Kiara den Pony aus der Stirn. »Alle Rädchen greifen präzise ineinander, und jeder hat seine Aufgabe, um das Haus am Laufen zu halten. Und ich konnte mit meinen Sprachen etwas beisteuern! Das ist irre! Ich durfte am Nachmittag Martha begleiten. Du kannst dir nicht vorstellen, mit wie wenigen Handgriffen sie aus den Zimmern regelrechte Wohlfühloasen für jeden einzelnen Gast macht. Und Lilli und die Schwestern, sie lieben ihre Gäste. Weißt du, was ich meine?«

Mir wird warm ums Herz, während ich Kiara zuhöre. Ihre Wangen leuchten rosig, ihre Augen glänzen, der mürrische, verwirrte Teenager hat Platz gemacht für eine selbstbewusste junge Frau. »Oh ja, ich weiß genau, was du meinst ...«

»Aber?« Vorsichtig hockt sich Kiara auf die Kante des Sofas und sieht zu mir hoch.

Ich setze mich neben sie und greife nach einem rotbackigen Apfel, der in einer Schale auf dem Beistelltisch zum Reinbeißen einlädt. »Aber wir müssen dringend deine Eltern anrufen.«

Kiara will mich unterbrechen, doch ich hebe die Hände. »Lass mich bitte ausreden. Ich weiß, du meinst, es wäre ihnen egal. Und auch wenn es wirklich so sein sollte, müssen sie erfahren, dass es dir gutgeht. Und vielleicht müssen sie es sogar deswegen unbedingt wissen.«

»Ich habe ihnen doch schon längst eine Nachricht geschickt«, flüstert Kiara und blickt auf die verknoteten Hände in ihrem Schoß.

Ich traue mich kaum nachzufragen. »Und?«

»Sie haben nicht geantwortet.«

Ich kann es kaum glauben. Kiaras Verhältnis zu ihren Eltern unterscheidet sich so sehr von meinem zu meinen Eltern, dass ein ganzes Leben dazwischen passt.

Ich stecke den Apfel, den ich nicht angebissen habe, in die Tasche meines Kleides, stehe auf und ziehe Kiara am Arm vom Sofa hoch. »Wir rufen sie jetzt an und klären das!«

»Es wird ihnen egal sein.«

»Mir ist es aber nicht egal.« Sanft lege ich die Hände auf ihre Schultern. »Und dir sollte es auch nicht egal sein. Kiara, was möchtest du?«

Ihr Blick gleitet über mich hinweg zu dem Weihnachtsbaum, der hinter mir erstrahlt und seinen würzigen Tannenduft mit dem harzigen Aroma des Feuers vermischt. »Ich möchte hierbleiben.«

»Dann machen wir das so.« Ich habe zwar absolut und überhaupt keinen Schimmer, ob ich einfach so die Verantwortung für eine Sechzehnjährige übernehmen oder ob Kiara allein hier sein darf, aber ich werde das regeln. Weil ich es will. »Los, hol deine Jacke, wir treffen uns in zehn Minuten vor dem Hotel.«

Kiara legt den Kopf schief. »Warum treffen wir uns draußen? Warum telefonieren wir nicht drinnen? Draußen ist es saukalt.«

»Weil das nicht funktioniert.« Ich zuppele das Telefon unter dem Apfel hervor und wackele damit vor Kiara herum. Ich liebe dieses Kleid mit dem Megatellerrock und den ebenso riesigen Taschen.

»Na ja, ein paar Ecken gibt es schon, wo der Empfang halbwegs stabil ist, aber die sind nicht leicht zu finden. Ansonsten können wir doch auch damit telefonieren. Machen doch alle.« Kiara zeigt auf den Schreibtisch hinter dem Weihnachtsbaum.

Stimmt ja, da steht so ein antikes Fernsprechgerät, das hatte mir Herr Wilhelm erzählt. »Das funktioniert wirklich? Ich dachte, es wäre nur Deko.«

Kiara grinst schief. »Wenn man weiß wie, lässt sich die alte Lady durchaus zu einem Gespräch überreden.«

»Im Überreden bin ich prima.« Überzeugt von mir und meinen Talenten umrunde ich mit Kiara den Weihnachtsbaum, wobei wir uns unauffällig jede eine Zuckerstange abpflücken und sie genüsslich schlecken.

Der Schreibtisch ist ein Prachtstück aus poliertem, rotbraunem Holz, dessen Oberfläche seidig glatt schimmert. Es fühlt sich gut an, hier zu sitzen. Erhaben. Welch kluge Gedanken hier wohl schon zu Papier geflossen sind?

Von der Nische hinter dem Weihnachtsbaum kann ich das ganze Foyer überblicken, ohne dass ich selbst gesehen werde. Von hier lassen sich garantiert wunderbar die großen und kleinen Dramen eines Hotelalltages beobachten.

Während Lilli mit zwei älteren Damen am Empfang plaudert, sitzt das junge Paar neben dem Eingang an einem Schachtisch und wirft sich über die Figuren hinweg verliebte Blicke zu. Herr Wilhelm und Wilhelm – irgendwie sind die Namen noch immer gewöhnungsbedürftig – schlendern in Mantel und Schal gewickelt aus dem Hotel.

»Hörst du mir überhaupt zu?« Kiara sieht mich fragend an. Ganz banausisch sitzt sie mit einer Pobacke auf dem Wunder von Schreibtisch.

»Klar. Telefon. Telefonieren.« Ich nehme den Hörer von der grazil geschmiedeten Gabel und bin überrascht, wie schwer er ist, obwohl ich damit bereits gerechnet habe. Ein gebogener Messingtrichter dient als Sprechmuschel, ein entsprechendes Ohrteil als Lautsprecher. Der hölzerne Griff liegt fest in meiner Hand.

Zögernd halte ich ihn ans Ohr. Es würde mich nicht wundern, wenn gleich ein Fräulein vom Amt nach meinen Verbindungswünschen fragt.

»Ich habe kein Freizeichen.« Fragend sehe ich zu Kiara.

»Das wäre ja auch zu einfach.« Sie öffnet eine kleine Schublade mit silbernen Verzierungen, die sich im Sockel des Telefons unter der Wählscheibe befindet. Darin liegen altmodische Münzen, die aus einem Piratenschatz stammen könnten.

»War Jack Sparrow hier etwa auch schon mal zu Besuch?« Blinzelnd beobachte ich, wie Kiara drei Münzen in einen Schlitz hinter der Wählscheibe steckt. Zwar sehen meine Augen, doch mein Geist glaubt nicht.

»Die Münzen müssen in der richtigen Reihenfolge in das Telefon gesteckt werden. Zuerst die mit dem Adler, dann der Löwe, anschließend die Schlange.« Kiara schließt die Schublade, nimmt mir den Hörer aus der Hand, legt ihn kurz auf die Gabel und gibt ihn mir dann wieder. »Nun wählst du die Null, wartest, bis du ein langgezogenes Signal hörst, und dann kannst du deine gewünschte Nummer eingeben.«

Mit dem Hörer in der Hand starre ich sie an. »Du veralberst mich.«

»Probiere es doch aus.«

Ohne den Blick von ihr zu wenden, stecke ich einen Finger in das Loch der Wählscheibe mit der Null und drehe sie bis zum Anschlag.

Nichts passiert, außer dass die schwere Scheibe wieder in ihre Ausgangsposition zurücksurrt.

»Sage ich doch, du veralberst mich. Das alte Ding kann gar nicht mit unseren modernen Telefonnetzen funktionieren!«

Kiara schlägt sich mit der Hand gegen die Stirn. »Mist. Stimmt ja, du musst das Fußpedal bedienen. So wie bei einer Nähmaschine.«

Nun bin ich endgültig davon überzeugt, aufs Glatteis geführt zu werden, und stehe auf. »Erstens habe ich noch nie eine Nähmaschine benutzt. Zweitens spielst du versteckte Kamera mit mir. Und drittens, bitte sehr, mach es selbst!«

Kiara lächelt meinen genervten Rüffel einfach weg, setzt sich hin, positioniert ihren in einem grellroten Sneaker steckenden Fuß auf einem Pedal unter dem Schreibtisch, legt den Hörer kurz auf die Gabel und hält ihn wieder in die Höhe, wählt die Null und voilà, ertönt ein tiefer Brummton.

Anschließend wählt sie mühsam Ziffer für Ziffer, wartet kurz und winkt mich zu sich heran, sodass ich zuhören kann.

»Hier bei Familie Sandermann. Sie wünschen bitte?«

»Hallo Herr Wonk, hier spricht Kiara, würden Sie mich bitte mit meiner Mutter auf ihrer Privatleitung verbinden?«

»Selbstverständlich, Frau Sandermann. Einen Augenblick, bitte.«

Voller Ehrfurcht nehme ich den Hörer von Kiara entgegen und tausche die Plätze mit ihr. Den Sandermanns gehört praktisch halb Deutschland, ich glaube, nur das Wetter gehorcht ihnen nicht.

»Kiara. Guten Tag. Wie geht es dir?« Eine Stimme, die mich sofort aus dem Sessel aufspringen und strammstehen lässt, ertönt. Trotz ihrer Autorität hat sie auch etwas Weiches, Samtiges an sich und zieht mich an.

Kiara stupst mich an und fuchtelt mit den Händen vor meinem Gesicht herum. »Los! Sag etwas! Meine Mutter ist eine ganz normale Frau, wie du und ich, die kocht auch nur mit Wasser, wenn sie denn kochen würde.«

Mag ja sein, aber Frau Sandermanns Wasser ist mit Sicherheit nicht von dieser Welt. Meines hingegen schon. »Guten Tag, Frau Sandermann. Hier spricht nicht Kiara, mein Name ist Sunny, ich meine Susanna Spatz.«

Kiara kneift die Augenbrauen zusammen, sodass sie unter ihrem Pony hervorlugen. »Verstellst du deine Stimme?«

Ich schüttele den Kopf und wende mich von ihr ab.

»Guten Tag, Frau Spatz. Was hat meine Tochter nun wieder angestellt?« Merkwürdig, dass sie gleich davon ausgeht, ihre Tochter habe etwas angestellt. Ich als Mutter würde erst einmal ausflippen, dass jemand meine wundervolle Tochter geklaut hat.

Kurz blubbert ein heißes Gefühl in meinem Magen auf, und ich presse die Hand auf meinen Bauch. »Kiara hat nichts angestellt. Also ich meine, es geht ihr gut. Sie ist ja irgendwie nicht so ganz ohne Erlaubnis von zu Hause hierhergekommen. Sie ist übrigens bei mir, im Hotel Bellwü.«

»Das habe ich vermutet, sie hat es ja auch bereits bestätigt.«

Ich warte, dass Frau Sandermann weiterspricht, doch wenn sie sich nicht aus Versehen stumm geschaltet hat, kommt von ihr nichts mehr. »Ähm ... ja, das ist gut, oder?«

»Sicher. Allerdings ist es auch kein Novum, dass meine Tochter verschwindet. Das hat sie bereits mit drei Jahren bei ihren englischen Nannys gemacht und seitdem in regelmäßigen Abständen wiederholt.«

Ich drehe mich wieder zu Kiara um und seufze. Na toll. »Und nun?«

»Wie immer. Sobald sie sich wieder beruhigt hat, schicke ich einen Fahrer, der sie abholt.«

So langsam wird mir klar, warum Kiara lieber am laufenden Band wegläuft, als neben diesem Eisschrank von Frau zu erfrieren. Ich straffe die Schultern, und ein Plan formt sich in meinem Kopf. »Kiara möchte gern im Hotel bleiben. Ich übernehme die Verantwortung für sie.«

»Gut. Dann machen wir das so.«

Im Ernst? Mehr hat sie nicht zu sagen? Himmeldonnerwetter! Dieses wundervolle, aufgeweckte, wunderhübsche Mädchen ist ihr Kind! »Kiara ist ihre Tochter!«

»Richtig. Das bleibt sie auch. Auf Wiederhören, Frau Spatz. Bitte melden Sie sich, wenn Kiara wieder davongerannt ist. Wir werden ihr dann einen Wagen schicken.«

Es knackt in der Leitung, und auch in mir knackt etwas. Eine Ecke bricht aus meinem Glauben an die Menschen, an das Gute in jedem Menschen, und hinterlässt eine fiese Kante.

Meine Hand zittert, als ich den Hörer auflege, und in meinen Augen sammeln sich Tränen. Kiaras hingegen bleiben trocken.

»Danke«, flüstert sie, und ich schwöre mir, dass mein Plan funktionieren wird.

Kapitel 16

N wie Niemand

Nusskissen-Eis

Liebevoll gerührtes Johannisbeersorbet, samtig und saftig, mit einem Herz aus rubinrotem Johannisbeergelee, umarmt von einer knusprigen Schicht süßester piemontesischer Haselnüsse, wird zu einem Genuss für alle Sinne – köstlicher kann ein Kissen nicht sein.

Eine ganze Weile sitze ich mit Kiara vor dem Kamin, und wir reden. Schließlich geht sie nach oben.

Ich bleibe, tief in den Polstern des Sofas versunken, und beobachte das flackernde Feuer, das immer wieder neue Schattenbilder malt. Die Wärme fühlt sich angenehm an auf meinen Wangen, ebenso wie die Hitze der Tasse in meinen Händen, die randvoll mit cremiger, heißer Zimtschokolade nach Weihnachten duftet.

Im Foyer wird es ruhiger, bis ich allein bin. Die Stille wird nur unterbrochen durch heftige Windböen, die immer wieder an den Fenstern hinter mir rütteln. Doch hier drinnen bin ich sicher und warm.

Träge streife ich mir die Ballerinas ab und ziehe die Beine an. Der Kakao ist noch zu heiß zum Trinken, und ich stelle ihn zurück auf den Beistelltisch.

Ein Holzscheit knackst. Für einen Moment flackert das Feuer hell auf und beleuchtet das Handy in meiner Hand.

Langsam scrolle ich durch die Nachrichten. Grüße von meinen Eltern und eine Erinnerung von meiner Mutter, doch bitte auf jeden Fall eine Mütze zu tragen.

Wenn es nach ihr ginge, würde ich zwei Mützen auf einmal tragen.

Julia hat mir ungefähr ein Dutzend Listen geschickt mit To-dos für die Hochzeit.

Sehr praktisch, die kann ich prima für Sannas Hochzeit verwenden.

Spannend ist auch ein Artikel, den sie mir angehängt hat, wie ich endlich diese verflixte Farbe aus meinen Haaren bekomme und als echte Sunny an Toms Seite zum Altar schreiten kann.

Interessant, Honig, hört sich gut an.

Herr Sonthofen und Hedwig fragen nach Details für die Trauung, meine Tante schickt mir Grüße, ebenso diverse weitere Gäste meines *Schneeflöckchens*.

Wusste ich doch, dass es nicht ganz so simpel ist, wie Tom es hinstellt!

Irgendwann sind nur noch Tom und Alma übrig. Tom hebe ich mir selbstverständlich als Belohnung für den Schluss auf. Mein Streit mit ihm ist für mich längst nur noch ein Schatten tief in mir.

Aber für ihn? Ist es für ihn auch nur ein Schatten? Ohne Bedeutung? Vergeben und vergessen? Wie viel wird Tom sich noch von meinen Launen gefallen lassen?

Er ahnt ja nicht einmal, woher all meine Wut und Verwirrtheit der letzten Wochen kommen. Wie sollte er auch. Ich fasse es selbst ja nicht.

My love is not fragile, hat Tom mal Kristoff aus Frozen zitiert und mich damit so berührt wie kaum etwas anderes in meinem Leben.

Allerdings bekommt man alles kaputt, wenn man nur oft genug draufhaut.

Der Gedanke krallt sich schmerzhaft in mein Herz, genau dorthin, wo sich all meine Liebe für Tom befindet.

Was mache ich bloß hier?

Um mich nicht weiter mit mir zu beschäftigen, öffne ich

eine von Almas Nachrichten.

WAS ZUM TEUFEL???

Oh, oh! Keine gute Wahl. Ich scrolle ein Stück höher.

Wo zum Teufel bist du???

Wieder ein Stück runter.

Ist dir eigentlich klar, dass die ganze Welt bei deinem Schelmenstück zusieht???

Ganz nach oben, zum Anfang.

Bist du gut angekommen?

Gehts dir gut?

Warum antwortest du nicht? Sind dir deine Finger abgefroren?

Nee, das mit den Fingern kann nicht sein. Du wühlst ja immer in Eis herum, deine Finger sind abgehärtet.

Hallo???

Wurdest du entführt?

Nein, lass mich raten. Sunny ist mitten hineingestolpert in wunderbares, buntes Chaos. Und fühlt sich dort so richtig wohl!

Habe ich recht?

Sunny!!!!!!

WO ZUM TEUFEL BIST DU???

Wenigstens lebst du noch. Zumindest hast du dich am Telefon so angehört. Nighty Night.

WAS ZUM TEUFEL???

Ist dir eigentlich klar, dass die ganze Welt bei deinem Schelmenstück zusieht???

Das ist selbst für dich eine starke Nummer!

Antworte!!!

Wieso kennt dich im Hotel Bellevue keiner?

Okay. Manchmal kann ich deinen verqueren Gedankengängen folgen und bin im Hotel Bellwü gelandet. Vermutlich wie du – warum auch immer.

Aber! Zum Teufel! Warum gibt es auch dort keine Sunny Spatz – angeblich??? Aber irgendwie doch! Und diese Nicht-Sunny-Spatz darf nicht gestört werden!

In was für einer Geschichte steckst du wieder drin, Prinzessin Susanna Leonore Karoline von Hollerburg?

Du kannst froh sein, dass Tom um den Scharmützelsee geradelt ist während deines Livestream vorhin! Der würde prompt vor Schreck die Scheidung einreichen, noch ehe ihr verheiratet seid!

Wenigstens lebst du noch.

Almas letzte Nachricht, gesendet und empfangen am späten Nachmittag:

Antworte!!!

Danach sind wir dann wohl zurück ins Hotel gefahren, denn weitere Nachrichten gibt es nicht.

Was redet sie da von einem Livestream? Wurde meine Rede aufgezeichnet und online gesendet?

Hitze, die es mit dem Feuer vor mir aufnehmen kann, durchströmt mich, und fest presse ich das Handy gegen die Stirn. Doch es kühlt mich nicht, eher im Gegenteil – es ist mindestens so heiß wie meine Hand.

Wenigstens war Tom Rad fahren und hat nichts mitbekommen. Was auch immer ihn dazu antreibt, vier Tage vor Weihnachten eine Tour um den Scharmützelsee zu machen. Und dann noch bei diesem grauseligen Wetter. Allerdings kannte Tom noch nie Wetter, wenn er Rad fährt.

Ach Tom.

Ich strecke den Rücken durch, denn bei Almas Nachrichten bin ich zusehends nach unten gerutscht.

Toms Nachrichten werden mich wieder aufrichten, zumal er nicht wie Alma von dieser Ich-bin-eine-Prinzessin-Geschichte weiß.

Es gibt genau eine Nachricht von ihm, und diese drei Worte bringen mich und ihn auf einen Punkt.

Ich vermisse dich.

Oh Tom. Ich vermisse dich auch.

Wider besseres Wissen wähle ich trotz der fehlenden Balken auf dem Handy Toms Nummer.

Es passiert natürlich Nullkommanichts.

Ich könnte mich warm einmummeln und rausgehen auf diesen magischen Gipfel.

Träge drehe ich mich zum Fenster, gegen das weiterhin windige Böen drücken. Im Schein des Lichts, das nach draußen fällt, tanzen nun auch dicke Graupelstücke durch die Luft, die nicht etwa von oben nach unten fallen, sondern quer von links angeflogen kommen.

Ich liebe Tom ja wirklich mit allem, was ich bin, aber nur, um ihm kurz zu sagen, dass auch ich ihn vermisse, da rauszugehen ... Innerlich schüttele ich mich.

Hat Kiara vorhin nicht erwähnt, es gäbe Ecken im Hotel mit Empfang? Aber welche? Die meisten habe ich selbst schon ausprobiert, ohne Erfolg.

Das alte Haustelefon!

Ich tippe mir gegen die Stirn. Meine Leitung ist mindestens genauso lang wie die des antiken Fernsprechers den Berg hinunter! Vor meiner Nase steht quasi Tom in Greifnähe, also zumindest seine Stimme.

Schnell schlürfe ich die mittlerweile lauwarme Schokolade aus und gehe zum Schreibtisch.

Ganz sicher bin ich mir nicht mehr, was und in welcher Reihenfolge Kiara vorhin mit dem Telefon angestellt hat, um es zum Leben zu erwecken. Aber irgendwie werde ich es schon hinbekommen.

Und tatsächlich, diverse Versuche später, die aus unterschiedlichen Münzreihenfolgen, Abnehm- und wieder Auflegvarianten und dem akkuraten Bedienen des Pedals bestehen, ertönt das ersehnte Freizeichen.

Nun sollte Toms Handy klingeln.

Freizeichen. Freizeichen. Freizeichen.

Enttäuscht will ich den schweren Hörer zurück auf die Gabel knallen, als ich Toms verschlafene Stimme vernehme. »Sunny?«

Mein Herz hüpft mir aus der Brust direkt in den Hörer und zu ihm. »Tom, es tut mir so leid, dass wir uns gestritten haben!«

»Okay.«

Erleichtert presse ich den Hörer mit beiden Händen ans Ohr. »Es tut so gut, deine Stimme zu hören. Ich hoffe, du hast noch nicht doll geschlafen.«

Tom prustet, und es raschelt. »Nein, ganz und gar nicht, warum sollte ich auch kurz nach Mitternacht *doll* schlafen.«

Ist es wirklich schon so spät? Irgendetwas muss dieses Hotel an sich haben, dass die Uhren hier verkehrt herum ticken. »Habe ich dich geweckt?«

»Jep.«

»Sorry.«

»Das stimmt nicht.« Tom gähnt, und wieder raschelt es.

Wo er recht hat, hat er recht. »Robbst du durchs Bett?«

»Wenn ich im Liegen mit dir telefoniere, schlafe ich gleich wieder ein.«

Na danke auch! »Wow! Das nenne ich mal ein Kompliment.« Sannas Neckereien über meine angebliche Prüderie fallen mir ein, und ein gewisser Ehrgeiz erwacht. So lege ich all meinen Schmelz in meine Stimme. »Also mir fallen ja ganz andere Sachen ein, wenn ich mit dir rede, während du im Bett liegst.«

Tom lacht. Laut und herzhaft. »Versuchst du gerade, mich am Telefon zu verführen?«

Pikiert schnaufe ich. Dieser Kerl ist so undankbar. »Nein! Natürlich versuche ich gerade nicht, dich zu verführen. Ich mache es.« Ha!

»Du bist putzig.« Tom klingt nun kein Stück mehr müde, eher belustigt, aber das kann auch an der altmodischen Leitung liegen. Er ist bestimmt schon ganz kribbelig. »Dann mal los.«

Ähm ... Mist. Hätte ich bloß die *Fifty-Shades-of-Grey*-Filme gesehen oder wenigstens die Bücher gelesen, zumindest mal einen Klappentext. Mit meinem enzyklopädischen Disney-Prinzessinnen-Wissen komme ich hier nicht weiter.

Oder doch? Verführt Elsa vielleicht jemanden? Oder Anna? Nein, wohl eher nicht. Die ist viel zu süß. Und außerdem heiraten immer alle gleich im Disney-Universum.

Das ist die Rettung!

»Ich wusste, dass es dich antörnt, mein Lieber. Aber ich lasse dich jetzt ganz lässig hängen – bis zu unserer Hochzeitsnacht«, raune ich mit der rauesten Stimme, die ich durch meine Kehle pressen kann. Du meine Güte, ist das anstrengend, so zu säuseln.

Wieder lacht Tom. »Du hast keine Ahnung, was du sagen sollst.«

Blödmann! »Dann sag du es doch!«

»Schließe die Augen.« Toms Worte erreichen mich wie cremiges Sahneeis, und schlagartig wird mir heiß, sehr heiß. »Ich streiche dir die Träger deines BHs von den Schultern und bedecke deinen Hals mit Küssen. Meine Lippen wandern hinunter zum Ansatz deiner Brüste ...«

»Ich trage keinen BH«, hauche ich.

»Meine Hände folgen meinen Lippen und streicheln zart über deine samtene Haut.« Seine Stimme lullt mich ein.

»Und weiter?«

Wieder dieses fiese Lachen. »Nun bist du dran.«

»Tom!« Mit heißen Wangen luge ich um den Weihnachtsbaum vor dem Schreibtisch herum, so weit, wie es die Telefonschnur erlaubt. Das Foyer ist dankenswerterweise weiterhin leer. Oder raschelt da hinten etwas?

Ich kneife die Augen zusammen und starre in Richtung Restaurant. Doch nichts weiter passiert. War bestimmt nur der Wind. »Ähm … ich küsse mich an deinem männlichen Hals entlang.«

»Da habe ich ja Glück, dass mein Hals männlich ist.«

Rumms.

War das etwa unsere Kühlschranktür? »Sag nicht, du holst dir etwas zu essen, während ich dich verführe!«

»Dein Vanilleeis«, mampft Tom. »Ich dachte mir, falls du mir gleich vorschlägst, mich mit deinem Eis zu übergießen, damit du es mir abschlecken kannst, bin ich vorbereitet.«

Meine Güte, ist dieses Verführungsding aus der Ferne kompliziert!

Aber vermutlich liegt es nur daran, dass ich mich in einem öffentlichen Raum an einem öffentlichen Telefon befinde und dann noch neben einem Weihnachtsbaum. Da macht man so etwas nicht!

»Tom!«

»Oh! Sieh an, jetzt wird sie streng, meine Domina.«

Ich rolle mit den Augen, dass es schmerzt. »Tom, wir sollten dieses Verführungsspiel zu Hause fortsetzen.«

»Welches genau? Das mit dem Vanilleeis oder das mit der strengen Miss Sunny?«

»Das mit dem Telefon!«

Und wieder rast Toms Lachen zu mir. »Du schlägst mir jetzt ernsthaft vor, wir machen Telefonsex, wenn wir beide zu Hause sind?«

»Pst! Nicht so laut!«

»Sunny?«

»Ja?«, flüstere ich.

»Sunny, ich liebe dich. Mit Haut und Haaren und all deinen Ideen. Und ich kann es kaum erwarten, dich bald wieder in meinen Armen zu halten, nackt oder angezogen, eingecremt mit Vanilleeis oder mit einer Peitsche knallend.« Es folgt eine kleine Pause, während all meine Liebe zu Tom fliegt. »Schlaf gut, Lieblingsmensch.«

»Du auch. Ich liebe dich.« Nur sehr zögerlich will ich den Hörer zurücklegen.

»Sunny?«

»Ja?« Mit klopfendem Herzen warte ich auf weitere Liebesschwüre. Es ist ja nicht so, dass Tom mich täglich darin badet. Das ist gerade ziemlich besonders und deshalb umso wertvoller.

»Das mit der Verführung am Telefon machen wir ab sofort öfter.«

Da bin ich ganz seiner Meinung und nicke heftig.

»So herrlich habe ich mich schon lange nicht mehr amüsiert. Wenn ich das morgen Jan erzähle! Bye, Sunny.«

»Tom!« Doch da bin ich bereits allein in der Leitung.

Das wagt er nicht! Oder?

Mit schwerem Arm lege ich den Hörer zurück auf die Gabel und zucke zusammen. Vor dem Schreibtisch sitzt Herr Gustav, mit dem schlafenden Vogerl auf dem Kopf.

»Sag nicht, du hast alles gehört.«

Die bis zum Boden hängenden Schlappohren und die traurigen Augen, die kurz vorm Heulen sind, sagen alles, und stöhnend stehe ich auf, um diesen Achterbahntag endlich zu beenden.

Doch weit komme ich nicht. Auf dem Sofa vor dem Kamin sitzt Sanna, die Beine lässig im Schneidersitz überkreuzt, ein Glas mit funkelndem Rotwein in der Hand. »Keine Sorge, der Hund hat nicht alles gehört.« Genießerisch trinkt sie einen Schluck Wein. »Aber ich.«

Wortlos gehe ich an ihr vorbei. Ich sehe sie nicht an. Denn wenn ich sie nicht sehe, sieht sie mich auch nicht. Ganz simpel.

»Nacht Sunny.«

Kapitel 17

A wie Achtsam

Assessorle-Eis

Feinster Riesling, verwoben mit einem zartrosa Eis aus saftigsten Preiselbeeren, gekrönt mit einem knusprigen Nest aus süßem Mandelbaiser, gefüllt mit Cranberrykompott zum Dahinschmelzen.

Unschlüssig sitze ich auf dem Bett. Nachdem ich mir letzte Nacht noch mehrfach die Haare gewaschen hatte, habe ich schlecht geschlafen und von Haarmonstern geträumt, die mich immer und immer wieder in orangerote Farbe tauchen. Jetzt fühle ich mich strubbelig und hungrig, habe aber weder Lust, ins Bad zu gehen noch ins Restaurant.

Meine Laune ist einfach nur fies, genau wie das Wetter draußen. Vor lauter Graupelflocken kann ich die Berge nicht mehr sehen, vom wundervollen blauen Himmel ganz zu schweigen. Die erhabene Aussicht ist dahin. Genau wie mein Winterwundergefühl.

Vielleicht sollte ich nach Hause fahren. Eigentlich habe ich die Rückfahrt erst für morgen gebucht, aber heute geht bestimmt auch ein Zug nach Berlin. Allerdings muss ich dafür wieder von diesem Berg runter ...

Mein Selbstmitleid breitet sich wie eine Wolke um mich herum aus. Aber wer das eine will, muss das andere mögen, und irgendwie muss ich zum Bahnhof, ob heute oder morgen.

Morgen ist aber besser, weil es nicht heute ist.

Mein Kampf Sunny gegen Sunny könnte den ganzen Tag so weitergehen, doch ein Klopfen an der Tür zu Kiaras Zimmer lässt mich innehalten. »Ja, bitte.«

Sie wird aufgerissen, und Kiara zappelt herein. »Gut, du bist endlich wach. Ich wollte mich bei dir abmelden, ich fahre mit Karl runter nach Freiburg, er wollte mir ein paar Läden zeigen, in denen er seine krassen Sachen für die Hotelküche shoppt.«

»Mit Karl, so, so.« Gähnend strecke ich mich und betrachte dabei das Chaos nebenan, zumindest den Ausschnitt, den ich durch die Tür sehen kann. »Wäre es nicht sinnvoller, aufzuräumen, anstatt Ausflüge zu machen? Und das auch noch bei diesem gruseligen Wetter?«

Kiara dreht sich einmal um sich selbst und zeigt an sich herab. »Wie können nicht beide gut aussehen. Entweder das Zimmer oder ich.«

Tja, wo sie recht hat, hat sie recht. Sie trägt eine Jeans, die perfekt sitzt und denselben Blauton hat wie ihre Augen. Dazu einen silbernen Pullover, der mindestens so kuschelig aussieht wie mein Zottel-Teddy aus Kindheitstagen. Ihre schwarzen Haare glänzen, und ihre Augen leuchten. Sie strahlt so viel Energie und Lebenslust aus, dass es um sie herum knistert.

»Na dann, have fun.«

So schnell, wie Kiara reingestürmt kam, so schnell eilt sie wieder davon. Die Tür fällt krachend hinter ihr ins Schloss, aber nur, um gleich wieder aufgerissen zu werden. »Geht es dir gut?«

Erschrocken fasse ich mir an mein pochendes Herz. »Wenn du mich nicht weiter so erschreckst, ja.« Zumindest halb. Oder ein Viertel.

»Dann ist es ja gut. Bis denndann.«

Rums.

Müde stehe ich auf. Ich muss das mit Kiara klären, ehe ich abreise. Und das mit Sanna.

Ich finde Lilli in der Bibliothek. Sie sortiert die neuesten Zeitschriften ins Regal und geht dabei so gewissenhaft vor wie eine Glasbläserin, wenn sie zarte Christbaumkugeln erschafft.

»Sunny. Ich freue mich, dich zu sehen.« Lilli reißt die Augen auf. »Oh! Deine Haare! Sie sehen anders aus. Wo ist das wundervolle Rot hin?«

Begeistert schnappe ich mir meinen Zopf und schiele darauf. Letzte Nacht vor dem Schlafengehen musste ich noch unbedingt einen der Tipps zum Haarfarbeentfärben von Julia ausprobieren. Und siehe da – ein Gläschen Löwenzahnhonig, gemopst von Karl, und drei Haarwäschen später sehen meine Haare schon gar nicht mehr so fuchsig aus. Zwar erstrahlen sie noch immer nicht in meinem Vanilleeis-Sunnyblond, aber der Weg ist definitiv der richtige. »Gut, nicht wahr? Fast wieder wie ich selbst.«

»Aber ich denke, das Rot ist deine echte Haarfarbe?«

Mein Mund öffnet sich bereits, um reinen Tisch zu machen, um mich zurückzuverwandeln von einer

Prinzessin in eine Bürgerliche, um endlich wieder uneingeschränkt Sunny sein zu können.

Aber ist das Sanna gegenüber fair? Sollten wir das nicht lieber gemeinsam machen? Ich will nicht als Petze dastehen. Und am Schluss lässt mich Lilli noch wegen Hochverrats verhaften!

»Sicher ist Rot die echte Haarfarbe der Prinzessin, aber jedes Inkognito hat doch auch irgendwie sein eigenes Leben, nicht wahr?« Schwungvoll schnipse ich gegen meinen Zopf.

Lilli legt die Stirn in Falten und platziert die letzte Zeitschrift im Regal.

»Was ist los in der bunten, weiten Welt?« Neugierig trete ich neben sie, um die Überschriften zu entziffern.

So, so

Job, Liebe, Leben ... Yoga verdanke ich alles.

Das ist ja nett.

Naschsucht besiegt – Sie lebt nur noch von Dosensuppen.

Wenn das mal nicht ein ausgewogener Tausch ist.
Echt jetzt?

Online-Psychologie: Geheimplan für Ihre Zukunft – Was das Profil-Bild über Sie verrät.

Ganz ehrlich? Wer denkt sich das alles aus? Sitzen die Leute in ihren Büros und haben Würfel, auf denen Satzteile stehen? Werden diese Würfel dann quer zum

Nachbarschreibtisch geworfen und mit dem nächsten Wurf zu einem Satz verbunden?

»Oh, wie wundervoll!«

Mit einem Mal finde ich mich in einer Umarmung von Lilli wieder. Doch schnell lässt sie mich los, tritt einen Schritt zurück und deutet einen Knicks an. »Entschuldigung«, murmelt sie, und ihre Wangen verfärben sich tiefrot. »Aber es sind so wundervolle Nachrichten.«

Mir schwant einiges, und ich suche die Schlagzeilen nach einem bestimmten Namen ab. Dabei hoffe ich, Lilli freut sich nur so dermaßen, weil das Leben einfach schön ist und sie gerade daran denken muss.

Aber nein! So einfach ist es natürlich nicht.

Prinzessin von Hollerburg schwanger! Wird es ein kleiner Prinz?

Da eine Schwangerschaft nicht reicht, gibt es gleich noch eine Schippe drauf:

Palastgeflüster – Madeleine von Schweden wieder schwanger? Konkurrenzkampf mit Susanna von Hollerburg um den schönsten Babybauch entflammt.

Prinzessin Susanna Leonore Karoline von Hollerburg leidet für ihr ungeborenes Baby.

Und in der Tat sehe ich sehr leidend aus auf dem Foto darunter, als ich mich wenig elegant mitten in Freiburg übergebe.

Kopfschüttelnd plumpse ich aufs Sofa. Kein Mensch liest diese Zeitschriften. Kein Mensch! Und die, die es lesen, glauben sowieso kein Wort davon! Die kaufen die Dinger nur wegen der Rätsel darin. Das ist doch so? Oder? Bitte, liebes Universum, lass es so sein!

Auf dem Sofa liegt ein weiterer Stapel der illustren Magazine. Meine Güte, wie viele davon gibt es eigentlich?

Prinzessin von Hollerburg eröffnet Eisdiele im hippen Berlin.

Ach wirklich?

»Lilli, ich ...«, setze ich an, um wenigstens die Sache mit meiner Nichtschwangerschaft aufzuklären, doch da fegt Sanna in die Bibliothek.

»Na? Wie geht es der werdenden Mami?« Lachend lässt sie sich neben mich auf das Sofa fallen und schüttelt die Haare, aus denen feine Tropfen sprühen. »Es ist so eklig draußen, selbst das kurze Stück zum Stall und zurück hat mich völlig durchgepustet.«

»Und es soll noch schlimmer werden.« Lilli geht zum Fenster und starrt hinaus. »Die ersten Zugverbindungen werden schon vorsorglich eingestellt. Aber unsere Gäste sind alle sicher heroben angekommen.«

»Die Züge fahren nicht mehr?« Alarmiert richte ich mich auf.

Sanna winkt ab. »Reine Vorsichtsmaßnahme, damit die Bahn im Fall der Fälle nicht wieder dämlich dasteht. Es ist noch gar nicht klar, in welche Richtung der Sturm genau zieht und ob er überhaupt bis hierherkommt.«

Lilli zuckt die Schultern. »Genau. Meistens machen die Wetterleute viel zu viel Wirbel, und dann bleibt alles ruhig. Außerdem ist das Wetter auf unserem Berg ohnehin eine Geschichte für sich.«

Dann nehme ich doch lieber den vielen Wirbel, wenn dafür alles ruhig bleibt. Vermutlich ist es wirklich sinnvoller, erst morgen nach Hause zu fahren, wenn der Sturm vorübergezogen ist. Es sieht durchaus schlimm draußen aus. Das Licht ist merkwürdig silbrig grau, und die Wolken hängen tief und schwer um das Hotel, fast als könnte man darin versinken.

»Wie auch immer, hier drinnen sind wir sicher und warm.« Lilli streicht sich die tadellos glatte Bluse noch glatter, während sie zur Tür geht. »Und Sunny, noch mal herzlichen Glückwunsch zu der wunderbaren Neuigkeit. Wie gut, dass nachher die Schneiderin zur Anprobe des Hochzeitskleides kommt. Die Hochzeit wird so wundervoll! Übrigens, das Menü ist mit Karl geklärt, genauso wie der Blumenschmuck mit unserer Hotelfloristin. Und die Musiker unseres wundervollen Freiburger Barockorchesters freuen sich schon sehr, bei der Feier spielen zu dürfen. Da fällt mir ein, die Standesbeamtin wartet noch auf dein Eheversprechen.« Lilli holt kurz Luft. »Wann können wir eigentlich mit der Ankunft deines Bräutigams rechnen?«

Bei jedem Punkt der Aufzählung drehe ich mich weiter zu Sanna um, die entspannt, die Beine übereinandergeschlagen, neben mir sitzt und in einem Buch blättert.

Ich räuspere mich, denn Lilli sieht mich erwartungsvoll an. Was soll ich sagen? Ich stoße Sanna mit dem Fuß an.

Sie blickt auf und grinst. »Soll ich dich zur Anprobe begleiten? Wie ich dich kenne, wirst du begeistert sein von den schönen Brautkleidern und dich vermutlich nicht entscheiden können.«

»Welche Brautkleider?«

»Willst du nackt heiraten?« Sanna wackelt mit den Augenbrauen.

»Natürlich heirate ich nicht nackt!«

»Genau. Und wie es sich für eine Prinzessin gehört, wird die schönste Auswahl an Kleidern zu ihrer Hoheit gebracht und nicht die Prinzessin in den Brautmodenladen. Kennst du doch, oder?« Damit klappt Sanna das Buch zu und steht auf. »Entschuldigt mich, ich bin mit Herrn Wilhelm verabredet, er hat da noch ein paar interessante Bücher für mich.«

»Ich muss auch los.« Lilli nickt mir zu. »Wir sehen uns um fünfzehn Uhr im Terrassensalon. Kiara hat dir doch den Zettel gebracht, wo alle Termine draufstehen?«

Ich schüttele den Kopf.

»Dann macht sie das sicher noch.« Lilli knickst wieder und geht.

»Lilli!«, rufe ich ihr hinterher und springe auf. Doch als ich an der Tür ankomme, ist sie nicht mehr zu sehen.

Mist! Ich wollte doch mit ihr über Kiara sprechen.

Dieses Hochzeitskleid-Ding hat mich völlig aus dem Konzept gebracht.

Was für Kleider es wohl sein werden? So richtige Sisi-Kleider? Oder eher schlichter Neu-Prinzessinnen-Style, aus fließend glatter Seide mit einer XXL-Schleppe?

Ein winziger Teil in mir wünscht sich, hier bleiben zu können, für diese Hochzeit, die so anders sein wird als meine. Voller Prunk und Glamour, in einem eingeschneiten Hotel, über dem ein stiller Zauber liegt.

»Ich bin albern«, murmele ich. Und undankbar. Ich habe zu Hause in Berlin alles, was mein Herz begehrt, angefangen bei dem tollsten Mann der Welt über meine wunderbaren Freunde bis hin zu meinem *Schneeflöckchen*.

Vermutlich habe ich nur zu viele Disneyfilme geschaut. Die können einem die Realität schon mal ein wenig angegraut vorkommen lassen.

Ich sollte packen! Und dann schnellstens nach Hause in mein schnödes, aber umso reizvolleres Leben.

Nur … irgendetwas zieht mich zurück auf das Sofa. Genervt von mir selbst ziehe ich die Knie an, lege die Arme darauf und lasse den Kopf sinken.

Doch lange kann ich nicht in meinem Selbstmitleid baden, denn durch die Lücke zwischen meinen Armen und den Knien schiebt sich Herr Gustav in mein Blickfeld. Er trägt einen Brief im Maul, während Vogerl auf seinem Kopf auf und ab wippt.

»Ist der für mich?« Ich entknote meine Gliedmaßen und greife nach dem Brief, der wirklich meinen Namen trägt und nur wenig angesabbert ist. Wie auch schon der von Julie wurde dieser vom Hotel Bellevue hierher weitergeleitet.

Ich drehe ihn um. Von meiner Freundin Claire. Erfreut reiße ich den Umschlag auf, und würziger Kaffeeduft steigt mir in die Nase. Dabei fällt ein Tütchen heraus, in dem sich Kaffeebohnen befinden, samt einer

Anleitung, diese mittelgrob zu mahlen und bei dreiundneunzig Grad mit zweihundert Milliliter weichem Wasser aufzubrühen. Claire verspricht mir außergewöhnlichen Kaffeegenuss – mindestens so köstlich wie mein Napoletano Espressoeis mit einem flüssigen Kern aus Milchschaum.

Schon viel leichter ums Herz entfalte ich den Briefbogen, der eng beschrieben ist mit Claires schräger Handschrift.

Liebe Sunny,

hast du den Schwarzwald schon mit deinem Eis erobert? Ich wette, du hast am ersten Tag der Hotelküche einen Besuch abgestattet, und seitdem steht dein Vanilleis auf deren Karte. Habe ich recht?

Warum ich dir schreibe? Ich möchte noch einmal Danke sagen, ohne dass du abwinkst und mir sagst, wie selbstverständlich es doch ist, dass du mir zuhörst.

Es geht mir besser, seit wir miteinander gesprochen haben und vor allem, nachdem ich mich mit Tobias zusammengesetzt habe, um mit ihm zu reden. Es war schön, ihn wenigstens für ein paar Tage wieder zu Hause zu haben.

Der Zwang, unbedingt wieder schwanger werden zu wollen, lässt nach, und ich habe wieder mehr Luft zum Leben. Ich habe mich hineingesteigert und völlig aus den Augen verloren, was ich alles besitze.

Baby-Henry geht es großartig, er plappert und erobert die Welt und liebt alles bedingungslos. So wie ich diesen kleinen Kerl liebe. Ich bin dankbar, dass es ihn gibt, und sollte er wirklich mein einziges Kind bleiben, so ist dem so und es ist okay.

Mein Coffee To Stay war schon immer mein Ein und Alles, und mir ist bewusst, wie glücklich ich mich schätzen kann, eine Arbeit zu haben, die mich erfüllt, die mir jeden Tag wieder Freude bringt. Das ist nicht selbstverständlich.

Vielleicht wird die Sehnsucht nach einem weiteren Baby nie ganz weggehen, aber sie ist auszuhalten, und sie gehört zu mir. Wie Tobias und Henry und mein Café, meine Familie und meine Freunde.

Danke Sunny, dass du zwischen den Worten so viel hörst und dass du im Leben da draußen so viel mehr Farben siehst.

Und sei dir gewiss, dass dein Geheimnis bei mir sicher ist. Aber sei dir auch gewiss, dass es hilft, darüber zu reden, mit dem Menschen, den es betrifft. Das hast du mir geraten, und diesen Rat gebe ich dir gern zurück.

Liebe Grüße in den verschneiten Schwarzwald
deine Claire.

P.S.: Holly ist verliebt. Jedes Mal, wenn ich Henry abends aus seinem neuen Lieblingsbuch Kikilara vorlese, kommt sie angeflogen und schnäbelt mit einem entzückenden Spatzen in dem Buch. Die Zeichnungen sind aber auch allerliebst.

P.P.S.: Egal in welches Abenteuer du dort unten auch wieder hineingeraten bist – und du wirst in eines geraten sein – genieße es. In vollen Zügen.

Kapitel 18

C wie Chargieren

Cake-Pop-Eis
Verwirbeltes Vanilleeis mit Kakaoparfait umhüllt
eine Kugel saftigsten Browniekuchens und wird über-
gossen mit zuckersüßen weißen Schokoschlieren.
Köstlich drapiert auf einem Stiel, zum Genießen und
Schlemmen.

Claire hat es besiegelt! Ich werde mein Abenteuer genießen. Wenn ich schon keine echte Prinzessin bin und
daher keine Märchenhochzeit haben kann, dann
werde ich mich halt an meiner Rolle als Tausch-Prin-
zessin erfreuen. Und ich werde gleich das märchenhaf-
teste Hochzeitskleid anziehen – und so schnell nicht
wieder ausziehen.

»Danke Claire«, flüstere ich dem Brief zu, ehe ich ihn
in die Hosentasche stecke.

»Nun sieh mich nicht so an.« Ich kraule Herrn Gustav
die Schlappohren, während mir Vogerl mit geneigtem
Köpfchen zusieht. »Es ist alles bestens.«

Als ich die Bibliothek verlasse, stoße ich mit den
Bellwü-Schwestern zusammen.

Als sie mich sieht, schlägt Elvira die Hände vor der Brust zusammen, die von einer Brosche in den Ausmaßen Kanadas geziert wird. »Oh Sunny, tausend Dank, Sie sind die Guetste!« Sind das pinke Frösche darauf? Knutschende pinke Frösche?

Babett neigt den Kopf. »Ich kann mich meiner Schwester nur anschließen, Sie haben ein Wunder vollbracht.«

»Cool, das freut mich.« Geschmeichelt wachse ich um ein paar Zentimeter. »Aber was genau habe ich so Wundervolles vollbracht?«

»Eben hat uns der Martin ein Lob über unser Hotel gefaxt.« Elvira kramt in einer Tasche ihres Rockes und zieht ein mehrfach gefaltetes Stück Papier heraus.

»Das ist schön.« Aber irgendwie noch kein Wunder. Ich meine, ich freue mich, dass es dem Martin hier gefallen hat und er dies durch ein Fax ausdrückt. Wer auch immer heute noch Faxe verschickt. Werden Faxe eigentlich verschickt? Die werden gefaxt, oder? Was auch immer faxen bedeutet. Doch schicken? Egal. »Wer ist denn der Martin?«

»Na unser Bürgermeister.«

Oh! Das erklärt schon mehr, warum das Lob so wundervoll ist. Allerdings, warum übernachtet der Bürgermeister von Freiburg in einem Hotel in Freiburg?

Andererseits esse ich auch das Eis in meiner Eisdiele. Vielleicht ist der Martin so sehr mit seiner Stadt verbandelt, dass er auch seinen Urlaub am liebsten hier verbringt.

Oder er hat da was am Laufen, was Frau Martin nicht wissen darf. Und hier heroben geht es doch sehr abgeschieden zu, zumal er vermutlich mit einem isländischen Austauschminister verwechselt wird, wie ich Lilli so kenne.

Babett zeigt auf das Fax in Elviras Händen. »In dem Internet, auf der Freiburger Hotelseite, wurde eine Besprechung unseres Hotels veröffentlicht, die uns in den höchsten Tönen lobt. Und nicht nur das Bellwü strahlt in dem Artikel, Freiburg überhaupt erhält – zu Recht – ein ausgezeichnetes Lob.«

»Und das haben wir alles Ihnen zu verdanken und Ihrem Geschick mit dem Sie-wissen-schon-wem.« Elviras Wangen leuchten mit dem Pink der Frösche um die Wette, und es fehlt nicht viel, dass sie mich ebenfalls abknutscht.

Ui. Ich wollte schon immer mal in ein Abenteuer gezogen werden, wo es sich um ein Dessen-Namen-wir-niemals-aussprechen-Ding dreht. Nonchalant winke ich ab. »Ach, ich war ja nur einmal mit ihm essen.«

»Wenn es nur das Essen gewesen wäre, wäre er schon zuvor zufrieden gewesen. Aber Sie haben ihn mit Ihrem Wesen bekehrt.« Babett breitet die Arme aus, und mir schlottern ein wenig die Knie. So viel Dolles habe ich ja nun auch wieder nicht gemacht. »Allerdings frönt er weiterhin seinen überhöhten Ansprüchen, wie mir Lilli berichtete.«

»Soll er.« Elvira zuckt mit den Schultern. »Wenn es ihn glücklich macht, du weißt ja, unser Hausmotto: Wir sind glücklich, wenn der Gast glücklich ist.«

»Dein Wort in Gottes Gehörgang, meine Liebe.« Babett kneift die Augen zusammen und sieht nicht so recht von Manuels Glück überzeugt aus.

»Tja, ein jeder braucht sein eigenes Ding für sein Glück.« Ich komme mir sehr philosophisch vor, noch ganz geschmeichelt von dem dicken Lob der Schwestern.

Vielleicht sollte ich bei Manuel gleich noch einmal nachlegen zu seinem Glück, nicht dass seine Begeisterung wieder abnimmt. Dies und das zum Meckern scheint er ja noch immer zu finden.

Nun gut, wer suchet, der findet.

»Können wir Ihnen als kleines Dankeschön etwas Gutes tun?« Erwartungsvoll wackelt Elvira mit den Fingern.

»Das ist nett, aber dieser Aufenthalt hier bei Ihnen tut mir bereits gut, und er wird mir definitiv als einer meiner Lieblingsurlaube in Erinnerung bleiben.«

»Das hören wir sehr gern.« Mit einem Knicks hakt sich Babett bei ihrer Schwester ein, und plappernd ziehen sie von dannen.

Da ich mich gerade randvoll mit Dankbarkeit fühle, mache ich mich auf den Weg, Manuel zu suchen. Am besten fange ich in seinem Zimmer an.

Nur, welches ist sein Zimmer?

Ich meine mich zu erinnern, dass ich Lilli mal mit einer VR-Brille gesehen habe, die sie in das Zimmer neben Sannas gebracht hat. Das könnte natürlich für jeden gewesen sein.

Nein. Könnte es nicht. Virtuelle-Realitäts-Wünsche hat nur Manuel.

Der Flur vor der Bibliothek führt direkt zu besagter Tür, und schwungvoll klopfe ich an.

Es rumpelt dahinter, und ich lächle breit. Meine Mission werde ich mit allem was mir zur Verfügung steht durchziehen. Der Snob Manuel hat keine Chance gegen mich.

Die Tür öffnet sich einen Spalt, und ich sehe einen Teil von Manuels Gesicht. »Hi, meine Schöne. Wie kann ich dir weiterhelfen?«

»Ich möchte mich bei dir bedanken. Darf ich reinkommen?«

Manuel hebt die Augenbrauen und grinst mich an. »Dein Angebot ehrt mich, und ich täte gerade nichts lieber, als mich deiner Dankbarkeit hinzugeben. Aber leider, leider ruft die Pflicht.« Sein Blick gleitet von meinem Gesicht zu meiner Brust und wieder zurück.

Vor Scham dreht sich mir der Magen um. Was für ein Idiot! »Deine Erwartungen gehen in die falsche Richtung! Ich möchte dir lediglich Danke sagen, dass du dem Bellwü so eine coole Rezension geschrieben hast.«

»Das eine Danke schließt das andere nicht aus. Und du kannst mir danken, wofür auch immer du möchtest. Nur leider nicht jetzt, Süße.«

Das typische Teams-Klingeln kündigt in Manuels Zimmer einen Anruf an, während mein Handy in der Hosentasche vibriert. Automatisch greife ich danach.

»Wir sehen uns.« Damit schließt sich die Tür vor meiner Nase, und ich stehe wieder allein im Flur.

Wie unter Zwang muss ich mich schütteln. Wie kann ein Kerl nur so überzeugt von sich sein!

Schnell trete ich den Rückzug an, doch nach einigen Schritten überlege ich es mir anders und gehe zurück. Meine Mission ist es, diesen Kerl weichzukochen, und dafür sind alle Mittel erlaubt.

Mit einem Blick nach rechts und links überzeuge ich mich, dass ich allein im Flur bin. Dann presse ich ein Ohr gegen die Tür.

Doch ich werde enttäuscht. Mit ganz viel gutem Willen höre ich Gemurmel, doch mehr auch nicht. In Filmen sieht das alles immer viel einfacher aus!

Nur gibt es in Filmen in der Regel auch keine kompakten, kunstvoll geschnitzten Vollholztüren. Was im echten Leben toll aussieht, aber zu Spionagezwecken nicht dienlich ist.

Dann halt nicht. Ich werde schon noch die Gelegenheit bekommen, bei ihm einen bleibenden Eindruck zu hinterlassen, damit er dem Bellwü weitere gute Artikel spendiert. Ich muss nur aufpassen, dass er mir dabei nicht die Bluse auszieht.

Wenigstens gibt es vor seinem Zimmer Empfang, und ich kann meine neuen Nachrichten lesen.

Allzu viel Aufregendes ist nicht dabei. Nur ein paar Sprüche von Tom, die mir die Schamesröte ins Gesicht treiben, Werbung für WLAN-Kabel und Almas Schreie, mich doch endlich bei ihr zu melden.

Was ich wirklich mal tun sollte.

Aber nicht jetzt, denn ich bin auf dem Weg zu dem Kleid der Kleider.

Atemlos komme ich am Terrassensalon an, der seinem Namen alle Ehre macht. Die cremefarbene Tapete ist mit goldfarbenen Blatt-Elementen bestickt, und sonnengelbe Möbel bilden einen fröhlichen Kontrast zu den dunklen Wolken draußen. Der Weihnachtsbaum zwischen den beiden Terrassentüren ist mit bunten

Glaskugeln geschmückt, die im Schein der Lichterkette funkeln.

Ein Feuer brennt in einem polierten Edelstahlkamin und verleiht dem Salon zusätzlich Gemütlichkeit.

Auf einem Tisch steht eine Schale voller nelkengespickter Orangen, deren Duft sich mit dem Aroma des frisch gebrühten Weihnachtstees daneben vermischt.

Doch ich habe nur Augen für eine Schneiderpuppe, die, umrahmt von zwei weiteren, an der Wand zu meiner Rechten steht.

Ein Meer aus zu Blüten geformten Rüschen ergießt sich aus einem engen Mieder und fließt in eine Schleppe, die sich wie ein Fächer aus gepflückten Sternen ausbreitet.

»Ich glaube, sie hat ihr Kleid.«

Erschrocken fahre ich zusammen. Neben mir steht Sanna und nickt einer Frau zu, die gerade hinter einem papierzarten Paravent hervortritt.

»Oha, diesen Blick kenne ich.« Die Frau kommt zu mir und reicht mir die Hand. Ihr warmer Hautton steht in Kontrast zu meinem bleichen, und schnell verstecke ich meine Hand hinter dem Rücken. Ihre Haarfarbe lässt mich vor Neid noch mehr erblassen, trifft sie doch genau den Ton meines Edelbitterschokoeises.

Vielleicht sollte ich doch noch ein Haarfärbeexperiment wagen. Wenn ich sie nett frage, verrät sie mir bestimmt ihr Färbemittel, denn die Farbe kann unmöglich echt sein.

Sanna stupst mich an. »Vergiss es. An Inayas Haarfarbe haben sich schon ganz andere Frauen und Männer die Zähne ausgebissen. Und, by the way, denk an unser Abkommen bezüglich irgendwelcher Farbversuche!«

Inaya lacht laut auf, kehlig, warm und herzlich.

Dieses Lachen berührt mich in meinem Innersten, und kopfüber verfalle ich dieser Frau. Sollte Tom aus irgendwelchen Gründen nicht zu unserer Hochzeit auftauchen, werde ich sie heiraten.

Sie nickt mir zu, und ihre braunen Augen, die so perfekt zu ihrem Gesicht passen, leuchten. »Ich bin Inaya, Sannas Leibschneiderin.«

»Oh. Dann wissen Sie vermutlich, dass ich nicht Prinzessin Susanna Leonore Karoline von Hollerburg bin.« Wie geschmeidig mir der Name mittlerweile über die Zunge rollt.

»Selbstverständlich.«

Ich runzele die Stirn und wende mich Sanna zu. »Warum muss ich dann zur Anprobe erscheinen? Ich meine, ich fände es großartig, dich bei dieser Sache zu unterstützen und dir dieses lästige An- und Ausziehen abzunehmen, aber eigentlich gibt es dafür keinen Grund.«

»Doch, den gibt es.« Sanna schiebt mich näher an die Kleider heran. »Sieh es als Geschenk. So, wie ich dich in den letzten Tagen kennengelernt habe, hättest du sicher deinen Spaß bei dieser Anprobe. Und außerdem kann ich dieses lästige *An- und Ausziehen* wirklich nicht leiden.«

Inaya streicht sanft über die Blüten am Rock des Kleides der Kleider. »Haben die anderen beiden überhaupt eine Chance?«

Ein Blick rechts, einer links, mehr brauche ich nicht. Sicher, sie sind fantastisch. Eines davon ist ein eng anliegendes Meerjungfrauen-Brautkleid, das Kurven macht, wo eigentlich keine sind und mit einem hochgeschlossenen Oberteil, das die Schultern freilässt. Wow!

Das andere ist ein luftig-leichter Seidentraum mit einem Schlitz, der kein Ende nimmt, darüber fließt asymmetrisch ein Oberteil aus weicher Spitze. Krass!

Doch die beiden Kleider kribbeln nicht.

»Na dann, darf ich bitten?« Inaya zieht mit Sannas Hilfe das Kleid von der Puppe und schickt mich hinter den Paravent.

Mein Herz pocht und meine Hände zittern. Ich bin so albern! Es ist doch nur ein Stück Stoff. Na gut, es ist mehr als ein Stück Stoff, es sind Meter um Meter von Stoff, doch ich kann – und ich will – nichts gegen diesen Glücksmoment unternehmen. Auch wenn er nur gestohlen ist. Es ist ein Traum, der gerade in Erfüllung geht, und sei er noch so albern.

Was in meinem Traum so nicht vorkam, ist Sannas Blick – die Augenbrauen in hohem Bogen gewölbt unter einer in Falten gelegten Stirn. »Im Ernst? Schweinchenrosa Unterwäsche mit Eis am Stiel darauf?«

Selbstbewusster, als ich mich unter dem Blick dieser zwei mondänen Frauen fühle, drücke ich den Rücken durch. Brust raus, Schultern zurück. »Ich liebe sie. Und Tom auch. Und außerdem ist sie bequem.« Unbequeme Unterwäsche, bäh. Niemals.

Inaya öffnet einen beigen Kleidersack und entnimmt diesem eine hauchzarte Spitzenkorsage und einen Slip, der aus weniger Material besteht als mein Armband. Hinten darauf gestickt stehen die Worte *Just Married.*

Erwartungsvoll sehen mich die beiden an. Soll ich mich etwa vor ihnen nackig machen? »Kann ich das Kleid nicht mit meiner Unterwäsche anprobieren?«

Sanna lacht herzhaft. »Duschst du etwa auch in Klamotten?«

Ähm, nein. Natürlich nicht. Okay. Ein Mal. Aber da war es auch fürchterlich kalt, weil die Heizung den Geist aufgegeben hatte.

»Ruf uns, wenn wir dir das Kleid anziehen sollen.« Inaya nimmt Sanna am Arm und zieht sie um den Paravent herum. »Nicht jede hat den Drang, sich bei allen Gelegenheiten nackt zu präsentieren.«

»Autsch, der hat gesessen. Aber das befreit ungemein«, ruft Sanna in meine Richtung.

Schnell schlüpfe ich aus meiner Unterwäsche und hinein in dieses hauchige Etwas. Und was soll ich sagen, ich fühle mich anders. Als würde auf meine übliche Sunnyschicht eine besondere Sexyness gestreut werden. Die Spitze schmiegt sich an mich, ohne einzuengen. Meine Haut kribbelt, als würde ich gestreichelt werden. Wärme durchfließt mich.

»Fertig?« Inaya linst um die Ecke und lächelt. »Zum Anbeißen.«

»Zeig!« Von der anderen Seite kommt Sanna zu mir. »Oh, là, là, Madame.«

Anstatt wie üblich rot zu werden, bade ich in ihrer Bewunderung und füge damit meinem Selbst eine neue Facette hinzu.

Gemeinsam streifen mir Inaya und Sanna das Kleid über. Gefühlt dauert es eine Ewigkeit, bis sie damit fertig sind, an mir herumzuzupfen. Es gibt keinen Spiegel hinter dem Paravent, und dieser steht außerdem so, dass ich mein Spiegelbild nicht einmal in der Fensterscheibe erhaschen kann.

Nur an den lächelnden Gesichtern der beiden, die zufrieden die Blüten am Rock glattstreichen und schamlos mein – tatsächlich vorhandenes – Dekolleté am Mieder richten, erkenne ich, was ich bereits fühle. Ich sehe aus wie eine Prinzessin. Ich bin eine Prinzessin.

Geschickt steckt mir Inaya mit wenigen Handbewegungen die Haare zu einem lockeren Knoten und schiebt ein Diadem hinein. Mein Nacken kribbelt, wo sie mich berührt, und mein Herz schlägt in einem Takt, als wäre ich verliebt.

»Fertig.« Sanna geht einmal um mich herum und klatscht sich mit Inaya ab. »Wie für sie gemacht.«

»Du bist eine wundervolle Frau.« Inaya umarmt mich leicht, und ein Hauch ihres Brombeer-Duftes bleibt bei mir zurück.

Sanft streiche ich über die weichen Blüten des Kleides und lasse den Rock mit kleinen Bewegungen der Hüfte schwingen. Es raschelt verheißungsvoll. Wie ein anderes Kleid, in meinem anderen Leben, weit weg in Berlin.

Auch darin habe ich mich wie eine Prinzessin gefühlt, doch gleichzeitig auch wie Sunny.

In diesem Kleid bin ich eine Prinzessin, gleichzeitig aber auch eine Königin und kaum noch Sunny.

»Nicht erschrecken«, flüstert mir Sanna ins Ohr. »Aber es gibt Neugierige draußen.«

»Lilli?«

Sanna nickt.

»Und die Bellwü-Schwestern?«

»Na klar. Und Herr Wilhelm sowie der Rest der Bande.«

»Alles klar. Dann lassen wir die Show beginnen.« Würdevoll schreite ich mit dem Kleid hinter dem Paravent hervor. Trotz seines Volumens trägt es sich leicht wie ein Sommerkleid und umspielt meine Beine, ohne mich beim Gehen zu behindern.

Voller Vorfreude blicke ich in die verzückten Gesichter von Lilli und den Bellwü-Schwestern.

Und in das von Alma!

Was macht sie hier? Und viel schlimmer, wer ist im *Schneeflöckchen*?

Alma schlägt nicht wie die anderen vor Verzückung die Hände vor der Brust zusammen. Im Gegenteil, sie verschränkt die Arme und legt den Kopf zur Seite. »Eure Hoheit?«

Kapitel 19

H wie Heimlich

Honiglebkuchen-Eis

Cremiges Sahneeis aus Orangenblütenhonig umhüllt ein Lebkuchenherz, gebacken mit Zimt und Sternanis und Muskatblüten und ganz viel Liebe.

»Hi«, piepse ich. Zu mehr reicht es nicht, denn Sanna schiebt einen Herrn in meine Richtung, der eine Kamera in der Hand hält, die so riesig ist, dass man damit den Fernsehturm fotografieren könnte.

Sanna zwinkert mir zu. »Für Erinnerungen auf Papier.«

Von zwei Assistentinnen wird flugs der Paravent weggeräumt, Tische und Stühle werden gerückt und ich vor dem Fenster positioniert.

»Welch eine Dramatik!« Der Fotograf schmeißt sich mir begeistert vor die Füße. »Bitte verzieh doch nicht so deinen Mund, meine wunderschöne Braut, du bist doch heute der Star!«

Meint er mich? »Aber ich denke, man soll nicht im Gegenlicht fotografieren.« Ich drehe mich halb dem Fenster hinter mir zu.

Wow! Die Aussicht ist wirklich dramatisch. Silbergraue Wolken ballen sich zusammen und wieder auseinander. Sie jagen sich gegenseitig über den Himmel und lassen hin und wieder die Sonne zwischen sich hervorfunkeln, die rotglühend hinter den Bergen untergeht.

»Amateure! Dilettanten!«, murmelt der Fotograf hinter seiner Kamera.

Da ihn mein Einwurf zu seiner Fototechnik nicht zu interessieren scheint, zucke ich mit den Schultern und wende mich ihm wieder voll zu.

Die Assistentinnen eilen zu mir und stellen mich wie eine Puppe in Position.

»Das ist unbequem«, schnaufe ich zwischen zwei Bildern und lasse meine Schultern wieder in eine anatomisch korrekte Lage fallen.

Doch ich habe keine Chance. Mit einem Fingerschnipsen seiner riesigen Pranken jagt der Fotomann seine Mädchen wieder auf mich, und ich finde mich in einer Pose wieder, die selbst eine Ballerina als herausfordernd bezeichnen würde.

Aus den Augenwinkeln beobachte ich Alma. Zumindest immer so lange, bis der Sado-Fotograf mich zurückpfeift. Meine Güte, dieser Kerl ist aber auch detailverliebt. Und ich werde morgen den Muskelkater meines Lebens haben. Ich weiß schon, warum mein Berufswunsch Model nur einen Tag lang angehalten hat.

Als Alma und ich fünfzehn Jahre alt waren, haben wir Fotos von uns gemacht und zu einem Modelwettbewerb an die *Bravo Girl!* geschickt. Dabei sind wir davon ausgegangen, unverzüglich einen internationalen Durchbruch in der Modelwelt zu erzielen.

Wir haben nie eine Antwort erhalten. Das war ziemlich ernüchternd. Die blöde Zeitschrift würdige ich seitdem keines Blickes mehr.

Wobei ich ja immer noch der Meinung bin, unsere Fotos sind nie angekommen. Eine der Konkurrentinnen hat sie verschwinden lassen. Vermutlich die Tochter der Juryvorsitzenden. Alma will davon nichts hören, sie meint, ich spinne.

Und genau das denkt sie auch jetzt. Sie trägt ihre Gedanken wie ein Schild. Ich glaube sogar, sie will, dass ich weiß, was sie gerade denkt. Und das ist nicht nett!

»Sind wir fertig?« Mir den Nacken massierend, lehne ich mich gegen die kühle Fensterscheibe.

»Hier drin, ja. Jetzt geht es draußen weiter. Mädels! Packt die Braut.« Der Fotograf würdigt mich außerhalb seiner Kameralinse keines Blickes.

Erschrocken trete ich zur Seite, als die Assistentinnen die Terrassentür öffnen und mich mit wedelnden Handbewegungen hinausscheuchen wollen.

Eine Kombination aus sibirischer Eiseskälte und Tiefkühlschrankluft wird hereingepustet und beschert mir eine Gänsehaut, die ich von einer ganzen Schar von Gänsen geklaut haben könnte.

Ich tippe mir mit dem Zeigefinger an die Stirn. »Ich gehe da nicht hinaus! Es ist eiskalt!«

Das Fotogenie rollt mit den Augen. »Du willst ernsthaft auf die Dramatik dieser Kulisse verzichten, weil dir nicht warm genug ist, was ich mache? Memme!«

»Jetzt reicht es!« Mit einem Riesenschritt baue ich mich mit all meiner Prinzessinnenautorität vor ihm auf. »Das ist mein Hochzeitskleid und mein Hochzeitstag, also sind das auch meine Hochzeitsbilder! Und weder werde ich weiter bei dieser GNTM-Posse mitmachen noch mir Frostbeulen am Dekolleté holen, nur weil Sie sich für Rankin halten! Die Audienz ist beendet!« Würdevoll schreite ich an ihm und seiner Dienerschaft vorbei, den Kopf hocherhoben, als trüge ich die *Große Kaiserkrone*.

Und wenn ich schon dabei bin, schreite ich auch gleich an Alma vorbei. Wenn ich sie nicht sehe, sieht sie mich auch nicht.

Ich schaffe es genau bis zur Tür. Eigentlich nicht einmal, denn Alma ist schneller. »Na, Cousinchen? Lust auf einen gepflegten Nachmittagstee?«

Alma und ich haben uns in eine Nische im Restaurant zurückgezogen. Draußen tobt in der Dunkelheit ein Sturm. Ab und zu legt er ein Stück Himmel frei, an dem Sterne kalt und fern funkeln.

Hier drinnen ist es warm und gemütlich. Kerzenlicht wirft flackernde Schatten auf unsere schneeweißen Teetassen und lässt das feine Porzellan glänzen, während der Darjeeling darin würzig dampft.

Ich mümmele an einem saftigen Honiglebkuchen, während Alma zimtige Marzipankugeln nascht.

Bisher schweigen wir uns an, und ich bin stolz, wie lange ich das schon aushalte.

Doch so langsam stauen sich die Worte in mir und wollen hervorquellen, da hilft auch der nächste Lebkuchen nur bedingt. Aber dieses Mal halte ich die Klappe. Schließlich habe ich nichts Verwerfliches getan. Und Alma sollte gar nicht hier sein!

»Na? Kämpfst du damit, bloß nicht als Erste loszuplappern?«

Alma hat es getan! Sie hat es tatsächlich getan! »Ha! Du hast angefangen!«

»Echt jetzt?«

Zufrieden nicke ich und beiße herzhaft in das feine Weihnachtsgebäck. Mmh, wie wäre es, wenn sich darum ein cremiges Orangenblüteneis schmiegt, übergossen mit einer kandierten Orangenschalensoße …

»Sag nicht, du sinnierst gerade über einer neuen Eissorte!« Alma haut mir quer über den Tisch mit der Hand auf den Arm.

Erschrocken zucke ich zurück und bringe damit meine Teetasse zum Wackeln, die empört gegen den Unterteller klirrt. Goldener Tee schwappt über. »Ich hätte mich daran verbrühen können!«

»Hast du aber nicht. Und selbst wenn, würdest du es wahrscheinlich nicht mal wahrnehmen, so weit weg, wie du mal wieder von jeglicher Realität bist!«

»Ich lasse mir doch von der Realität nicht vorschreiben, was ich wahrnehme!«

Alma schüttelt so heftig den Kopf, dass ich um ihren wohlfrisierten Pony fürchte. »Dann erzähl doch bitte mal, was du so wahrnimmst, Prinzessin.« Sie wirft die Arme in die Luft. Wie theatralisch. »Verzeihung, das trifft den Kern noch immer nicht. Schwangere, demnächst im idyllischen Schwarzwald heiratende Prinzessin!«

»Wobei du ja dann quasi auch eine Prinzessin wärst.«

Ich bin mir unsicher, ob das Rauchschwaden sind, die hinter Almas Kopf hervorquellen oder nur eine Illusion, hervorgerufen durch die Wolken, die durch das Fenster zu sehen sind.

»Sorry«, murmele ich und trinke schnell einen Schluck Tee. Autsch! Heiß!

»Weißt du was?«

Da ich davon ausgehe, dass Almas Frage nicht auf die Gesamtheit meines Wissens abzielt, zucke ich nur mit den Schultern.

»Irgendwann in den Neunzigern habe ich aufgehört zu zählen, wie oft ich den Kopf über dich schütteln muss! Und bis zum heutigen Tag habe ich darauf gewartet, dass das Kopfschütteln aufhören würde. Aber seit heute weiß ich, das wird es niemals!«

»Ist doch schön, dass ich dich nach all den Jahren noch so überraschen kann.« Mit meiner Teetasse proste ich Alma zu. Dieses Mal bin ich beim Trinken vorsichtiger.

Leider denkt meine Cousine nicht daran, mir zurückzuprosten. Und das Kopfschütteln hört auch nicht auf.

»Ist dir eigentlich klar, welche Kreise deine Spielchen ziehen? Was im *Schneeflöckchen* los ist?«

Klirrend landet meine Teetasse auf dem Unterteller.

»Warum im *Schneeflöckchen*?«

»Sagen dir die Namen etwas? *Berliner Kurier* und *Morgenpost*? Ganz besonders die *B.Z.*, nicht zu vergessen die *Berliner Woche*! Oh! *Die Welt*« Alma zählt an ihren Fingern mit und hält mir dann die Hand entgegen. »Soll ich die andere auch noch vollmachen?«

Ich schnipse dagegen und winke ab. »Ach die! Die liest doch sowieso keiner.«

»Nein? Herr Jura, Frau Meise, Beatrice, Mama und Tante Marie. Und das wiederum ist wieder nur eine Handvoll!« Erneut zählt Alma mit den Fingern mit.

»Bist du unter die Mathelehrerinnen gegangen?« Genervt puste ich in meine Teetasse. »Na und, dann lesen sie eben den Quatsch. Es glaubt doch ohnehin niemand, was darinsteht!«

»Du bist das Gesprächsthema im ganzen Viertel!« Alma breitet die Arme aus, nur sieht es ganz und gar nicht nach einer Umarmung aus. »Ja, ja, verziehe du nur das Gesicht!«

»Kannst du mal bitte aufhören, mich so anzuzischen? Ich kann doch auch nichts dafür!«

»Ach nein? Wer denn dann? Deine Zwillingsschwester? Schon klar, man muss die Schuld auch mal bei anderen suchen!«

»Nein! Aber ganz zufällig die echte Prinzessin Susanna Leonore Karoline von Hollerburg, die mich darum gebeten hat!«

Wieder wirft Alma die Arme hoch, schüttelt den Kopf und rollt nun auch noch mit den Augen. »Und du konntest selbstverständlich nicht nein sagen!«

»Genau.«

Für einen Moment entsteht eine Pause, bis Alma ein Marzipanbällchen vom Teller nimmt und nach mir wirft. »Es ist echt zwecklos mit dir, Hoheit.«

Geschickt fange ich die Süßigkeit auf und stecke sie mir in den Mund. »Sag ich doch.«

»Dann erzähle endlich den Leuten, was Sache ist, packe deine Klamotten und lass uns morgen nach Hause fahren!«

Langsam schenke ich uns aus der dickbäuchigen Kanne Tee nach. »Ja, werde ich. Es ist wohl an der Zeit. Ich schnappe mir nachher gleich Sanna und kläre das.«

»Das ist mein Mädchen.« Alma grinst mich an und reckt den Daumen hoch. »Dann werde ich hier noch einen Tag Urlaub genießen. Verdient habe ich ihn mir allemal.«

»Apropos Urlaub. Wer bitte passt auf das *Schneeflöckchen* auf?« Ein bisschen fürchte ich mich vor der Antwort, doch ich bin ein optimistischer Mensch und hoffe auf das Beste, wie zum Beispiel, meine Mutter oder Tante Marietta. Von mir aus auch Alessandro Crispini.

Alma trinkt einen Schluck Tee, während sie antwortet. »Fritz. Und der alte Ludewig.«

Allzu deutlich spricht sie nicht mit dem ganzen Tee in ihrem Mund, doch ich bin mir sicher zu hören, was ich nicht hören will. »Der Ludewig? Was ist mit Mama und Tante Marietta? Tom? Sonst wer?«

»Hallo? Erde an Sunny? In ein paar Tagen ist Weihnachten! Überall herrscht Hochbetrieb.« Alma zeigt auf den Weihnachtsbaum neben dem Ausgang zum Restaurant.

»Aber das gilt doch auch für das *Le Meilleur.* Der Ludewig kann doch nicht in seinem Restaurant einfach alles stehen und liegen lassen, um mein Eis zu ruinieren!« Mein schönes *Schneeflöckchen*, gekapert von meinem Erzfeind!

»Du spinnst. Fritz und sein Vater tun uns einen Gefallen, und auch wenn die Fehde zwischen dir und dem alten Ludewig ein netter Zeitvertreib für den Vierwaldplatz ist, so ist er im Ernstfall für uns da. Das weißt du! Und im Restaurant lässt er mitnichten alles stehen und liegen. Er hat extra zwei neue Praktikanten herangeschafft, die zwischen dem *Le Meilleur* und dem *Schneeflöckchen* hin und her hetzen, um seine Befehle an seine Beiköche weiterzugeben. Das ist lustig.«

»Deinen Humor möchte ich haben.«

Alma winkt ab. »Dein Humor reicht völlig, meine Liebe. Du hast keine Ahnung, was im *Schneeflöckchen* los ist, seit bekannt ist, dass eine *Prinzessin* das Geschäft führt!«

Begeistert klatsche ich in die Hände. »Ha! Dann habe ich es doch richtig gemacht. Ich weiß auch schon genau, wie es nach Weihnachten weitergeht. Wir werden Eisprinzessinnentage veranstalten und ...«

»... und Dornröschen mit einem Roseneis wecken oder so. Ist schon klar, so gut kenne ich dich. Bevor du weiter schwelgst, verwandele dich wieder zurück in die nette Sunny von nebenan und sieh zu, dass du deine echte Hochzeit auf die Reihe bekommst. Denn ich vermute, wenn Tom Wind von der ganzen Sache bekommt, wird er dich nicht unbedingt freudestrahlend zum Altar tragen.«

»Tom liebt mich! Er würde es total verstehen, dass ich Sanna helfe, damit sie einige Tage inkognito für sich haben kann.« Ich zerkrümele das letzte Stück Honiglebkuchen und schiebe alles zu einem Häufchen zusammen. »Meinst du, Tom weiß von meinem kleinen Tausch?«

Alma beugt sich über den Tisch und blinzelt mich an. »Sagtest du nicht eben, Tom liebt dich und würde das alles verstehen? Warum dann die Sorge?«

»Du bist fies.«

»Und du naiv!«

»Und? Wie viel weiß er nun?« Genervt schiebe ich den vollgekrümelten Teller von mir.

»Ich bin mir ziemlich sicher, dass er die einschlägigen Magazine nicht liest. Und aus dem *Schneeflöckchen* habe ich ihn in den vergangenen Tagen rausgehalten. Meine Nachbarn haben jetzt alle wieder Fahrräder, die mehr als in Schuss sind. Im Übrigen kannst du froh sein, dass in Berlin Frühlingswetter herrscht. Tom nutzt jede freie Minute zum Radfahren.«

»Dann ist doch alles bestens.« Schwungvoll springe ich auf und reiche Alma die Hand. »Dann hab du noch einen gemütlichen Resttag, und ich gehe mit Sanna die Sache klären.«

Meine Cousine lässt sich von mir aufhelfen und hakt sich bei mir unter. »Das hört sich nach einem Plan an. Ein fauler Abend könnte mir gefallen.«

»Wie bist du überhaupt ins Hotel gekommen? Es ist ausgebucht.«

Alma lacht und gibt mir einen Knutscher – direkt auf den Mund. »Ich bin deine Freundin, deine Geliebte, deine Verlobte. Diejenige, die du in ein paar Tagen heiraten wirst. Die Dame mit der riesigen Brille am Empfang hat es mir gesagt.«

Kapitel 20

T wie Trotz

Tannenbaum-Eis

Kräftig aromatischer Tannenwipfelhonig, vermengt mit frischer Sahne, gefroren zu einem Eistraum in Form eines Tannenbaumes, überzogen mit einer funkelnden, weißen Schicht Puderzuckerschnees.

Nun gut, dass Alma meine künftige Ehefrau wird, ist ein Detail, auf das es auch nicht mehr ankommt. Wobei Alma und ich als Ehepaar eher wenig miteinander zu lachen hätten. Vermutlich wären wir nach vierundzwanzig Stunden wieder geschieden. Wir würden es wahrscheinlich nicht einmal bis zur Hochzeitsnacht schaffen.

Über mich selbst lachend öffne ich die Tür zur Bibliothek. Merkwürdig, sonst ist sie nie geschlossen.

»Herr Wilhelm ... und Wilhelm, hi.« Unschlüssig bleibe ich im Eingang stehen. »Ich wollte nicht stören. Eigentlich bin ich auf der Suche nach Sanna.«

Herr Wilhelm und Wilhelm, die bis eben noch die Köpfe über einen Laptop auf dem Tisch zusammengesteckt haben, rücken auseinander. Herr Wilhelm schlägt die Bücher und Zeitschriften zu, während er sich erhebt. »Sie stören doch nie, meine liebe Sunny.«

Wenn das mal keine charmante Lüge ist. Ich trete näher, um die Buchtitel zu entziffern, die Wilhelm einsammelt.

»Wir sind ohnehin fertig.« Wilhelm nickt dem älteren Herrn Wilhelm zu und lächelt mich an.

Dieses Lächeln bringt mich aus dem Konzept. Und wie gut dieser Mann duftet, irgendwie so gar nicht nach Pferdestall.

Benommen trete ich einen Schritt zur Seite, während die beiden Herren die Bibliothek verlassen.

Und nun?

Ob es Neuigkeiten im Zeitschriftenregal gibt?

Die Fast-Food-Diät – Jeden Morgen ein Pfund leichter.

Oje, bloß nicht, da würde ja bald nicht mehr viel von mir übrig sein. Da nehme ich doch lieber

Sieben geheime Weihnachtskuchenrezepte, mit denen Sie zur Küchengöttin werden.

Das wäre doch mal eine Turbo-Karriere, von einer Gelatiera zu einer Prinzessin zu einer Göttin – in sieben Tagen.

Zelten auf dem Autodach

Ah ja, wer kennt es nicht.

Ein bisschen fürchte ich mich, ein bisschen hoffe ich darauf – es gibt auch eine neue Schlagzeile über mich, also über Prinzessin Susanna.

Susanna Leonore Karoline Prinzessin von Hollerburg – Vermögen verzockt – Fallen nun die Luxus-Flitterwochen ins Wasser?

Oha! Stimmt ja, zu einer Hochzeit gehören Flitterwochen. Wohin Sanna wohl flittern fährt? Bestimmt so etwas richtig Krasses wie ein Super-Luxus-Resort auf den Bahamas. Oder sie besitzt eine Privatinsel in der Südsee mit Personal, das ihr das Meer bis ins Schlafgemach trägt.

Nur kein Neid, liebe Sunny, immerhin gibt es mit Tom auch Flitterwochen. Vielleicht. Wenn Tom und ich uns vor unserer Goldenen Hochzeit noch mal einig werden sollten.

Aber nicht auf den Bahamas. Und schon gar nicht in der Südsee.

Egal, wer will da schon hin. Ist ohnehin viel zu heiß.

»Na? Was gibt es Neues aus der Welt der Reichen und Schönen?«

Vor Schreck reiße ich die Zeitschrift in meinen Händen in der Mitte ein. Gezielt trenne ich so Sanna, die geduckt und in einen dunklen Mantel gehüllt zwischen zwei Mülltonnen aus einem Hinterausgang schleicht, von dem Bild daneben, das sie in einem Hauch von Kleid an einem Roulettetisch zeigt. Mist. Hätte ich die Zeitschrift bloß in ihrer Hülle gelassen!

»Du bist pleite, lerne ich gerade.« Schnell stelle ich die Zeitschrift zurück ins Regal und schiebe sie hinter zwei andere. Lilli wird sie so hoffentlich nicht so schnell finden.

»Interessant. Das hatten wir schon lange nicht mehr. Meistens bin ich schwanger, treibe gerade ab oder verstecke irgendwo Zwillingsbabys.« Lachend plumpst Sanna auf das Sofa und streckt die Beine von sich. »Deine Haare sind kaum noch rot.«

Ich fasse nach dem hohen Pferdeschwanz und schiele darauf. »Jep. So langsam bekomme ich meine Farbe wieder. Mann, bin ich froh!«

Sanna kräuselt die Nase und hält sich eine Strähne ihrer eigenen Haare vor das Gesicht. »Mach mal nicht zu schnell, Prinzesschen, nicht, dass du mich nicht mehr vertreten kannst. By the way, mein Rot lässt sich auch nicht mehr lange verbergen.«

Das ist mein Stichwort. Tief atme ich durch und setze mich neben Sanna auf das Sofa. »Sanna, wir müssen endlich reinen Tisch machen und unsere Rollen zurücktauschen.«

Sanna lässt ihre Haarsträhne los und verschränkt die Arme vor der Brust. »Nein, das müssen wir nicht.«

Ich warte, dass sie weiterspricht, doch sie sieht mich nur an. Dabei blinzelt sie nicht einmal. »Wie meinst du das? Ich meine, wir müssen natürlich nicht müssen, aber wir sollten.« Für einen Moment halte ich inne und lege die Hände in den Schoß. »Doch, Sanna, wir müssen.«

»Ich werde es aber nicht tun.«

»Dann mache ich es halt allein.«

»Mach ruhig. Das steht dann morgen in der gesammelten Klatschpresse. *Prinzessin von Hollerburg verliert den Verstand – wie viele Persönlichkeiten gaukelt sie sich vor?* Wenn du Glück hast, direkt über dem *Wunder der Farben-Diät.*«

Genervt springe ich auf und gehe zum Fenster. Der dunkle Tag geht in eine dunkle Nacht über. Jedoch funkelt am Horizont ein glutroter Streifen der untergehenden Sonne und lässt die verschneiten Gipfel rundherum orange aufleuchten. Was für ein Spektakel! Endlich scheint das Wetter besser zu werden, sodass Alma und ich morgen ohne Probleme nach Hause fahren können. »Ich werde jetzt zu den Schwestern und Lilli gehen und ihnen alles erklären. Du kannst gern mitkommen. Oder es sein lassen.«

»Hast du mal darüber nachgedacht, woher die Presse all ihre Schlagzeilen hat?« Entspannt schlägt Sanna ein Bein über das andere und sitzt aufrecht und elegant da.

»Ist das eine Fangfrage?« Ich lehne mich an das Fensterbrett und halte mich daran fest. Entspannung fühlt sich definitiv anders an.

»Na los, Sunny, sag schon. Was denkst du, woher kommen all die Geschichten? Meine Verlobung, die Hochzeit im Hotel, meine Spielschulden?«

Ich zucke mit den Schultern. »Keine Ahnung. Die Leute bei den Zeitschriften haben Würfel, mit denen sie ihre Geschichten zusammenschustern. Heute X von Würfel 1 passiert Y von Würfel 2, gut gemischt mit einem Hauch von Würfel 3.«

»Ja, das könnte man meinen, nicht wahr? Aber es steckt mehr dahinter.« Sanna sieht an mir herunter und wieder nach oben. »Freunde, Bekannte, Personen aus dem privaten Umfeld!«

»Ich verstehe nicht.« Auf meinem Rücken breitet sich eine Gänsehaut aus, die nicht nur von der kalten Fensterscheibe herrührt. Denn es ist nicht ganz richtig, dass ich nicht verstehe, eher möchte ich es gar nicht verstehen. Das wäre ja grausam!

»Sagen wir so. Ich führe gerade Inventur durch – in meinem Leben.« Sannas Worte klingen neutral, so als würde sie mir erzählen, dass sie sehr wohl eine Inventur durchführt, aber in der Bibliothek. Einfach nur Bücher zählt. Und Zeitschriften. Doch sie zählt andere Sachen, und diese verursachen mir ein Grummeln im Magen.

Ich stoße mich vom Fensterbrett ab und stelle mich vor Sanna. »Rühr dich nicht vom Fleck! Ich bin gleich wieder da! Und dann erzählst du mir alles. Aber dafür brauche ich etwas Zeit.«

Ein feines Lächeln zeichnet sich auf ihrem Gesicht ab, doch ihre Augen blicken sehr ernst.

»Bleib«, sage ich noch einmal, eile aus der Bibliothek und nehme den direkten Weg in die Küche des Restaurants.

»Hi Karl.« Mit Schwung umrunde ich den Koch, der vor Schreck eine Scheibe Schwarzwälder Schinken gegen die Wand klatscht.

»Sunny! Nun sieh dir diese Bescherung an. Das kann ich den Gästen nicht mehr anbieten.« Mit gefalteten Händen starrt Karl auf den Schinken, der an der Edelstahlwand klebt und langsam nach unten rutscht.

»Hast du genug Abschied genommen?«

Kopfschüttelnd sieht mich Karl an, während ich den Schinken von der Wand pflücke und mir in den Mund stecke. »Lecker.« Weich und zart schmilzt der feine Leckerbissen auf meiner Zunge, und ein Feuerwerk an Aromen von Pfeffer, Wacholderbeeren, Knoblauch und würzigem Rauch explodiert mir im Mund. »Meine Güte, ist der gut! Kann ich noch mehr haben?«

In Karls Gesicht explodiert derweil etwas ganz anderes, so rot wie er anläuft. »Hast du etwa gerade ein Stück Schinken von meiner Wand gegessen?«

Ich nicke. Unsicher worauf er hinauswill. War es vielleicht das letzte Stück? »Oh nein, sag bitte nicht, ich habe den Gästen den letzten Schinken weggefuttert. Das tut mir leid.« Hektisch sehe ich mich um. »Wir könnten als Ersatz doch einfach ... einfach ... ein Stück deiner weltbesten Schwarzwälder Kirschtorte anbieten!« Erleichtert, eine Lösung gefunden zu haben, zeige ich zum Kuchenkühlschrank mit der gläsernen Tür. Dort prangen zwei der Prachtstücke und betteln darum, verspeist zu werden. »Genau. Ich glaube nicht, dass die Gäste groß den Unterschied merken. Ich meine, Schwarzwälder Schinken versus Schwarzwälder Torte. Das hört sich schon sehr ähnlich an.« Mit drei langen Schritten bin ich am Kühlschrank und öffne die Tür.

Doch Karl bremst mich aus, indem er die Arme hochreißt, was bei seiner Größe extrem imposant wirkt. Dieses Mannsbild könnte wortwörtlich die Sterne vom Himmel holen. »Stopp!« Seine Stimme ist auch imposant.

Gehorsam schließe ich die Tür wieder, ganz sacht und leise. Mmh, wie das darin duftet!

»Du schlägst mir wirklich vor, auf ein frisch gebacke-
nes Schwarzwälder Bauernbrot, dick bestrichen mit
Sauerrahmbutter, ein Stück Schwarzwälder Torte zu
drapieren?« Karls Arme bleiben bewegungslos in der
Luft.

»Warum nicht, ein Versuch wäre es wert. Wir müssen
die Torte ja nicht unbedingt auf die Butterstulle legen ...«

»Butterstulle! Bezeichnest du meine Schwarzwälder
Vesper gerade als Butterstulle?« Seine Stimme überschlägt sich, und war seine Gesichtsfarbe eben noch ein
reifes Tomatenrot, so gesellt sich nun Aubergine dazu.

Ich zeige auf sein Gesicht. »Vielleicht solltest du lieber
die Arme herunternehmen, damit dein Blut wieder besser zirkuliert.«

Tatsächlich hört Karl auf mich und lässt sie sinken.
Sehr langsam und konzentriert. Anscheinend kommt
das Berliner Futter hier im Süden nicht so gut an. Bei
jeder anderen Gelegenheit würde ich unsere Berliner
Spezialität bis auf den letzten Krümel verteidigen, aber
ich glaube, das wäre jetzt gerade ein Tropfen zu viel für
Karls emotionales Fass. Und dennoch, es geht nichts
über die gute alte Butterstulle!

»Sunny, was kann ich für dich tun?« Karl spricht jedes
Wort überdeutlich aus. »Und nein, ich werde meinen
Gästen keine Schwarzwälder Torte zu ihrer Vesper reichen. Und überhaupt ist mein Schwarzwälder Schinken natürlich nicht aus! So weit kommt es noch, dass
in meiner Küche etwas fehlt!«

»Aber ...«

Karl hebt seine Hand nur ein Stück, doch ich verstehe und schweige wieder. Aber ehrlich, warum war er dann so entsetzt? »Wieso darf ich keinen Schinken ...«

Tief atmet er ein. »Sunny! Iss nie wieder etwas von meiner Wand! Keinen Schinken, keine Torte oder Stulle!« Das Wort Stulle würgt er hervor, wie ich einen Regenwurm, nachdem ich diesen verspeist hätte. Aus Versehen, zusammen mit meiner Klappstulle.

Ich klatsche mir mit der Hand gegen die Stirn und lache. Jetzt verstehe ich. »Aber Karl, deine Küche ist so sauber, dass sich selbst die Queen den Schinken von der Wand genehmigen würde.«

»Na du musst es ja wissen.« Karl räuspert sich. »Ich will nie wieder etwas davon hören. Und du isst nie wieder von einer Wand! Verstanden?«

»Wie du ...«

»Was sagte ich gerade? Ich will nie wieder etwas davon hören!«

Jetzt reicht es mir aber. Empfindlich schön und gut, selbst überempfindlich ist akzeptabel, aber das ist keines mehr von beiden.

»Und verdrehe bloß nicht so deine Augen, das ist mein Recht!«

Echt jetzt?

»Und das übertriebene Seufzen obliegt ebenfalls mir!«

»Karl?«

»Ja«, brummelt er, während er nach einem Schwamm greift, um den Schinkenfleck von der Wand zu tilgen.

»Was ist los?« Mit verschränkten Armen lehne ich mich an die Arbeitsfläche und sehe ihm beim Putzen zu. Hier stimmt etwas nicht. Zwar kenne ich Karl noch nicht lange, aber meine Intuition arbeitet im Fast-Forward-Modus.

»Nichts.«

»Ein richtiges Nichts? Oder ein Nicht-Nichts?«

Karl hört auf, den schon längst nicht mehr vorhandenen Fleck zu bearbeiten, und sieht mich an. Seine Stirn ist in tiefe Furchen gelegt. »Du bist unglaublich, weißt du das.«

»Das möchte ich doch schwer hoffen.« Flink nehme ich ihm den Schwamm aus der Hand und schmeiße ihn zurück in die spiegelblanke Spüle. »Und nun raus mit der Sprache, sonst gibt es bald nur noch sauer vergorene Lebensmittel in deiner heiligen Küche. Und das wollen wir deinen Gästen unter keinen Umständen antun, richtig?«

Karl zerrt sich seine überdimensionierte Haube vom Kopf und knetet sie erbarmungslos in den Händen. »Der Depp will, dass ich zu ihm runterziehe!«

»Der Depp?«

»Dirk.«

»Dirk?«

Und mit einem Mal legt er los. »Dirk ist mein Freund. Wir sind schon seit dreißig Jahren zusammen, er arbeitet im *Lichtblick*, unten in Freiburg. Er ist auch Koch. Und nun will er auf einmal, dass wir zusammenziehen! Seit Jahren haben wir das Thema nicht mehr angesprochen. Und mit einem Mal? Ich wäre angeblich zu weit weg und mehr mit meiner Küche verheiratet als mit ihm. Ha! Dabei sind wir nicht einmal verheiratet! Er will ja lieber gleich zusammenziehen!«

Na, das sind ja mal Neuigkeiten. Sie flattern in meinem Kopf hin und her, und ich brauche einen Moment, sie zu einem großen Ganzen zusammenzusetzen. »Wohnst du hier oben im Hotel?«

»Freilich!«

Na ja, so *freilich* finde ich das nun wieder nicht. Aber jedem das seine. Ich habe auch schon mal im *Schneeflöckchen* übernachtet. Eigentlich regelmäßig. »Und Dirk wohnt unten in Freiburg?« Lustig, jetzt sage ich auch schon *unten*. Ich bin mittlerweile zu einer richtigen Bergbewohnerin mutiert.

»Schon immer.«

»Und warum möchtest du nicht in Freiburg mit Dirk zusammenwohnen? Es ist doch bestimmt viel schöner, sich eine Wohnung zu teilen, wenn ihr schon so lange ein Paar seid. Es ist jemand da, wenn ihr von der Arbeit nach Hause kommt. Ihr fragt euch, wie eure Tage waren, esst gemeinsam, lebt euer Leben gemeinsam. Das ist doch etwas ganz Wunderbares.«

Karl zuckt mit den Schultern, und ich muss schmunzeln. Die Bewegung sieht so trotzig aus, wie ich mich fühle, wenn ich weiß, dass ich im Unrecht bin, es aber nicht zugeben mag, weil mir meine Meinung besser gefällt.

»Warum zieht er denn nicht hier hoch?« Karl stülpt sich die Kochmütze so heftig auf den Kopf, dass ich meine, es ploppen zu hören.

»Hast du ihn das jemals gefragt?«

»Natürlich nicht.«

»Darf ich jetzt mit den Augen rollen?« Und weil das allein nicht reicht, schüttele ich auch gleich den Kopf dazu und schnalze mit der Zunge.

»Er fragt mich schließlich auch nicht, ob ich ihn heiraten möchte.«

Nun werfe ich die Arme in die Höhe, was eine wenig imposante Geste neben seiner riesigen Gestalt ist. »Was bitte hat denn das eine mit dem anderen zu tun?«

»Pff.«

»Ganz ehrlich! Du bist ein Mann von zwei Metern mal hundert Kilo, mittleren Alters, ein Koch, den die Gäste vergöttern, und das zu Recht. Und du traust dich nicht, deinen Freund, mit dem du wohlgemerkt mehr als dein halbes Leben liiert bist, zu fragen, ob ihr heiraten möchtet oder zusammenleben? Bitte, das bekomme ich ja besser hin. Und wenn ich mir das alles selbst ausdenke! Das ist doch total simpel!«

»Das ist nicht simpel.« Karl verzieht den Mund und schüttelt so vehement den Kopf, als müsse er sich selbst überzeugen.

»Doch ist es.«

»Ist es?«

»Ist es.«

Kapitel 21

S wie Schnur

Stollen-Eis

Saftig sonnengereifte Rosinen, süß kandierte Bitterorangenschalen, duftig geröstete Mandelstifte, zusammengefügt mit Kardamom, Piment und Muskatblüte, alles vereint in einem zimtigen Vanilleeis, betupft von feinstem Puderzucker.

Nachdem sich Karl so heldenhaft durchgerungen hat, mit seinem Dirk zu sprechen und endlich Ja zu sagen zu dessen Wunsch, zusammenzuziehen – jedoch hier im Hotel, warum auch immer – habe ich mich endlich ans Werk machen und einige eisige Unterstützungen für Sanna und mich zusammensuchen können.

Was passt besser zu solch einer Oh-das-gibt-es-doch-gar-nicht-Geschichte, von der ich vermute, dass ich sie gleich zu hören bekomme, als aromatisches, tiefdunkelbraunes Schokoladeneis. Mit Schokosoße und Schokostreusel! Serviert mit einem Klecks Schokoladensahne.

Und was immer Sanna mir auch erzählen wird, wir werden das heute aufklären und in unsere jeweiligen Leben zurückkehren!

»Bis nachher, Karl, und halte mich auf dem Laufenden, wie es mit deinem Dirk war. Ich drücke euch die Daumen.« Mit dem Po stoße ich die Küchentür auf, sorgsam darauf bedacht, die beiden Teller in meinen Händen gerade zu halten. Der Duft des kräftigen Porcelana-Schokoeises umweht mich, und ich muss mich zusammenreißen, um es nicht anzulecken. Wobei, ein Teller ist doch ohnehin für mich. Also darf ich auch.

Wahnsinn! Wie lecker kann Schokoeis eigentlich sein.

Meine Verzückung über die Köstlichkeit vernebelt mir ein wenig die Sinne, und ich höre nicht mehr, was Karl mir hinterherruft.

»Du machst das genau richtig, wie du es machst«, antworte ich ihm über die Schulter und gehe stark davon aus, nicht das Falsche gesagt zu haben.

Nun aber schnell. Sanna wird vermutlich schon Furchen in den Bibliotheksboden gelaufen haben.

Doch von Furchen ist in der Bibliothek nichts zu sehen. Leider aber auch nichts von Sanna. Und ich kann es ihr nicht einmal verübeln, denn meine kleine Rühr-dich-nicht-vom-Fleck-ich bin-gleich-wieder-da-Episode hat eine geschlagene Stunde gedauert.

Wo ist sie denn jetzt schon wieder?

»Hi Lilli, möchtest du ein Schokoeis?« Ohne auf die Antwort zu warten, schiebe ich ihr das Eis über den Empfangstresen hin. »Weißt du, wo ich Sanna finde?«

»Ja, sicher. Die fährt mit Natascha runter ins Kino.« Lilli zeigt zum Eingang. Draußen in der Einfahrt ist das letzte Aufblitzen von Rücklichtern zu sehen. »Der Albert bringt sie hin.«

»Und holt sie wann genau wieder ab?«

»Oh, das kann dauern. Die beiden wollten im Anschluss noch in die *Maria Bar* einen Cocktail trinken. Da ist heute Christmas Evening. So ganz altmodisch, mit Fünfzigerjahre-Kleidern, oh und mit Songs von Frank Sinatra und Bing Crosby, live gesungen von Álvaro Soler. Stell dir das mal vor! Dazu gibt es Blue Hawaii Cocktails und Dry Martinis. Oh, es muss wundervoll sein.« Lilli starrt nach draußen, obwohl Alberts Taxi schon längst nicht mehr zu sehen ist, und seufzt bis hinunter nach Freiburg.

Dreimal Oh in zwei Sätzen plus Álvaro Soler, das hat eine Menge zu bedeuten. »Du wärst auch gern dort, nicht wahr?«

»Oh! So gern.« Lilli nimmt sich die Riesenbrille ab und reibt ihre Augen. Als sie mich ansieht, blinzelt sie mehrfach und runzelt die Stirn.

»Alles okay?« Ich betupfe mir das Gesicht mit den Fingern, denn es kann gut sein, dass irgendwo Schokoeis klebt. Oder Schokosoße. Wahlweise auch ein oder zwei Schokostreusel. Die Schokosahne muss ich nicht extra erwähnen.

Lilli setzt sich das Brillenungetüm wieder auf und mustert mich durch die Gläser. »Ja.« Dann schickt sie einen weiteren Seufzer hinunter nach Freiburg.

»Kann denn niemand deinen Dienst übernehmen?«
Ich schmule an Lilli vorbei ins Hinterzimmer, doch au-
ßer dem Ticken der Kuckucksuhr ist nichts zu hören.
»Irgendwann musst du ja auch mal freihaben.«

Sie winkt ab – und seufzt. »Ach, ich habe genug frei.
Nur heute passt es nicht so recht. Babett und Elvira sind
mit einigen Stammgästen auf dem Freiburger Weih-
nachtsmarkt, Martha liegt erkältet im Bett, Bernhard
ist gerade in der Klinik bei seiner Frau, die ihr erstes
Kind bekommt, und Anne hatte schon die Frühschicht.
Ach ja, aber das macht nichts, es wird ohnehin eine ruhige Nacht.«

Leises Tapsen und lautes Hecheln lässt mich nach unten sehen. Und in der Tat sitzt Herr Gustav neben mir,
den Kopf so schräg geneigt, dass sich Vogerl tüchtig
festkrallen muss. Beide starren mich an, und ich weiß
nicht, ob ich es mir einbilde, aber sie scheinen mir zu-
zuzwinkern, und die Idee, die sich gerade in meinem
Kopf formt, nimmt Gestalt an. Warum eigentlich nicht?
Alma ist mit Relaxen beschäftigt und mir könnte es gefallen, Hotel zu spielen. Das habe ich als Kind schon
gern gemacht. Dabei war Alma stets mein variabler
Gast, so wie jetzt auch. Perfekt. »Lilli?«

»Ja?« Seufzen.

»Was wäre, wenn ich für dich übernehme? Du sagtest
doch gerade, es würde ohnehin ruhig werden, und so
kommt es doch nur darauf an, dass jemand – in diesem
Fall ich – hier ist, richtig?« Wie kann ich sie nur überzeugen? Lilli lehnt bestimmt ab, immerhin bin ich eine
Prinzessin. »Das macht mir auch gar nichts aus, ich bin
es gewohnt zu arbeiten.«

»Oh! Total gern! Danke Sunny!« Mit überhöhter Geschwindigkeit rast Lilli hinter dem Empfangstresen hervor, drückt mich kurz, aber umso fester an sich, und eilt dann zu den Fahrstühlen. »Bin gleich wieder da.«

Weg ist sie, wie im Zeitraffer verschwunden. Sie hat bestimmt Hermines Zeitumkehrer benutzt! Raffiniert.

»Und nun?« Ich drehe mir meinen Zopf um einen Finger und sehe Herrn Gustav und Vogerl an. Die wiederum mich ansehen, als würden sie auf etwas warten.

So tue ich das Naheliegende und gehe hinter den Empfangstresen. Oh! Das fühlt sich gut an. Wie ein kleines Hotelreich, und ich bin die Hotelkönigin. Ich könne glatt als Christine Francis vom St. Gregory aus der Serie *Hotel* durchgehen. Nun zahlt es sich aus, dass ich die fünf Staffeln mehrfach durchgesuchtet habe. Und das Motto ist doch im Hotel dasselbe wie in meinem *Schneeflöckchen.* Gastfreundschaft ist, wenn die Gäste das Haus glücklicher verlassen, als sie gekommen sind.

In diesem Sinne stehe ich aufmerksam da und beobachte die leere Halle, doch bis auf Herrn Gustav, der sich gähnend mit Vogerl zum Kamin trollt und sich unter dem funkelnden Weihnachtsbaum einkuschelt, passiert – nichts.

Es gibt nicht einmal etwas, das ich in Ordnung bringen kann, denn jegliche Mappen, Ordner, Blöcke, Stifte und Zimmerschlüssel sind fein säuberlich sortiert und abgeheftet.

Da fegt Lilli auch schon wieder aus dem Aufzug. Statt ihrer üblichen Tracht aus weißer Bluse, Blumenmieder und schwarzem Rock trägt sie einen Traum von einem dunkelroten Cocktailkleid. Schulterfrei präsentiert sie ein Dekolleté zum Hineinsinken, und dick und bauschig tanzt der knielange Rock bei jedem Schritt. Ihre Füße zieren Spangenschuhe, auf die selbst Cinderella neidisch wäre.

»Wow! Lilli! Und was du für eine Haarflut hast. Wie bekommst du die jeden Tag in deinen Zopf gequetscht? Du siehst aus wie eine Prinzessin.« Unglaublich, in welch verschiedenen Varianten die gute Lilli vorkommt.

»Danke Sunny, aber wer will schon eine Prinzessin sein, wenn man auch eine Schwarzwälderin sein kann.« Lilli blinzelt mich an und fasst sich ins Gesicht, so als würde sie ihre Brille richten wollen, doch die trägt sie gar nicht. Sie räuspert sich. »Albert wird bestimmt bald wieder heroben sein. Dann gehts los. Ich freue mich so. Danke, Sunny!«

Und diese Freude ist ihr anzusehen, sie strahlt mehr als der Weihnachtsbaum hinter ihr, und der funkelt schon imposant vor dem lodernden Kamin. »Gern doch. Und wie du gesagt hast, ist es wirklich ruhig.« Und ich kann wunderbar Sanna abfangen, wenn sie von ihrer Girls' Night Out zurückkommt.

Zappelnd steht Lilli neben mir und starrt zwischen mir und dem Ausgang hin und her. »Kiara wird Augen machen, wenn ich auch zum Christmas Eve komme!«

»Kiara?« Meine Kiara? Meine Schwindel-Nichte?

Lilli verzieht den Mund und kraust die Stirn. »Sie meinte, du hättest es ihr erlaubt und wärst eigentlich gern mitgekommen, hast aber mit der Hochzeitsvorbereitung zu viel zu tun.«

Was ich Kiara erlaubt habe war, dass sie ihr Zimmer in Ordnung bringt!

»Sie meinte, ihr Zimmer wäre aufgeräumt!«

So ein Früchtchen. Stiehlt sich heimlich zum Tanzen davon. »Habe bitte ein Auge auf sie.«

»Aber immer doch.« Lilli läuft zum Ausgang und wieder zu mir zurück. Doch auch das reicht nicht aus, um Albert schneller den Berg hochzulocken. »Wie gesagt, du hast einen ruhigen Abend vor dir. Selbst unser *Hotelkritiker* hat seit vierundzwanzig Stunden nichts von sich hören lassen. Also ist er entweder an seinen Ansprüchen erstickt oder grübelt über neue nach, die wir aber dank dir schon erfüllen, ehe er sie überhaupt stellen kann.«

»Lilli! So kenne ich dich gar nicht.« Ich bin gleichzeitig amüsiert und bestürzt. Aber ganz ehrlich, Manuel hat es verdient.

»Ich bin gerade privat hier, ich darf das.«

Ob es wirklich so eine gute Idee ist, Kiara in Lillis Obhut zu lassen?

»Da ist Albert!« Lillis Händeklatschen animiert sogar Herrn Gustav zu einem *Wuff* und mich zu einem Luftsprung vor Schreck.

Kurz reißt mich Lilli in ihre Arme und schiebt mich dann von sich. Wieder mustert sie mich, als würde ich sie irritieren.

Na klar, ich bin nicht standesgemäß gekleidet für meinen Job heute Abend. Jeans und Shirt, das geht ja nun wirklich nicht! »Lilli, wo finde ich eine weiße Bluse, einen schwarzen Rock und so ein wunderschönes Mieder für mich? Ich will das Hotel doch angemessen repräsentieren.«

Lilli sieht mir auf die Brust und spitzt die Lippen. »Ich glaube, du brauchst kein Mieder, Sunny. Und du bist perfekt für unser Hotel. Genauso wie du bist.« Ihr Kuss landet auf meiner Wange, und schon eilt sie zum Ausgang, wo Albert gerade ein Paar hereinführt. Lilli nickt den beiden zu, hakt sich bei Albert unter und zieht ihn mit sich nach draußen. Ich höre nur noch *huddle* und *Friburg* und *Beiz*, und dann stehe ich schon allein in der Lobby – bis auf das Paar, das mich anstrahlt. Vermutlich will es ein Zimmer, aber die Sprache, die die beiden sprechen, verstehe ich nicht. Ich weiß das so genau, da ich nicht einmal erkenne, um welche Sprache es sich handelt.

Und sie wiederum verstehen weder mein Deutsch noch mein Englisch und schon gar nicht mein Schulfranzösisch.

Alles klar, ich kann das! Was würde Christine Francis an meiner Stelle tun?

Die Ruhe bewahren. Und die Gäste an die Bar führen. Und dann ein Zimmer besorgen.

Das Bellwü ist ausgebucht!

Mein Begrüßungslächeln zwickt mir in den Mundwinkeln, so angestrengt halte ich es.

Das kann doch nicht wahr sein! Ich habe eine einzige Aufgabe und weiß mir schon nicht zu helfen. Aber nicht mit mir!

Weiterhin lächelnd, dirigiere ich das Paar mit vielen Gesten in die gemütliche, kleine Bar des Hotels. Wobei Bar einen Hauch zu viel der Bedeutung ist, denn es handelt sich um einen Erker im Restaurant, der als Bar bezeichnet wird. Sehr gut, Karl wird es richten, der kennt sich aus.

Den neuen Gästen scheint es zu gefallen, zumindest sehen sie sich äußerst zufrieden um und nicken sich gegenseitig zu.

Ich winke Karl und mache ihn so auf die beiden aufmerksam, ehe ich zurück in die Lobby gehe. Das Gepäck der Neuankömmlinge schiebe ich erst einmal in das Hinterzimmer. Dabei löst einer der Koffer eine aufgewickelte Schnur von einem Haken an der Wand und verheddert sich darin.

Ich folge der ominösen Schnur bis zu einem hölzernen Gestell, an dem in zwei Reihen Glocken angebracht sind. Über jeder Glocke steht ein Schild, das einen Raum hier im Hotel angibt. Wie süß! Gibt es so eine Klingelanlage nicht auch in der Serie *Downton Abbey*? Eigentlich wäre es mal wieder Zeit für ein Rewatch.

Doch zuerst die wichtigen Dinge. Irgendwo muss es doch in Lillis ordentlichem Büroleben einen Plan geben, in welchem Zimmer welche Gäste wohnen und wo noch ein Plätzchen frei sein müsste.

Mein erstes Ziel ist der Schreibtisch und – bingo – dort finde ich ihn, säuberlich in einer Klarsichtfolie. Und wirklich ist für jeden Raum ein Name vermerkt. Mist.

Ich plumpse auf das Sofa vor dem Fenster und lehne den Kopf zurück, um besser nachdenken zu können. Doch noch ehe ich einen Plan A entwickeln kann, läutet eine der altmodischen Glocken der Klingelanlage und eine hölzerne Abdeckung klappt von einem Schildchen hoch. Auf diesem steht: *Swimmingpool.*

Es gibt hier einen Swimmingpool? Jetzt bin ich aber neugierig. Hoffentlich finde ich ihn. Im Vorbeigehen klingelt erneut eine Glocke. *Bibliothek.* Oh gut, den Weg kenne ich. Und wer auch immer da ein Begehren hat, kann mir vielleicht auch den Weg zum Pool weisen.

Gleichzeitig klingeln zwei weitere Glocken. *Zimmer* und *Pferdestall*. Im Ernst? Der Pferdestall hat eine Direktleitung zur Rezeption? Und bitte welches Zimmer? Mit dem Finger folge ich einer dünnen Schnur, die von *Zimmer* wegführt, hin zu einer Zahlenreihe. *Dreizehn*. Was für ein ausgefeiltes System. Aber seit wann gibt es in einem Hotel die Zimmernummer dreizehn?

Egal. Ich schnappe mir den riesigen Generalschlüssel, der eingerahmt an der Wand hängt, und einen Block vom Schreibtisch und notiere mir die unterschiedlichen Örtlichkeiten, die mich erwarten.

Als ich mit einem Fuß aus dem Büro bin, erschallt eine weitere Glocke. *Wäscheraum*. Genervt strecke ich der Klingelanlage die Zunge raus. »Läutet doch am besten alle auf einmal!« Und schon ertönt die nächste. *Küche*. Nee, mein lieber Karl, die Küche ist dein Ressort.

Vor dem Empfangstresen steht Herr Wilhelm. »Ah, Sunny. Könnten Sie mir wohl behilflich sein?«

Hinter ihm stehen das japanische Traumpaar, das vor Kurzem so glorreich von Kiara in Empfang genommen wurde, ein junger Herr, den ich noch nie gesehen habe, und als i-Tüpfelchen eine verheulte Lima, umringt von einem älteren Gästepaar, einem jaulenden Herrn Gustav und einem flügelschlagenden Vogerl.

Alma! Ich brauche Alma! Egal, was sie mir über mein Schlamassel erzählen würde, ich brauche meine Cousine. Hier und jetzt und gleich.

Als wären wir im Geist verbunden, schreitet Alma just in diesem Augenblick aus dem Paternoster. Wobei schreiten ist grundverkehrt. Sie torkelt, schwankt und wankt und schwenkt in jeder Hand eine Flasche Rotwein. Sehr leere Flaschen Rotwein.

Kapitel 22

S wie Seltsam

Snickerdoodle-Eis

Dunkler, aromatischer Muscovado-Zucker küsst sahniges Vanilleeis unter einer Decke aus süßwürzigem Ceylon-Zimt.

So viel dazu, dass ich Almas Hilfe benötige. Sie braucht meine wesentlich dringender.

Ich drehe mich einmal um mich selbst, nicke allen Gästen entschuldigend zu und tätschele Lima den Kopf, dann eile ich zu Alma.

Sie wird sich doch nicht ... Argh! Doch! Sie übergibt sich! Mitten im Foyer, dunkelrot und eklig. Sehr eklig!

Oh bitte! Jetzt wäre der perfekte Zeitpunkt aufzuwachen. Nein? Kein Traum? Ich rüttele ein wenig an mir, um mich zu wecken. Nix. Niente. Nada.

Mühevoll richtet sich Alma auf und streicht sich eine klebrige Strähne aus der Stirn. »Mir is sooo schlecht.«

Das reicht!

Ich bugsiere sie eher unsanft um den süßlich muffelnden See zum Sofa vor dem Kamin. Aus einer Pflanzschale, die auf dem Sofatisch dekorativ angerichtet steht, zupfe ich den Weihnachtsstern heraus und schütte die Erde in den Kamin, dessen Feuer sich vor Schreck verschluckt, ehe es wieder mit einer Stichflamme auflodert. Hoppla!

Die Schale drücke ich Alma in die Hände, die schon wieder würgt. Und das am idyllischsten Platz der ganzen Hotelhalle, vor dem funkelnden Weihnachtsbaum.

Ich muss mich wirklich zusammenreißen, um ihr nicht auf die Füße zu treten, während ich an ihr vorbei zu den anderen Gästen gehe.

Diese – sowie Herr Gustav und Vogerl – starren mich noch immer an. Lima hat aufgehört zu weinen und nuckelt stattdessen an ihrem Zopf. Dabei sieht sie höchst zufrieden aus. Ein wenig erinnert sie mich an mich selbst, wenn ich Stephen-King-Filme gucke. Na, immerhin das wäre erledigt.

Zeit für Action. Ich schreite die Reihe des bunt zusammengewürfelten Haufens ab und nehme dabei die stramme Haltung einer Kommandantin an.

»Lima? Alles wieder gut? Deine Mama ist bald da, und du gehst bitte zurück ins Bett. Frau und Herr Kammer begleiten dich hinauf. Wenn ihr mögt, holt euch vorher noch bei Karl ein Himbeereis. Herr Wilhelm, ich vermute, Sie suchen wieder ihre Brille. Sie befindet sich auf Ihrem Kopf. Und wenn Sie nicht schlafen können, empfehle ich Ihnen ein sahniges Mohneis. Konnichiwa, sehr verehrtes japanisches Ehepaar, Sie sehen im Angesicht der Gesamtsituation durchaus zufrieden aus, und was immer Sie gerade von mir möchten, muss bis morgen warten, denn dann ist Kiara wieder da und kann dolmetschen. Und in der Zwischenzeit nehmen Sie bitte im Restaurant Platz, ich werde Ihnen gleich das weltbeste Mochi-Eis kredenzen. Und Sie!« Ich zeige auf den jungen Mann mit den unmöglichen Zottelhaaren. »Sie machen zuallererst morgen früh einen Termin beim Frisör und melden sich dann gern im Anschluss bei mir. Aber vorher gehen Sie zu Karl und lassen sich eine ordentliche Portion Spaghetti-Eis anrichten. Und nehmen Sie den verrückten Hund mit, der schielt mir ein wenig zu gierig auf den halb verdauten Rotwein. Ich wünsche allen eine angenehme Nachtruhe. Die Rezeption hat nun geschlossen. Und bis auf Eis-Begehren bin ich heute für niemanden mehr zu sprechen.«

Ich hole tief Luft, deute eine Verbeugung an und scheuche alle Richtung Restaurant. So, das wäre erledigt. Stolz klopfe ich mir innerlich auf die Schulter. Manchmal bewundere ich mich wirklich selbst.

Leider übertönt Almas fieses Würgen meinen Glücksmoment, und auch der ähnlich fiese Geruch des Rotweinmalheurs breitet sich in der Lobby mehr und mehr aus.

Erst die Schererei oder erst Alma beseitigen?

Alma nimmt mir die Entscheidung ab. Krachend lässt sie die Schüssel fallen, die sich in tausend Scherben und noch mehr Spritzern in alle Richtungen verteilt.

Alles klar. Irgendwo müssen ja diese Hotelwagen mit den Putzmitteln und Kopfkissenbezügen und so weiter stehen. Ich hoffe doch schwer, darauf befindet sich auch ein Beseitigt-alle-Gerüche-Spray.

Trotz meiner Wut auf Alma gehe ich zu ihr und streiche ihr kurz über den verschwitzten Kopf. Sie hat sich auf das Sofa gelegt und die Augen geschlossen. Schrecklich blass sieht sie aus, selbst ihr sonst dunkelbraunes Haar wirkt farblos. Und sie müffelt. »Almachen, was hast du bloß angestellt?«, flüstere ich, und um den Frust über sie schiebt sich eine dicke Schicht Sorgen. Das ist so untypisch für meine Cousine!

»Die Frage gehört mir. Die darf nur ich dir stellen.« Almas Wispern ist zum Steinerweichen, doch ich bin froh, dass ihr dieser kleine Scherz über die Lippen kommt.

»Ruh dich aus. Ich mache sauber und bringe dich dann hoch ins Bett.«

»Warte. Ich helfe dir.« Alma richtet sich auf, zumindest vermute ich, dass sie das vorhat, jedoch lässt sie sich mit einem Stöhnen sofort wieder zurücksinken.

Kopfschüttelnd nehme ich ein Kissen von einem Sessel und schiebe es Alma unter den Kopf. »Du hilfst mir am meisten, wenn du liegenbleibst und den Inhalt deines Magens bei dir behältst.«

Erneut stöhnt Alma und legt sich einen Arm über das Gesicht. »Du hast etwas gut bei mir, Sunny.«

»Oh, meine liebe Cousine, das weiß ich! Und dieses Etwas wiegt eine Menge Sachen auf.«

Ich meine, ein Pff von Alma zu hören, und entferne mich lieber schnell, nicht dass sie doch lieber nicht in meiner Schuld stehen möchte und damit noch mehr Unheil anrichtet.

Viel später glänzt die Lobby wieder, nur der süßsaure Geruch hängt wie eine böse Erinnerung über allem.

Die Eingangstür habe ich mit dem Schreibtischstuhl blockiert, sodass sie offensteht und die gut riechende, aber eisige Nachtluft hereinlässt. Fast fürchte ich, die Kugeln am Weihnachtsbaum frieren ein und das Kaminfeuer erstarrt zu Eis.

Und nein, ein Beseitigt-alle-Gerüche-Spray gibt es nicht.

Alma liegt schnarchend im Bett meines Zimmers und quält weder mich noch sich mit weiteren Anblicken ihres Mageninhaltes.

Das Restaurant ist mittlerweile geschlossen, und Herr Gustav und Vogerl haben sich schaudernd verzogen, als die Kälte von der Lobby Besitz ergriffen hat.

Von Lilli und dem Rest der Bagage ist nichts zu sehen, und wie es aussieht, endet ihr vergnüglicher Abend in einer vergnüglichen Nacht.

Jetzt bleiben mir nur noch die Klingelschnüre, die immer wieder ihre Glocken läuten lassen. Von wegen ruhiger Abend! Ich will nicht erleben, was Lilli unter einem turbulenten Abend versteht.

Mittlerweile hat jede der insgesamt neun Glocken angeschlagen, wobei sich die Zimmerglocke gleichmäßig auf neun Zimmer aufteilt, denn neun Abdeckungen sind geöffnet und verraten mir die neun verschiedene Zimmernamen. Echt jetzt?

Ich schiebe zu jeder Glocke das dazugehörige Plättchen zurück und spiele mit dem Gedanken, es einfach zu ignorieren. Ich meine, wenn die Leute bis jetzt warten konnten, können sie auch noch die paar lächerlichen Stunden bis morgen früh warten, wenn Lilli und das restliche Personal wieder hier sein werden.

Aber. Wäre da nicht dieses gemeine Aber. Ich habe Lilli versprochen aufzupassen. Und schon klingelt erneut die Glocke des Pferdestalls. Was, wenn dort jemand vom Pferd gefallen ist und hilflos im Stroh liegt?

Ohne länger mit mir selbst zu diskutieren, reiße ich Lillis Lodenmantel vom Haken neben der Tür und ziehe ihn im Hinauslaufen an. Draußen gefriert sofort mein Atem zu einer dichten weißen Wolke, und die Kälte sticht mir in die Wangen.

Mit gesenktem Kopf – und mal wieder ohne passendes Schuhwerk – rutsche ich den Weg zum Pferdestall. Leise öffne ich die schwere Tür und schaudere, als warme Luft auf mein kaltes Gesicht trifft.

Gedimmtes Licht erhellt spärlich den Gang, in den Boxen schlafen die Pferde. Das alles wirkt so pittoresk, dass ich mit einem Mal die Macht dieser Tiere zu spüren bekomme, von der Pferdefreunde so schwärmen.

Nur in der hintersten Box raschelt es. Was, wenn es ein Einbrecher ist?

Quatsch, der wird wohl kaum die Rezeption anklingeln.

Und wenn doch? Wenn genau das seine Masche ist?

Ich sehe mich um. Doch hier liegt nichts herum, was mir als Waffe dienen könnte. Einzig ein leerer Eimer steht vor einer Box. Besser als nichts.

Wie Captain America – allerdings mit Eimer statt mit Superschild – schleiche ich vorwärts zur letzten Box und luge hinein. Fröhlich prustet mir Mimi ihren warmen Pferdeatem, angereichert mit Heuaroma, entgegen. Mmh, das duftet gar nicht so verkehrt. Ob sich das auch für ein außergewöhnliches Eis verwenden lassen könnte? Vielleicht ein Hauch süßer Heuduft, gegossen in ein Sahneeis aus Alpenrahm, gespickt mit Stücken kandierter Rotkleeblüten. Aber woher nehme ich das Heuaroma?

Mimi scharrt leicht mit einem Huf und holt mich zurück in den Pferdestall. Ihr linkes Vorderbein trägt einen Verband, und jetzt sehe ich auch Wilhelm in der geöffneten Nachbarbox im Stroh schlafen.

Erleichtert stelle ich den Eimer ab. Dann muss es wohl Wilhelm gewesen sein, der geläutet hat und um Hilfe für Mimi bitten wollte. Mist. Mit schlechtem Gewissen tätschele ich Mimi vorsichtig zwischen den Ohren. Wilhelm scheint auch so alles bestens hinbekommen zu haben.

»Dann gehe ich jetzt wieder, wer weiß, was mich bei den anderen Klinglern erwartet. Und du kleines Zotteltier solltest jetzt auch lieber schlafen«, flüstere ich und winke Mimi zum Abschied zu.

Zurück im Hotel lasse ich den Mantel vorerst an und schließe die Eingangstür wieder, da die Temperatur drinnen nicht mehr von der draußen zu unterscheiden ist.

Blöderweise ist auch das Feuer im Kamin erloschen, aber wenigstens leuchtet der Weihnachtsbaum prächtig gegen die Dunkelheit an. Und es riecht auch wieder besser, würzig nach Tannen, süß nach Vanilleeis – und nur ein wenig nach Rotwein.

Zuerst klopfe ich leise an allen neun Zimmern und flüstere *Housekeeping*, doch es rührt sich nichts. Den Generalschlüssel zu benutzen erspare ich mir, dafür gibt es bestimmt ein Notfallprotokoll. Ich glaube, Neugier allein reicht nicht aus, um es zu aktivieren.

Die Küche lasse ich aus, denn da war ich vorhin schon, und was auch immer Karl wollte, schien sich erledigt zu haben, denn er wirbelte glücklich in seinem Reich. Grinsend teilte er mir noch mit, das neu angekommene Paar wäre im letzten Geheimzimmer des Hotels untergekommen und dass Lilli morgen den Rest regeln würde.

Ebenso leer ist die Bibliothek, jedoch liegen mehrere Bücher aufgeschlagen herum. Vermutlich wollte nur jemand, dass aufgeräumt wird. Das erledige ich flugs und gähnend.

Die Wäschekammer aufzustöbern, dauert einen Moment, aber ich finde sie schließlich im Keller. Es ist ein duftendes Reich aus blütenreinen Laken und schneeweißen Kuschelhandtüchern. Ein Bügelbrett steht mitten im Raum mit einer äußerst kompliziert aussehenden Bügelanlage daran. Daneben stapelt sich Wäsche, und ich suche schnellstens das Weite. Das habe ich definitiv nicht gesehen! Meine Bügelwäsche zu Hause sehe ich schließlich auch nicht.

Den Swimmingpool finde ich gar nicht. Und irgendwann bin ich so müde, dass ich nicht mehr weiß, wo ich noch suchen soll und wo ich bereits gesucht habe. Bestimmt habe ich recht und es gibt ihn gar nicht. So bringe ich Lillis Mantel zurück in das Büro hinter dem Empfangstresen und setze mich kurz auf das Sofa.

Blinzelnd öffne ich die Augen. Es ist wesentlich heller, als ich es in Erinnerung habe. Meine Finger kribbeln, da mir der Arm eingeschlafen ist.

»Guten Morgen, Sunny.« Ein lachendes Lilligesicht beugt sich zu mir herunter.

Verwirrt richte ich mich auf, während ein Haargummi aus meinem völlig verstrubbelten Haargewusel rutscht. »Ich muss wohl kurz eingenickt sein.«

»Eingenickt ist gut. Du hast so fest geschlafen, dass ich dich nicht wachbekommen habe, als wir wiedergekommen sind.« Lilli wirft sich mit Schwung den stramm geflochtenen Zopf über die Schulter. Sie trägt wieder ihre Uniform aus Bluse, Mieder und Rock. Und Riesenbrille.

»Wie spät ist es?« Draußen strahlt eine dicke, runde Sonne vom Himmel, als hätte es die letzten Schlechtwettertage nie gegeben. Somit sollten auch alle Züge wieder pünktlich fahren. Wann genau ging meiner? Hektisch stehe ich auf. Ich weiß nicht mal mehr im Ansatz, wann ich die Heimfahrt gebucht habe, habe noch immer nicht mit Sanna zurückgetauscht, und ans Packen denke ich gerade zum ersten Mal. Und Kiara! Ich bin für sie verantwortlich!

Lilli reicht mir eine Tasse, aus der es heiß und aromatisch nach frischem Kaffee duftet. »Es ist kurz vor halb neun.«

Der erste Schluck schmeckt köstlich, und sogleich gönne ich mir einen zweiten und dritten. »Ist Sanna mit euch zurückgekommen?«

»Sicher. Sie ist vorhin aber schon wieder runter nach Freiburg gefahren. Manchmal frage ich mich echt, was sie so oft dort treibt.« Lilli reibt sich die Nase und wiegt den Kopf hin und her.

Dass Sanna nicht hier ist, ist zwar blöd, aber auch kein Drama. Ich brauche definitiv zuallererst eine ausgiebige Dusche in meiner Wellnessoase. Dann wäre ein Frühstück in meinem Interesse, und vielleicht kann ich

Alma überreden, meinen Kram zu packen, während ich mich um Kiara kümmere und dann hoffentlich mit Sanna einige.

Und das alles klappt bestimmt hervorragend, wenn ich einen nicht allzu frühen Zug gebucht habe. Okay, also nicht zuallererst duschen, sondern das Ticket suchen – und finden.

Ich drücke Lilli die leere Tasse in die Hand. »Danke für den Kaffee, Lilli.«

»Aber gern doch. Und bitte entschuldige, dass du dich so gelangweilt hast. Ich habe ein schrecklich schlechtes Gewissen deswegen.« Während sie mir entschuldigend zulächelt, wickelt Lilli die Schnur der Glocke auf, die sich gestern um den Koffer verheddert hatte.

»Gelangweilt?«

»Sonst wärst du doch bestimmt nicht auf diesem unbequemen Sofa eingeschlafen.« Lilli runzelt die Stirn und befestigt die aufgerollte Schnur an dem Haken an der Wand, von dem sie gestern abgefallen war. »Weißt du, wer die alte Glocke aktiviert hat? Wenn die Schnur nicht fest ist, läuten alle paar Minuten die Glocken. Das ist echt gruselig. Dabei nutzen wir die schon seit Jahren nicht mehr.«

Ich blinzle und sehe von den vielen Glocken, die mich in der letzten Nacht offensichtlich grundlos von A nach B nach C gescheucht haben, zu meiner Schlafstätte und nicke langsam. »Ja, wenn es richtig gedreht und gewendet wird, könnte es fast so gewesen sein.«

Lilli blinzelt. »Wie meinst du das?«

»Och.« Ich winke ab. »Nur so dahingesagt. Aber jetzt muss ich los. Es war cool, mal Hotel zu spielen.« Und dieses Spiel werde ich nie wieder anrühren. Aber das binde ich Lilli nicht auf die Nase, denn sie liebt, was sie tut, wie auch immer sie das Tag für Tag durchsteht.

Ganz im Ernst, ich vermisse mein *Schneeflöckchen*. Und Tom. Meine Familie, meine Gäste. Meine Freundinnen.

Mein Herz flattert vor Vorfreude, während ich die Treppe nach oben in mein Zimmer gehe. Schwungvoll reiße ich die Tür auf, doch möchte ich sie am liebsten sofort wieder schließen.

Kapitel 23

T wie Tage

Torten-Eis

Eine Schicht buttrigster Zimtstreusel trägt zimtiges Rahmeis, übergossen mit glänzender Schokolade, die duftet, wie Weihnachten sich anfühlt.

Es stinkt im Zimmer wie in einem explodierten Schnapsladen. Auf dem zerwühlten Bett vegetiert Alma dahin und krächzt mich an. »Schließt du bitte die Vorhänge, hier ist es viel zu hell.«

Bevor ich die Vorhänge zuziehe, reiße ich die Fenster auf. Egal, wie eisig es gerade ist, lieber bibbere ich vor Kälte, als dass ich mich vor Ekel schüttele.

Vorsichtig setze ich mich zu Alma aufs Bett. »Du sieht noch immer fürchterlich aus.«

»Ich fühle mich fürchterlich«, wimmert sie. »Ich wusste schon, warum ich bisher in meinem Leben noch nie einen Kater hatte. Das ist doch Mist.«

»Magst du etwas Wasser trinken?«

»Ja bitte.« Alma setzt sich auf und legt sich gleich wieder zurück. »Nee. Erst muss der Raum aufhören, sich zu drehen.«

Kopfschüttelnd hole ich eine Flasche Wasser aus der Maxi-Bar. »Almachen, unser Zug geht grob geschätzt in den nächsten zwei bis zehn Stunden. Wir müssen dich irgendwie reisefit kriegen.«

»Ich will nicht reisen, ich will liegenbleiben. Der Schnee darf auch liegenbleiben.«

Mir fällt meine letzte Fahrt hinunter nach Freiburg ein, und ich durchwühle meinen Rucksack nach den Reisetabletten, die mir Sanna überlassen hat. Eine davon drücke ich aus dem Blister und reiche sie Alma. »Hier. Nimm die. Du wirst dich damit gleich besser fühlen. Vielleicht ein bisschen müde, aber wenigstens nicht mehr so oll.«

Ohne Widerspruch schluckt Alma das Mittel. Wow! Ihr muss es ja schlecht gehen! »Und nun ruh dich aus, ich springe rasch unter die Dusche. Danach bist du dran.«

»Never! Viel zu anstrengend.«

»Das wird schon, mein Mäuschen.« Ich tätschele Almas Arm und gehe ins Bad. Beim Ausziehen fällt der Generalschlüssel heraus. Auwei, den muss ich nachher zurück an seinen Platz bringen.

Das Duschen weckt sämtliche Lebensgeister, und abwechselnd singend und summend genieße ich das heiße Wasser und das anschließende Eincremen.

Ob Tom mich wohl am Bahnhof abholen wird? Bestimmt. Vermutlich aber mit dem Fahrrad, was dann wieder etwas peinlich ist, wenn wir neben dem Rad hertrotten, das mit meinem Koffer beladen ist. Egal! Ich freue mich so sehr auf meinen Tom. Und meine Hochzeit.

Bevor ich vor Vorfreude an die Decke schwebe und nicht mehr herunterkomme, ziehe ich mir rasch eine Jeans und einen Pulli an, stecke den Generalschlüssel ein und gehe zurück zu Alma. Die sitzt mittlerweile aufrecht im Bett und sieht aus dem Fenster. Diese hat sie sogar geschlossen und die Vorhänge wieder aufgezogen.

»Na Halleluja. Da hat sich aber jemand erholt.«

»Zumindest einen Schritt in die richtige Richtung. So wackelig habe ich mich ewig nicht gefühlt.« Vorsichtig nippt Alma an der Wasserflasche.

»Okay, ist nicht schön, aber besser als nichts. Dann können wir nachher in Ruhe nach Hause fahren.« Wo habe ich eigentlich das Zugticket gelassen? Ich drehe mich im Kreis, da ich mich nicht so recht entscheiden kann, wo ich suchen soll.

»Ich kann nicht.«

»Wie bitte?« Alma hat so leise gesprochen, dass ich mich wohl verhört habe.

»Ich kann nicht.«

Mulmig zieht sich mir der Magen zusammen. »Meinst du ein kann kann nicht oder ein will kann nicht?«

Schweigen.

»Alma! Was ist los? Warum möchtest du nicht nach Hause fahren? Und warum zum Kuckuck hast du dich so dermaßen betrunken?« Ich lasse die Ticketsucherei sein und knie mich vor das Bett, dabei umfasse ich Almas eisige Hand.

Alma schließt die Augen, doch auch das verhindert nicht, dass dicke Tränen darunter hervorquellen.

Eine Schar Alarmglocken dröhnt in meinem Kopf los. »Alma, bitte, was hast du?«

Alma schluchzt auf. »Ich glaube, Fritz will mir einen Heiratsantrag machen.« Mit einem Mal richtet sie sich auf und ringt nach Luft, unterbrochen durch heftige Schluchzer, die ihr noch mehr die Luft abschnüren.

Ist das eine Panikattacke? Eigene Panik rast durch mich hindurch und ich muss mich schwer zusammenreißen, um Alma nicht zu schütteln. Was soll ich bloß tun? So habe ich sie noch nie gesehen und bei ihrem Anblick bleibt mir selbst die Luft weg.

Atmen! Tief atme ich ein und halte inne, ehe ich wieder ausatme. Ich rüttele Alma sanft, die die Augen aufreißt, und animiere sie mit meinen fuchtelnden Händen mitzumachen.

Ein und aus. Ein und aus.

Es dauert einen Moment, doch nach und nach beruhigt sich Alma, und ihre rote Gesichtsfarbe verliert sich in eine müde Blässe.

»Mach das nie wieder!« Besorgt streiche ich ihr eine Haarsträhne von der Wange.

»Ich dachte, ich sorge mal für ein wenig Drama«, flüstert sie. »Wenn du das kannst, kann ich das schon lange.«

»Ich kann das definitiv besser!«

»Ich weiß. Und als Zuschauerin fühle ich mich definitiv besser.«

Sanft löse ich die Wasserflasche aus Almas verkrampfter Hand und stelle sie zur Seite. »Ich traue mich gar nicht, das anzusprechen, was du mir gerade gesagt hast, bevor du so losgeheult hast.«

Alma angelt nach der Flasche und trinkt einen großen Schluck, ehe sie sie sich an die Stirn hält. »Dann
lass es.«

»Mit Sicherheit nicht.«

Alma verzieht den Mund und sieht aus dem Fenster
auf die strahlend weißen Berge, die in einem merkwürdig funkelnden Sonnenlicht leuchten. »Der Reißver-
schluss an meiner Badtasche ist kaputtgegangen, als
ich für Freiburg gepackt habe. Da habe ich mir kurzer-
hand die von Fritz genommen, er braucht sie gerade
nicht. Und gestern Abend habe ich darin einen Ring gefunden.«

Ich stupse sie an, da sie nicht weiterredet. »Und?«

»Nichts und. Fritz will ... er hat das vor.«

»Willst du mich veräppeln? Du flippst aus, weil du einen Ring in einer Badtasche findest?«

Alma vergräbt das Gesicht in ihren Händen. »Du
weißt, was dieser Ring zu bedeuten hat«, brummelt sie
zwischen den Fingern hindurch.

»Klar. Fritz könnte noch hinter seiner Ex-Freundin
her sein, und wenn die ihn endlich zurückwill, kann er
ihr den Ring schenken, den er seit Jahren mit sich her-
umschleppt. Und bam, Happy End.«

Almas Hände bleiben auf halber Höhe in der Luft
hängen. »Soll mich diese Version jetzt trösten?«

»Immerhin kämst du so um diesen befürchteten Heiratsantrag herum.« Ich nicke deutlich, um meine
Worte zu unterstreichen. »Wir können die Geschichte
aber auch ein wenig drehen, falls du zu eifersüchtig
bist. Der besagte Ring könnte schon seiner Ex-Freundin
gehören, die er mal geliebt hat, aber sie wollte ihn nicht
heiraten und hat daher den Ring in seiner Badtasche

versenkt. Oder, noch besser, Fritz war schon mal verheiratet – oder mehrfach – und das ist sein Erinnerungsstück an diese Zeiten. Vielleicht ist er ein Heiratsschwindler ...«

»Sunny!«

»Jep.«

»Aus.«

Langsam erhebe ich mich, setze mich neben Alma aufs Bett und nehme sie sanft in die Arme. »Wäre es denn wirklich so schlimm, wenn Fritz dir einen Antrag machen würde? Er ist ein großartiger Kerl, der beste, den ich mir für dich vorstellen kann. Und du hast mir selbst erzählt, wie sehr du ihn liebst und dass er etwas ganz Besonderes ist.«

»Ich will diesen verkrusteten Staatsakt nicht für mich. Fritz weiß das, und bisher dachte ich immer, ihm geht es genauso.«

»Vermutlich ist es auch so und du siehst Gespenster.«

Alma kuschelt sich an mich, was mich daran erinnert, dass sie dringend eine Dusche benötigt. »Wohl eher einen Gespenster-Ring.«

»Du bist doch aber sonst nicht so panisch.«

»Ich weiß. Irgendwie habe ich einen Sunny-Moment erwischt. Ich sah den Ring und dachte Heiratsantrag, dachte ablehnen, dachte Fritz verlieren und dachte, dass ich das nicht will. Zack, das wars.«

»Na ja, ein richtiger Sunny-Moment hätte noch mindestens einen rosa Elefanten und eine neue Sorte Himbeer-Basilikum-Eis beinhaltet.« Himbeer-Basilikum, funktioniert das als Eiskombination? Farblich müsste es schon mal spektakulär werden.

Alma sieht mich von unten herauf an. »Du grübelst jetzt doch bitte nicht über Himbeer-Basilikum-Eis nach!«

Ich wende den Kopf ab. »Ähm, jetzt nicht mehr. Jetzt grübele ich darüber nach, wie ich dich schnellstmöglich zu deiner Zahnbürste ins Bad verfrachten könnte.«

»Das war gemein.«

»Aber bitter nötig.«

Alma löst sich aus unserer Umarmung und schiebt sich langsam vom Bett. »Sunny ...«

Ich spitze die Ohren. »Sag nicht, es kommt noch mehr Unfug.«

»Du weißt, dass ich die Dinge ungern ungeklärt im Raum stehen lasse ...«

»Jaaa ...« Wusste ich es doch, dass das nicht alles war!

»Gestern Abend habe ich Fritz angerufen ... und ... mit ihm Schluss gemacht.« Alma schwankt so schnell es ihr Zustand zulässt ins Bad.

»Du spinnst doch!«, rufe ich ihr hinterher, doch da knallt schon die Tür zu.

»Blöder Alkohol! Dämlicher!« Ich werde sämtliches alkoholisiertes Eis von meiner Karte streichen! Ersatzlos! Aber zuerst muss ich telefonieren und unsere Reisepläne anpassen.

Blöderweise ist das Lobby-Telefon belegt. Da mir aber langsam die Zeit davonrast, entscheide ich mich zum Telefonieren gegen den Hotspot oben auf dem Berg und nutze stattdessen den einzigen im Hotel, den ich kenne.

Ich gebe ja zu, ein wenig zittert der Generalschlüssel schon in meiner Hand, während ich Manuels Zimmer aufschließe.

Zuvor habe ich geklopft! Dreimal! Laut und deutlich. Doch er scheint weiterhin verschollen zu sein. Was mir sehr gut in den Kram passt, den ich möchte ungern direkt vor seiner Zimmertür herumlungern und telefonieren.

Schnell schlüpfe ich hinein und schließe die Tür hinter mir. Ich darf das, solange ich den Generalschlüssel bei mir trage, arbeite ich offiziell für das Hotel und muss nach dem Rechten sehen. Außerdem hatte mich Manuel bereits mehrfach eingeladen. Nun gut, vielleicht nicht offiziell in sein Zimmer, aber nicht weit weg davon.

Schlagartig bleibe ich stehen. Die Suite gleicht eher einem Büro, einem Hightech-Büro, quasi *The Wolf of Wall Street* meets Schwarzwald. Neben einem glänzenden, silbernen Laptop stehen zwei weitere schwarze, sowie ein Scanner, zwei Telefone und ein Gerät, von dem ich nicht sicher bin, was damit angestellt werden kann.

Krass, wie so ein Hotelkritiker heutzutage ausgestattet ist.

Während ich Fritz anrufe, wandere ich durch das Zimmer. Es läutet und läutet, aber leider geht er nicht ran. Da hilft es auch nicht, dass ich das Handy schüttele.

Das Zimmer wirkt merkwürdig kahl. Als würde etwas fehlen.

Ein pinkes Drachenfruchteis vielleicht?

Papier! Stimmt! In dem ganzen Raum gibt es kein Fitzelchen Papier. Kein Notizzettel, kein Prospekt von irgendwas und schon gar kein Buch.

Ob Manuel unter einer Papierallergie leidet? Wer weiß das schon so genau.

Ein weiteres Mal versuche ich Fritz zu erreichen, doch auch dieses Klingeln geht ins Leere. Blöd!

Als nächstes versuche ich es bei Tom. Die Mailbox. War ja klar. »Hi Tom. Alma hat sich den Magen verdorben, und unser Zug fährt irgendwann nachher, aber ich glaube, es geht ihr wieder besser, es musste einfach mal alles raus ... du fehlst mir. Ich lieb dich. Und Finger weg von meinem Hochzeitskleid.«

»Hi Karl, du siehst ja schick aus.«

»Unser Karl geht hinunter und besucht Dirk, wie ich soeben erfahren habe. Und dann werden endlich Nägel mit Köpfen gemacht.« Lilli stützt sich auf den Empfangstresen und blinzelt zu Karl hoch, der tiefrot anläuft. »Pass aber bloß auf, dass du rechtzeitig zum Bankett zurück bist. Da draußen braut sich schon wieder was zusammen.«

Karl winkt ab. »Ich bin hier oben geboren und aufgewachsen, mich hält nichts und niemand ab, herzukommen.«

Ich sehe nach draußen, doch außer des merkwürdig goldorangenen Sonnenscheins kann ich nichts entdecken, was sich dort zusammenbrauen sollte.

»Moment! Du bist hier im Hotel geboren?«

»Und aufgewachsen. Wenn mich die Damen nun entschuldigen, mein Freund wartet. Am Nachmittag bin ich zurück, das reicht locker fürs Weihnachtsbankett.« Karl deutet eine Verbeugung an und verlässt pfeifend das Hotel.

»Ist ja ein Ding.« Ich starre der fröhlichen Gestalt hinterher. Eigentlich erwarte ich jeden Augenblick einen Luftsprung von Karl.

»Das hast du gut gemacht.«

»Was?«

»Den Schubser, den Karl endlich mal gebraucht hat.«

»Ich habe doch gar nichts getan.« Etwas peinlich berührt stecke ich die Hände in die Taschen. Oh! Der Schlüssel.

Lilli lächelt mich an und kräuselt die Nase. »Du machst eine Menge Sachen und die richtig.«

Ich räuspere mich und schiebe Lilli über den Tresen hinweg den Generalschlüssel hin, den sie mit spitzen Fingern hochnimmt. »Hier, den habe ich vorhin aus Versehen mitgenommen.«

»Das alte Ding? Was wolltest du denn damit?«

»Na für den Fall der Fälle, schließlich war ich die Nachtportiere und somit verantwortlich. Im Notfall muss ich doch in die Zimmer kommen können.«

Lilli schüttelt den Kopf. »Wenn schon, warst du eine Portierin und kein schwerer Vorhang, und außerdem nutzen wir den Schlüssel seit fünfzig Jahren nicht mehr, es handelt sich nur noch um ein Andenken. Der funktioniert auch bestimmt gar nicht mehr.«

»Oh.« Weiter möchte ich mich nicht dazu äußern, sie muss ja nicht unbedingt wissen, dass der Schlüssel sehr wohl funktioniert.

»Guten Morgen, die wunderschönen Damen. Ist Post für mich da?«

Erschrocken drehe ich mich um. Ein sichtlich gut gelaunter Manuel steht hinter mir, und ich könnte schwören, er hat sich gerade aus dem Nichts dahin gebeamt.

Lilli legt den Schlüssel beiseite, durchforstet ein Fach voller Briefe und drückt mir einen in die Hand.

»Aber bei dir gibt es doch gar kein Papier.« Noch ehe ich mich zurückhalten kann, ist es heraus, und ich hoffe sehr, dass ich nur ganz, ganz leise gesprochen habe, quasi unhörbar für Manuels Ohren.

»Wie kommst du darauf?« Sein Blick gleitet von mir zu dem Schlüssel auf dem Tresen und weiter zu Lilli.

Ich zucke mit keiner Wimper. »Du hast mir erzählt, dass du eine Papierallergie hast.«

»Habe ich nicht.«

»Oh! Dann verwechsele ich doch wohl mit jemandem. Wie auch immer. Ich muss weiter. Ciao.« Gerade so schnell, dass es nicht völlig dämlich aussieht, eile ich von Manuel weg und die Treppe hinauf. Erst im zweiten Stock halt ich inne und atme tief durch.

Was fabriziere ich bloß für einen Murks! Dieses Hotel macht mich kirre. Fest drücke ich den Brief meiner Freundin Miela an mich, der nach Weihnachtstee und Macarons duftet, ehe ich mich auf den Boden setze und den Brief öffne.

Kapitel 24

R wie Rosinen

Rosinen-Eis

Getrocknete Weinbeeren, die einen Sommer lang die
Sonne tranken, ummantelt von einem Traubeneis,
süß wie die Liebe und fruchtig wie die zarteste Rosine
im sahnigsten Eis.

Liebe Sunny,
ich hoffe, der Brief erreicht dich noch, ehe du schon
wieder zu Hause ankommst. Im Teetässchen ist so viel
los, ich weiß gar nicht, was ich zuerst backen soll. Der
Macaron-Adventskalender in diesem Jahr steht ganz
im Zeichen von Assas Teekreationen, und ich muss sa-
gen, es sind ein paar Kombinationen zustande gekom-
men, von denen selbst ich nicht geglaubt hatte, dass sie
funktionieren könnten. Doch ich lasse mich gern eines
Besseren belehren. Ich hebe dir ein dunkelgrünes Fich-
tenhonig-Macaron auf. Du wirst es lieben, denn in die
Creme bettet sich in ein Herz deines herben Zimteises.
Leider sind die Macarons und unsere Weihnachtsdeko
die einzigen Hinweise darauf, dass wir Winter haben

und in wenigen Tagen Weihnachten feiern werden.
Beim Adventsmarkt der Teestube gestern haben sich
die Leute teilweise die Jacken und Mäntel ausgezogen,
weil es ihnen zu warm wurde zwischen den Fackeln
und Feuerkörben!
Dabei habe ich so sehr auf eine verschneite Winter-
hochzeit für dich gehofft. So wie du sie dir schon so
lange erträumst.
Liebe Sunny, und so wie du auf deine märchenhafte
Winterhochzeit hoffst, hoffe ich, dass du wieder nach
Berlin zurückkehrst. Zu mir, zu uns Mädels, zu deinem
Schneeflöckchen und zu Tom.
Ich bin mir sicher, du weißt, dass wir dich vermissen,
und ich bin mir noch sicherer, dass auch du uns vermisst.
Bis hoffentlich bald, du wirst diejenige im weißen Kleid
sein.
Fühl dich umarmt
deine Miela
P.S.: Theobald-August lässt dich grüßen, und ich soll dir
ausrichten, deine Eis-App ist deployed und ready. Ich
habe versucht, ihn mit Brownie-Macarons zu beste-
chen, aber nix, der Kerl ist verschwiegen wie der Papst
nach der Beichte.
P.P.S.: Falls du dich entschließt, im Schwarzwald zu
heiraten, meinen Segen hast du. Bei dir kann man ja nie
wissen :)

Eiei, da schrammt Miela näher an der Wahrheit entlang, als sie weiß.
Und wie herrlich, dass meine Eis-App fertig ist. Das
wird ein Spaß demnächst im *Schneeflöckchen*.

Während ich mich aufrappele, kommt Kiara mit dem japanischen Paar den Flur entlang und verabschiedet die beiden, als sie das Ende des Ganges erreichen.

»Na Tantchen? Siehst müde aus.« Kiara grinst mich breit an, gerade so, als hätte sie mir erzählt, wie tadellos mein glänzendes Haar mein strahlendes Gesicht umrahmt.

»Und du siehst aus, als hättest du ein Vanilleeis geschleckt. Mit Himbeerstreusel obendrauf!« Etwas angesäuert massiere ich mir eine Stelle im Nacken, die mich schon seit gestern Abend ärgert.

Kiara knufft mich in die Seite. »Hier zu sein, ist für mich wie ein Riesenbecher voller Vanilleeis. Wobei mir ein Becher Orangeneis lieber wäre.«

»Mit einer Soße aus Fanta, nehme ich an.«

»Gibt es so etwas?« Kiara richtet sich interessiert auf.

»Lass mich kurz nachdenken.« Ich blinzele Kiara an. »Nein! Natürlich gibt es das nicht.«

»Aber du könntest es erfinden, wenn du wolltest? Ich habe gehört, dass du so etwas wie eine Eisflüsterin bist.«

Mit diesem Gerücht kann ich leben. »Und ich habe gehört, dass du so etwas wie eine Gästeflüsterin für das Hotel bist.«

Kiara hakt sich bei mir ein, und wir schlendern in Richtung Treppe. »Es ist genau mein Ding.«

Wenn das so ist, müsste sich doch diesbezüglich etwas machen lassen. Und ich sehe selbst, wie Kiara aufblüht, fröhlich vor sich hin pfeift, viel lacht. Nur ihr Zimmer ist nach wie vor eine Geschichte für sich. »Kannst du dir vielleicht vorstellen, das was du machst, beruflich zu machen?«

»Du meinst, in einem Hotel zu arbeiten?« Kiara bleibt stehen und zieht mich am Arm ein Stück zur Seite.

»Nicht nur in irgendeinem Hotel. Hier in diesem Hotel.« Das wäre doch die perfekte Lösung. Kiara fühlt sich im Bellwü pudelwohl, und das Bellwü kann ihren jugendlichen Schwung mit all ihren Talenten gut gebrauchen.

Kiaras Lächeln verliert sich, und mit einem Mal sieht sie sehr viel jünger aus, als sie ist. »Meinst du, ich wäre gut genug?«

»Du bist gut genug!« Fest nehme ich diesen jungen, unsicheren Menschen in die Arme. »Und nun Schultern hoch, Bauch rein und Brust raus. Wir beide gehen jetzt sofort zu den Bellwü-Schwestern und klären das.«

Als Kiara die Zimmer der Bellwü-Schwestern verlässt, schwebt sie. An der Tür dreht sie sich noch einmal zu uns um, lächelt und winkt, ehe sie sie leise hinter sich schließt.

»Hach, was bin ich froh, dass dieses wunderbare Mädchen den Weg zu uns gefunden hat.« Elvira spielt mit dem türkisgelben Strassanhänger ihrer Kette, während sie dorthin starrt, wo bis eben noch Kiara gesessen hat. »So lange schon wünschen wir uns eine Auszubildende.«

»Und warum hat es nicht geklappt?« Ich beuge mich vor, um den Anhänger besser sehen zu können. »Ist das Betty Boop an der Kette?«

Elvira seufzt und nickt. »Ja, die gute Betty. Und warum es nicht klappt? Ach Kindchen, das versteht sich doch von selbst. Welches junge Ding will heroben schon in der Einsamkeit arbeiten? Jeden Tag den langen Weg oder gar hier wohnen. Und das in Schichten und nicht unbedingt üppig bezahlt. Da muss man schon lieben, was man tut.«

»So ist es.« Babett steht auf und schenkt mir dampfenden schwarzen Kaffee nach. Ich könnte baden in dem Zeug. Irgendwie muss ich ein oder zwei Liter für Claire mit nach Hause nehmen. Bloß wie?

Vielleicht gegossen in ein cremiges Kaffeeeis, vollmundig sahnig, mit einem dunklen Swirl aus Kaffeecreme? Ob der alte Ludewig auch ordentlich auf mein *Schneeflöckchen* aufpasst? Oh nein, oh nein, wenn er doch wieder anfängt mit seinen Rezepten zu experimentieren? Das kann ich meinen Gästen nicht zumuten.

Plötzlich ganz kribbelig, stelle ich die Kaffeetasse zur Seite und springe auf. »Sorry, aber ich muss los. Mein Zug geht bald, und ich muss noch packen.«

»Du reist heute ab?« Klirrend stellt Babett die Kaffeekanne auf den Tisch. »Ja aber wohin denn? Und wann kommst du wieder? Und was ist mit der Hochzeit?«

»Abreisen? Mit dem Zug?« Elvira hat sich ebenfalls erhoben und stellt sich neben ihre Schwester. »Es fahren doch gar keine Züge mehr.«

»Wie? Es fahren keine Züge? Wird schon wieder gestreikt, oder was? Das glaube ich nicht, so kurz vor Weihnachten.« Kopfschüttelnd vertreibe ich den Gedanken aus meinem Kopf.

Elvira zeigt zum Fenster, wobei ein Dutzend Armreifen ihr den Arm hinauf rutschen. »Ein Schneesturm legt halb Deutschland lahm. Nicht mehr lange und er wird uns auch hier heroben tüchtig durchschütteln.«

Was auch immer Elvira da draußen als Schneesturm erkennt, will sich mir nicht erschließen. Gut ja, der Himmel sieht extrem merkwürdig aus mit diesem Grauorange, das sich bis zum Horizont ausbreitet.

»Das Risiko, dass du bei diesen Wetterkapriolen aktuell nicht rechtzeitig zurück zu deiner Hochzeit bist, ist viel zu hoch.« Babett schlägt die Hände vor der Brust zusammen und nickt dabei nachdrücklich. »Und außerdem findet doch heute Abend unser wundervolles Weihnachtsbankett statt.«

»Du wirst es lieben!« Elvira umfasst meine Hände. »Wir werden gemeinsam Bienenwachskerzen am Weihnachtsbaum im Restaurant anzünden, die Tische sind zu einer Tafel zusammengeschoben worden, die mit unserem feinsten Weihnachtsgeschirr gedeckt ist. Und Karl übertrifft sich in der Küche gerade wieder selbst! Unser wundervolles Weihnachtsfest im Hotel ist der Höhepunkt des Jahres, zusammen mit deiner wundervollen Hochzeit.«

Mit klopfendem Herzen sehe ich mich durch den verschneiten Märchenwald schreiten, mein blütenweißes Kleid funkelt mit grazilen Schneeflocken um die Wette. Mein – wieder erblondetes – Haar liegt wie ein Schleier um meine Schultern, und neben einem goldgeschmückten Weihnachtsbaum wartet Tom auf mich und reißt mich in seine Arme und wir küssen uns und ...

»Sieh nur, wie sie träumt.« Mit feuchten Augen stupst Elvira Babett an. »Und es wird noch viel wundervoller als im Traum. Schließlich heiratet nicht jeden Tag eine Prinzessin.«

Jetzt oder nie! »Elvira. Babett.«

»Ja?« Beide sehen mich an, als wäre ich ihre liebste Enkeltochter und hätte ihnen gerade einen vollgepackten Korb mit Marmorkuchen und Spätburgunder geschenkt. Ohne vom Wolf vom Weg abgebracht zu werden. Obwohl? Ist Sanna vielleicht der Wolf, der mich von meinem Weg abbringt? Oder bin ich es nicht vielmehr selbst?

Schluss mit der Aufschieberitis! »Elvira, Babett. Ich bin keine Prinzessin. Und Kiara ist auch gar nicht meine Nichte.«

»Das sind sie nie, Darling.« Babett wendet sich zu Elvira um. »Habe ich nicht recht?«

»Sehr wohl. Und nun, husch, husch, hinaus mit dir, liebe Sunny, wir sehen uns nachher beim Weihnachtsfest, und bis dahin gibt es noch viel zu tun.«

Ehe ich groß widersprechen kann, schieben mich die beiden aus dem Zimmer, winken mir zu und schließen die Tür.

Habe ich mich vielleicht nicht klar genug ausgedrückt? Zu sehr um den heißen Brei herumgeredet? Die falschen Wörter benutzt?

Ich weiß nicht, wie ich es drehen und wenden und was ich von der Szene eben halten soll. Schulterzuckend öffne ich die Tür zu meinem Zimmer. Als ich eintrete, brummelt Alma etwas. Unsicher, ob sie wach ist oder schläft, schleiche ich zum Bett.

»Bin wach«, murmelt sie.

»So siehst du nicht aus.«

Alma öffnet ein Auge. »Du siehst auch müde aus.«

»Geht schon. Wie es aussieht, fährt unser Zug nicht.«

»Gut. Dann kann ich weiterschlafen.« Alma dreht sich zur Seite und atmet kurz darauf gleichmäßig und tief. Die Tabletten haben es echt in sich.

Für einen Moment setze ich mich zu ihr aufs Bett. Und für einen Moment schließe ich die Augen.

»Sunny! Wir brauchen Hilfe!«

Mein Herz rast, während ich mich aufrichte. Neben mir fährt Alma genauso erschrocken aus dem Schlaf auf. Wir sehen uns an.

Wieder donnert es gegen die Tür. »Sunny?«

»Lilli, komm rein.« Eher schlecht als recht klettere ich steif aus dem Bett und strecke mich.

Die Tür wird aufgerissen, und Lilli stürmt herein. Moment? Ist das Lilli?

Ihr Zopf ist zerzaust. Ein Zipfel der weißen Bluse hängt über dem fleckigen Rock.

»Was ist passiert?«

»De Karl kummt nit uffe. Er is in de Sturm choo und ha si sell Bein verhunzt!« Lilli rauft sich die Haare, und nun ist mir auch klar, wie sie so dermaßen in Unordnung geraten konnten.

Alma reicht Lilli ein Glas Wasser. »Könntest du das bitte noch einmal wiederholen, vielleicht mit weniger Dialekt?«

»Der Karl kommt nicht herauf. Er ist in den Sturm geraten und hat sich den Knöchel verstaucht!«

Draußen sieht es mittlerweile wirklich sehr düster aus. Es surrt und rauscht selbst durch die geschlossenen Fenster, und immer wieder drückt eine Böe dagegen. Na Halleluja. Wir sitzen hier oben auf dem Berg wahrlich auf dem Präsentierteller für den Sturm des Monats.

Beruhigend streicht Alma Lilli über den Arm. »Das wird bestimmt schon wieder. Ein verstauchter Knöchel braucht doch nur etwas Zeit.«

»Nein! Das ist es nicht! Das Weihnachtsbankett ist doch heute Abend! Und Karl ist der Koch! Wir haben keinen anderen Koch!«

Alma und ich starren uns an, und meine Fantasie fliegt los zu einem weihnachtlichen Festschmaus ohne Schmaus. Oje.

Lilli faltet die Hände. »Bitte Sunny, du musst helfen. Du kannst doch so gut kochen!«

»Ich?«

»Na klar! Dein Kochblog hat doch zehntausende Follower.«

Grinsend lässt sich Alma auf die Lehne eines Sessels nieder. »Dein Kochblog, Prinzessin Sunny, den habe ich ja total vergessen.«

»Verdammt! Ich bin keine Prinzessin! Und ich kann auch nicht kochen!« Mit dem Fuß stampfe ich fest auf den Boden. Das tut so gut!

Lilli bleibt wie erstarrt stehen. An ihr bewegt sich nichts mehr. Atmet sie überhaupt noch?

Mir wird mulmig, je länger ich sie beobachte. Selbst Alma steht auf und kommt zu uns. Leicht rüttelt sie sie am Arm. »Lilli?«

»Du kannst nicht kochen?«

Ich zucke mit den Schultern. »Das macht dir echt mehr Sorgen, dass ich nicht kochen kann und nicht, dass ich keine Prinzessin bin?«

Nun schüttelt Lilli den Kopf. »Du kannst nicht kochen.«

»Aber ich weiß, wer es kann.«

Ohne weiter auf Alma und Lilli zu achten, rase ich aus dem Zimmer und hinunter in die Bibliothek. Ich danke allen Göttinnen auf Knien, dass Sanna da ist und Bücher einräumt.

Knapp vor ihr und heftig atmend bleibe ich stehen. »Du musst uns helfen. Karl ist nicht da und in zwei Stunden findet das große Weihnachtsbankett statt. Du musst kochen. Wir helfen dir.«

Sanna stellt ruhig das Buch, das sie noch in der Hand hatte, ins Regal, pustet sich eine Locke aus der Stirn und zuckt mit den Schultern. »Ich kann nicht kochen.«

»Wie? Du kannst nicht kochen? Ich denke, du hast so einen megaerfolgreichen Kochblog. Den machst du doch bestimmt nicht mit deiner Puppenküche.«

Sanna winkt ab und geht an mir vorbei zum Tisch, wo sie einen weiteren Buchstapel aufnimmt. »Das ist doch alles nur PR. Ich werde für meinen Namen darauf bezahlt.«

Hinter mir höre ich es rascheln. Lilli und Alma haben aufgeholt. Und mich holt eine Idee ein.

Kapitel 25

E wie Eisköstlichkeiten

Erbsen-Eis

Echt jetzt?
Erbseneis?
Gibts nicht.
Aber wenn es das gäbe?
Eine lichtgrüne Kugel samtigen Eises, mit einem Hauch der Süße vollreifer Erbsen, gepaart mit der herben Frische von saftiger Minze, auf einem Bett aus fruchtigem Brombeerpüree.

»Alma, geht es dir wieder gut?«

»Jaaa? Warum fragst du?«

»Alles klar, dann machen wir es jetzt auf meine Weise!« Voll in meinem Element klatsche ich in die Hände und drehe mich einmal um mich selbst.

»Auf deine Weise. So, so.« Alma lehnt sich an den Türrahmen und zieht die Stirn kraus. »Ich sehe doch da schon wieder einen Funken Übermut über dir kreisen.«

Ich winke ab, nehme Sanna die Bücher aus der Hand und schiebe sie zu den anderen beiden. »Von wegen ein

Funke! Ich bin ein Feuerwerk, meine Lieben. Und nun ab mit euch in Karls Allerheiligstes. Was er nicht weiß, macht ihn nicht heiß.«

»Wir sollen kochen, obwohl wir nicht kochen können?« Sanna lässt sich von mir nicht weiterschieben. »So richtig mit allem Drum und Dran? Für Gäste?«

Auch Lilli verzieht den Mund. »Für unsere Gäste! Und dann noch das Menü für unsere Weihnachtsfeier!«

»Ach kommt schon, das ist doch ganz einfach.« Ich sehe eine nach der anderen an, doch sie scheinen nicht selbst auf die Antwort zu kommen. »Als Vorspeise gibt es ein saftiges Tomateneis mit einem Hauch gerösteten Knoblauch und Chili mit einem Basilikumsößchen. Wenn der Appetit damit geweckt ist, servieren wir ein Baked Alaska mit einem Curry-Kokos-Eiskern unter weihnachtlich gewürzter Baiserhaube.«

»Und dann?«, haucht Lilli, während mich Alma und Sanna mit immer runder werdenden Augen anstarren.

»Und dann krönen wir unser Eismenü mit dem besten der eisigen Weihnachtsküche. Zimtiges Vanilleeis mit Weihnachtsstreusel.«

»Was sind Weihnachtsstreusel?« Lima, die eben mit Natascha den Gang entlangkommt, schiebt sich vor Sanna.

Ich zucke mit den Schultern und hebe beide Hände zum High five. Genau diese Weihnachtsstreusel treiben mich seit Tagen um, und ich will endlich ihr köstliches Geheimnis lüften. »Das weiß ich auch noch nicht so genau, aber wir werden es gleich herausfinden. Seid ihr dabei?«

Nur Lima schlägt lachend ein. Die anderen tun nicht einmal so, als würden sie die Hand heben wollen.

»Du kannst doch nicht Eis als Weihnachtsmenü raushauen.« Sanna sieht Natascha an und dann Alma. »Oder? Kann sie?«

»Können wir!« Nachdrücklich nicke ich, während ich noch immer die Hände erhoben halte. »Im Übrigen kombinieren wir ja auch alle naselang süßen Ketchup mit salzigen Pommes.«

Alma grinst breit und boxt gegen meine Hand. »Kann sie! Wenn eine ein Weihnachtsmenü aus Eis raushaut, dann Sunny.«

Lilli streckt sich und streicht sich über das Mieder. »Dann los, würde ich sagen. Auf unsere Gäste und einen sicher denkwürdigen Abend.«

»Liebe, Eis und Weihnachtsstreusel. So muss es sein.« Herr Wilhelm zwinkert Lima zu, die sich gerade auf Nataschas Schoß einkuschelt. Voller Genuss versenkt er den Löffel in seinem Vanilleeis, dessen zimtiger Duft über dem gedeckten Tisch schwebt.

Lima pickt sich aus ihrem Eisschälchen tannengrüne Weihnachtsstreusel und zeigt die damit beklebten Finger allen Anwesenden bei Tisch. »Die habe ich mit Sunny gemacht.«

»Und sie sind verdammt gut geworden.«

Als hätten wir es wochenlang geübt, herrscht Ruhe am Tisch, und alle Köpfe wenden sich Manuel zu, der an einer Ecke sitzt. Wie es aussieht, warte nicht nur ich auf das übergroße Aber, das jetzt folgen sollte.

Doch es bleibt aus. Begeistert löffelt Manuel sein Eis und sieht dabei so zufrieden aus, als würde sich darin ein Sechser im Lotto befinden. Und jeder Löffel voll Eisglück verrät ihm die richtige Zahl.

Als kein Manueldrama folgt, setzen die murmelnden Gespräche der Gäste wieder ein, bis Kiara an ihr Glas klopft. Lachend steht sie zusammen mit dem japanischen Paar auf. »Im Namen von Herrn und Frau Tanaka darf ich mich ganz herzlich bei unseren Köchinnen des Abends bedanken. Sie hätten noch nie so ein außergewöhnliches Menü genossen und werden diese kuriose deutsche Tradition mit zu sich in ihre Heimat nehmen. Sie hatten dunkles Brot und Weißwürste erwartet und wurden mit buntem Eis überrascht.«

»Karl wird sich die Haare raufen, wenn er das hört!« Babett hebt ihr Glas mit dem Honig-Kardamom-Tee. »Aber mit Sicherheit nicht vor Gram, sondern vor Verzweiflung, was er gerade verpasst.«

»Auf Sunny«, erhebt sich nun auch Elvira. »Dein Schwung und deine Leidenschaft für das Leben fügt unserem geliebten Bellwü Facetten hinzu, die wir gern in Erinnerung behalten werden. Wir schätzen uns sehr glücklich, dass du dich für unser verstecktes Hotel entschieden hast.«

»Nei. Sie wars nit. I has do nufforn. I fahr die Gäscht hi, wos higehörn.« Großzügig nimmt sich Albert aus der Schüssel mit dem zimtigen Vanilleeis mehrere Portionen nach und lässt anschließend ein halbes Pfund Weihnachtsstreusel darüber rieseln. Er verzieht keine Miene, und ich kann nur raten, was er gerade gesagt hat.

»Mich hat er übrigens auch hergefahren, ohne dass ich es wusste.« Wilhelm wedelt mit seinem Löffel und grinst breit.

»Mich auch«, mümmelt Herr Wilhelm zwischen zwei Happen Eis. »Und darüber bin ich sehr froh.«

Weitere Hände, manche mit Löffel darin, manche ohne, erheben sich.

Hm, warum verstehen alle den Albert nur ich nicht? Ist mein Sprachtalent echt so mies ausgeprägt? Selbst Alma nickt wissend, als sie zu mir herübersieht.

»Er hat gesagt, dass nicht du es warst, die ins Bellwü wollte, sondern, dass er dich hierhergefahren hat. Wie anscheinend auch den Großteil der anderen Gäste.« Alma schenkt sich Trauben-Zimt-Punsch nach und hält den Krug in die Höhe. »Möchte noch jemand?«

Unter Ahs und Ohs wird nachgeschenkt und eine zweite und dritte Portion des Desserts verteilt. Das junge Ehepaar lässt sich sogar noch etwas von dem Tomateneis schmecken.

Still lehne ich mich zurück, und leise Wehmut erfasst mich. Wenn alles nach Plan gelaufen wäre, würde ich jetzt statt in diesem Hotel mit fremden Gästen bei mir zu Hause im *Schneeflöckchen* mit meinen Gästen sitzen.

Vermutlich würde ich ihnen nicht unbedingt Tomateneis servieren, aber bestimmt diese wundervollen Weihnachtsstreusel, die ich aus einer Laune heraus vorhin aus zuckersüßem Tannenhonig und fruchtigen kandierten Granny-Smith-Äpfeln gemacht habe.

Ich fühle mich wohl hier, keine Frage. Es ist herrlich. Das Feuer im Kamin hinter mir knistert, der Weihnachtsbaum erstrahlt unter Dutzenden Bienenwachskerzen, deren feiner Duft immer mal wieder zu uns herüberweht. Vor den Fenstern tobt ein heftiger

Schneesturm, von dem wir hier drinnen aber bis auf das Tosen nicht viel mitbekommen.

Alle am Tisch sind gut gelaunt, plaudern und scherzen, essen und trinken. Doch ich fühle mich auf einmal einsam.

Einsam, weil ich gerade zu dieser magischen Zeit nicht in meinem *Schneeflöckchen* bin. Aber auch einsam, weil ich nicht als die hier bin, die ich wirklich bin.

Als würde ich mir selbst zusehen, stehe ich auf und blicke in die Gesichter der Menschen, die ich in den vergangenen Tagen betrogen habe. Sie lächeln mich an, erheben ihr Glas auf mich, und Lima klettert sogar von Nataschas Schoß, um ihre Ärmchen um meine Beine zu schlingen. Nur Sanna sieht mich nicht an und schaut stattdessen hinaus in die Nacht.

Es wird still, einzig der Wind rüttelt an den Fenstern, und Herr Gustav schnarcht vor dem Kamin, hin und wieder begleitet von Vogerls Seufzen auf seinem Kopf.

»Ich bin keine Prinzessin. Ich bin nicht Prinzessin Susanna Leonore Karoline von Hollerburg. Und ich werde übermorgen auch nicht heiraten. Also zumindest nicht hier als Prinzessin im Bellwü. Es gibt keinen Prinzen als Gemahl – oder Prinzessin als Gemahlin, und das Hochzeitskleid gehört ebenfalls nicht mir. Ich bin nur Sunny und aus Versehen im Hotel gelandet. Ich allein habe es geschehen lassen, dass ich mit jemandem verwechselt wurde, ich allein habe mich nicht dazu geäußert.« Sanft streiche ich über Limas Kopf, die mit großen Augen zu mir hochsieht. »Es tut mir schrecklich leid, dass ich euch getäuscht habe. Ich fand es so wunderbar am Anfang, eine Prinzessin sein zu können. Es war wie einer meiner Träume, der wahr wurde.«

Lilli quietscht auf, schlägt die Hände vor dem Gesicht zusammen und setzt sich die Brille ab. Ihre Wangen röten sich, während sie zwischen mir und Sanna hin und her blickt. Wobei Sanna weiterhin ihr Eis löffelt, als hätte mein Geständnis keine Konsequenzen für sie. Na, das nenne ich mal Coolness.

Elvira zu Lillis Linken nimmt ihr die Brille aus der Hand und setzt sie ihr wieder auf die Nase. Beruhigend tätschelt Babett an Lillis anderer Seite ihr den Arm.

Über Lillis Kopf hinweg grinsen sich die beiden Schwestern an und zwinkern aneinander zu.

Ich würde fast darauf wetten, die beiden haben eine Wette am Laufen, und Lilli und ich, vermutlich auch Sanna, sind der Inhalt derselbigen.

»Mach dir nichts draus, ich bin auch kein Stallbursche und heiße nicht Wilhelm, sondern Finn. Finn Wilhelm.« Finn Wilhelm klopft auf den Tisch und steht auf. Mit all seinem Charme grinst er in die Runde und erntet einige Lacher.

Nun erhebt sich auch Manuel. »Dann oute ich mich auch mal in dieser geselligen Runde. Ich bin selbstverständlich kein Hotelkritiker, nur ein anspruchsvoller Mann mit Zielen.«

Elvira schlägt die Hände vor der Brust zusammen, wobei die Glöckchen in dem Diadem auf ihrem Kopf heftig klingeln. »Donnerwetter, das hätte ich nun nicht erwartet, Herr Frill.«

»Aber Sunny als Prinzessin und Wilhelm als Stallbursche?« Alma blickt zwischen uns beiden hin und her.

»Das passt.«

»Vielleicht können wir die beiden ja verkuppeln, wenn Sunny gar nicht vorhat zu heiraten.« Herr Wilhelm knufft Wilhelm-Finn in die Seite, sodass dieser zusammenzuckt. »Und wenn wir schon dabei sind, der junge Stallbursche hier ist mein Sohn, und wir sind das erste Mal seit Jahren mal wieder gemeinsam unterwegs. Aber das muss ich euch allen lassen, das ist der Urlaub meines Lebens. Dass unser Reiseblog gleich so losgeht, hätte ich mir im Traum nicht ausgemalt.«

Unsicher, ob ich vielleicht gerade eingeschlafen bin, ohne es zu merken, oder in eine Variante der versteckten Kamera stecke, schüttele ich den Kopf. Das läuft hier irgendwie schräg.

»Jetzt will ich aber auch.« Alma springt auf und küsst mich über Limas Kopf hinweg voll auf den Mund. »Und ich bin nicht Sunnys Liebhaberin und zukünftige Ehefrau, sondern ihre Cousine. Aber immerhin kann die Frau mittlerweile besser küssen als vor zwanzig Jahren.«

Die Anwesenden klatschen und jubeln, Almas Scherz hat einen Volltreffer gelandet. Auf meine Kosten. So peinlich war mir bisher noch keiner ihrer Witze.

»Es sind fünfzehn Jahre, vier Monate und drei Tage! Und eine Stunde.« Ich korrigiere mich, jetzt habe ich den peinlichsten Scherz auf meine Kosten erfahren. Und das ganz durch mich selbst. Mir ist so heiß!

Als wäre dieses Theaterstück noch nicht genug, hat nun auch Lilli ihren Schreck überwunden und erhebt sich. Wenn sie jetzt auch noch mit der Sprache herausrückt, sie sei gar nicht die Seele für alles in diesem Hotel, sondern lediglich die Vorsitzende des Vereins zur

Förderung kurzsichtiger Fruchtfliegen, laufe ich schreiend hinaus in den Schneesturm.

Bedächtig nimmt Lilli die Brille ab und legt sie vor sich auf den Tisch. »Ich hätte es wissen müssen, dass mir diese wunderschöne Brille mehr Scherereien als Nutzen einbringen würde. Aber ich liebe sie doch so sehr, seit ich sie beim Wichteln zu Niklaus geschenkt bekommen habe, und ich finde, damit kann ich schon viel besser Gesichter wiedererkennen als ohne.«

»Hast du Prosopagnosie?« Interessiert mustert Alma Lilli.

»Ein bisschen.«

»Ach, das ist doch ein alter Hut.« Beherzt nimmt Babett Lilli in den Arm. »Du konntest schon als Kind nicht unterscheiden, ob ich dir eine Schokolade zustecke oder Elvira. Und erst deine Gabe macht unser Bellwü zu einem ganz besonderen Ort.«

Elvira geht zu den beiden und legt ebenfalls den Arm um Lilli. »Genau. Denn hier darf jeder genau das sein, was er oder sie möchte.«

Lima zupft an meinem Gürtel. »Was ist Prostatapatie?«

Ich zucke mit den Schultern. »Ich weiß es nicht genau, aber ich vermute, Lilli kann Gesichter nicht erkennen und verwechselt hin und wieder die Menschen miteinander.«

»Mich erkennt sie immer.«

»Du bist ja auch etwas ganz Besonderes.« Ich weiß nicht, woher und nur ein bisschen warum, doch mit einem Mal schießen mir Tränen in die Augen. Ich knie mich vor Lima und schließe sie fest in die Arme.

Lima kichert. »Das sagen Mama und Tante Sanna auch immer zu mir.«

»Tante Sanna?« Ich rücke ein wenig von Lima ab und blicke von ihr zu Natascha und Sanna, die nebeneinandersitzen und miteinander flüstern. Und mit einem Mal fallen die Puzzlestücke eines Tausend-Teile-Puzzles an ihre Plätze. Wie blind ich doch manchmal für Offensichtliches bin! Ich stöhne auf.

»Hast du Bauchweh?« Lima legt mir ihr Händchen an die Stirn.

Ich nehme es und drücke einen Schmatzer auf die nach Weihnachtsstreusel schmeckende Klebehand. »Nein, Süße, mir ist nur gerade ein Gedanke gekommen, der schon seit Tagen nach mir ruft.«

»Hihi, wie Mama, die ruft auch oft nach mir.«

»Genauso.« Mit einem Stüber auf Limas Nase erhebe ich mich. »Würdest du mich jetzt bitte entschuldigen, ich brauche etwas frische Luft.«

»Aber zieh dich warm an.« Ernst nickt Lima. »Und denke an deinen Schal und die Mütze, es ist schweinekalt draußen.«

»Ja, Mami, wird gemacht.« Ich winke ihr zu und gestikuliere Alma, dass ich kurz nach draußen gehe.

Mit einem Blick über die Schulter verlasse ich das weihnachtliche Restaurant, in dem nach all den Überraschungen umso fröhlicher geplaudert und gelacht wird.

Andy Williams singt gerade leise, wie wundervoll diese Zeit des Jahres doch ist, und trotz des ganzen Durcheinanders muss ich herzhaft auflachen. Diese Geschichte hätte selbst ich mir nicht besser ausdenken können.

Im Foyer diskutiere ich mit mir selbst, ob ich schnell nach oben laufe und mir meinen Mantel hole oder mir einfach Lillis aus dem Büro ausleihe. Mein prächtiges Cocktailkleid mit den glänzenden, schwarz-goldenen Streifen verlangt natürlich nach meinem schicken Mantel, aber letztendlich wäre der Lodenmantel ja auch nicht so verkehrt.

»Darf ich, schöne Frau?«

Erschrocken fahre ich herum. Manuel steht hinter mir und reicht mir sein Jackett – von *Tom Ford.* Verdattert lasse ich mir hineinhelfen. Wow! Ich fühle mich wie ein verführerisches Bond Girl. Ach was! Ich bin James Bond in diesem Sakko.

Jamie Bond!

Schweigend gehen Manuel und ich zum Ausgang und treten hinaus. Augenblicklich raubt mir der tobende Wind den Atem, wirbeln tausend Schneeflocken in mein Gesicht, und werde ich gegen Manuel gepresst, der mich fest in die Arme nimmt.

»Was für ein Spektakel.« Sein Mund ist nah an meinem Ohr, und ich lehne mich näher, um ihn zu verstehen.

Und ich erahne es fast mehr, als ich es sehe. Aus dem Schneesturm tritt eine Gestalt auf mich zu, eine Gestalt, deren Gang ich unter tausenden auf der Welt sofort erkennen würde, mit einer Körperhaltung, die für mich einmalig ist. Das Rad daneben, mit einer Hand am Vorbau geschoben.

»Hi Sunny.«

Kapitel 26

U wie Unglaublich

Upside-Down-Eis

Eine frischgebackene Waffel als Hut, darauf aufeinander gestapelt drei Kugeln feinstes Sahneeis, mit Schokostücken als Knopfaugen, und orangenem Marzipan als Möhrennase – und schon steht der eisige Schneemann Kopf.

»Tom!« Wie vom Donner gerührt bleibe ich, wo ich bin. »Tom. Wo kommst du denn her? Und mit dem Fahrrad. Hi! Das ist ja eine Überraschung. Ich meine, ich freue mich. Und in dem Sturm. Es fahren doch gar keine Züge. Denke ich. Wow! Ich freue mich ja so. Ich werd verrückt. Hi.«

Tom streicht sich Schnee von der Jacke und wischt sich über das Gesicht. Doch er sagt nichts. Okay, Tom ist immer sparsam mit seinen Worten, aber das grenzt gerade an Geiz.

Endlich fällt mir auf, in welch kompromittierender Lage ich mich befinde, und schnell winde ich mich aus Manuels Armen. Der Wind reißt an meinen Haaren, und mit beiden Händen halte ich sie fest. Das Schneegestöber, das ich bis eben noch so faszinierend fand, nervt mich mit den kalten, nassen Flocken, dir mir ins Gesicht klatschen.

Ich fasse Tom am Arm und ziehe ihn samt Rad zum Eingang. »Komm doch bitte rein, du musst total durchgefroren sein. Wie hast du es bloß bis hierher geschafft? Bist du geradelt? Das ist total gefährlich! Was denkst du dir nur dabei.«

Im Foyer nimmt sich Tom den Helm ab und zerrt die Mütze von den Haaren, die dennoch völlig durchnässt sind, und ich stelle das Rad neben dem Eingang ab.

Manuel trottet zu uns und reicht Tom die Hand. »Hey Kumpel, ich bin Malte. Coole Aktion eben. Aber für so eine schöne Frau ist kein Weg zu weit, und die Belohnung wird umso heißer ausfallen.«

Das Zwinkern zu seinem aufdringlichen Lachen gibt mir den Rest. Heftig reiße ich mir sein Jackett von den Schultern und drücke es ihm in den Arm. »Danke. Aber mir ist nicht mehr kalt. Nun gibt es ja endlich einen heißen Kerl im Hotel – und noch dazu gleich in meinem Bett!« Damit zerre ich Tom schon wieder am Arm hinter mir her, was er sich still und ohne Widerstand gefallen lässt. Nur sein Blick spricht Bände. Von Hitze darin kann keine Rede sein, ganz im Gegenteil, mir wird eisig dabei und meine Härchen stellen sich auf.

Auf dem Weg zum Paternoster, dann hinauf in die Etage und weiter bis zu meinem Zimmer brabbele ich drauflos. Ich erzähle Tom von Kiara und Mimi und Karl und seiner tollen Küche. Auch das Vater-Sohn-Gespann-Wilhelm kommt nicht zu kurz, doch schließlich muss auch ich mal einen Punkt machen.

Mit zittrigen Knien schließe ich die Zimmertür hinter mir und lehne mich dagegen. Tom steht mitten in meiner wundervollen Suite und sieht mich unverwandt an. Der geschmolzene Schnee läuft aus seinen Haaren über sein Gesicht, doch es macht keinen Unterschied, denn er ist durch und durch nass.

Mit großen Schritten gehe ich zu ihm, und zum dritten Mal ziehe ich ihn mit mir. Dieses Mal ins Bad, unter die Dusche, wo ich ihn entkleide, ebenso wie mich.

Tom schläft ruhig, während ich aufstehe. In den letzten beiden Stunden haben wir nicht viel geredet, das war zwischen all den Küssen auch nicht notwendig. Ich habe es gerade noch geschafft, für Alma das Bitte-nicht-stören-Schild von außen an die Zimmertür zu hängen.

Ich gehe noch einmal allein unter die Dusche, versunken in Erinnerungen an Toms Zärtlichkeiten. Mehrmals wasche ich mir mit dem Honigtrick die Haare, um endlich auch wieder äußerlich ganz ich selbst zu sein.

Zu aufgekratzt, um zu schlafen, schleiche ich mich aus dem Zimmer und schlendere zu der Sitzecke vor dem Kamin.

Doch entgegen meiner Erwartung bin ich dort nicht allein. Mit ausgestreckten Beinen und einem leeren Weinglas in der Hand sitzt Sanna auf dem Sofa und starrt in die lodernden Flammen. Die Lichter des Weihnachtsbaumes neben ihr werfen feine Lichtpunkte auf sie, und neben ihr schnarcht Herr Gustav mit Vogerl, der sein Köpfchen ins Gefieder gesteckt hat.

Da Sanna nicht aufblickt, will ich mich wieder zurückziehen, doch sie hat mich bemerkt. »Bleib ruhig. Setz dich zu mir.«

Mit überkreuzten Beinen machen ich es mir in dem Sessel schräg gegenüber dem Sofa bequem. Die Tanne hinter mir duftet frisch und grün, und hungrig greife ich nach einem Lebkuchenstern, der auf einem Teller auf dem Tisch vor mir steht. »Es tut mir leid, dass ich deine Tarnung vorhin beim Weihnachtsessen habe auffliegen lassen.«

Sanna winkt ab und starrt weiterhin ins Feuer. »Hast du ja nicht. Du hast ja nur gesagt, dass du nicht Prinzessin Susanna bist. Ohnehin wusste das vermutlich jeder.«

»Und dir ist vermutlich klar, dass auch jeder weiß, wer du wirklich bist.«

»Und doch scheint es hier niemanden zu interessieren.«

»Das verwundert dich.« Erstaunt halte ich den halbaufgegessenen Lebkuchenstern in die Höhe. »Ich verstehe es nur noch nicht so richtig, ob es du es blöd findest oder froh darüber bist.«

»Es ist interessant.«

»Meine Güte, nun lass dir doch nicht alles aus der Nase ziehen! Du zierst dich grad echt wie eine verwöhnte Prinzessin!« Entnervt futtere ich den restlichen Lebkuchen auf und entscheide mich für den nächsten in Brezelform.

»Oha! Sunny fährt mal eine Kralle aus.« Endlich blickt Sanna vom Feuer auf und sieht mich an. »Mein Leben lang werde ich von Aufmerksamkeit überschüttet. Jede meiner Handlungen hat Konsequenzen. Ich werde auf Schritt und Tritt beobachtet. Manchmal nervt mich das, und manchmal habe ich diesen höflichen Scheinzirkus satt! Es gibt so viele Leute, die mit mir befreundet sein wollen, weil ich aus einem berühmten Haus stamme und sie sich in meinem ach so tollen Glanz sonnen. Aber es gibt nur ganz wenige unter ihnen, die sich für mich als Person interessieren.«

»Und das zu unterscheiden ist vermutlich nicht immer leicht?«

»Nicht jede ist so ein Sonnenschein wie du, Sunny. Dir fliegen die Herzen nur so zu. Und du hast ein Gespür für Menschen, obwohl du dir ganz schön oft auch das Gegenteil einreden kannst.« Sanna lehnt sich über mich hinweg und pflückt einen roten Schneewittchenapfel vom Weihnachtsbaum. Herzhaft beißt sie hinein.

»Ich kann ja auch tun und lassen, was ich möchte.«

»Na, nicht ganz.«

»Ja, schon. Aber im Großen und Ganzen ...«

»... im Großen und Ganzen sind wir alle unseren Zwängen unterworfen. Du fragst dich bestimmt noch immer, was hinter meiner Aktion steckt, oder?«

»Ich habe da so eine Vermutung.«

»Und die wäre?«

»Du lotest aus, welche Freunde wirklich deine Freunde und welche nur an einem Vorteil interessiert sind.«

»Und?«

»Was und?«

»Findest du das verwerflich?«

Ich schlucke das letzte Stück meiner Lebkuchenbrezel, ehe ich antworte. »Verwerflich? Ich weiß nicht so recht. Eher sehr traurig. Meinst du nicht, du kannst auch so erkennen, wer dich wirklich als Sanna mag und wer nicht?«

»Irgendwie scheine ich dafür kein Gespür zu haben. Oder vielleicht ist es auch unter den Tonnen von Misstrauen der letzten Jahre begraben worden. Fakt ist, dass immer wieder private Details aus meinem Leben der Klatschpresse zugespielt wurden, und ich konnte nicht so recht fassen, aus welcher Richtung das kam. Also habe ich mich hierher zurückgezogen und ganz gezielt Informationen an ausgewählte Personen weitergegeben. An jeweils eine Person ein ganz bestimmtes *Geheimnis*, damit ich zuordnen kann, wer meine privaten Gespräche verkauft und wer nicht. Und dass ich nicht gleich von Lilli als ich selbst erkannt wurde, sondern als Bibliothekarin untertauchen und ein normales Leben ausprobieren konnte, war nettes Beiwerk.«

»Dann musstest du nur noch warten und zusehen, welche Info in welchem Magazin auftaucht.« Nun ist es wirklich an der Zeit für meine Lieblingslebkuchenform, das Herz. »Krass!«

»Allerdings.«

»Die Hochzeit?«

»Erfunden. Und wie du selbst erfahren hast, war das Geheimnis ein Volltreffer.« Sanna knabbert den Apfel gründlich ab und verspeist schließlich auch das Kerngehäuse, sodass nur noch der Stiel übrigbleibt.

»Der betrügende Verlobte kann dann auch nur eine Ente von dir gewesen sein.«

»Der nächste Volltreffer. Eine langjährige Freundin.«

So wie Sanna das Wort Freundin ausspricht, bezeichne ich etwas, in das man tritt, nachdem sich ein Hund erleichtert hat – ein großer Hund.

Herr Gustav scheint es ebenso zu sehen, denn er brummt etwas im Schlaf und richtet die Pfoten neu aus, wobei er sich eines seiner Schlappohren einklemmt.

»Sag mir bitte, dass es wenigstens dein Hochzeitskleid nicht in die einschlägigen Medien geschafft hat.« Ich werde heulen, wenn Inaya auch zu den Tratschtanten gehört.

Sanna streckt sich und wirft den Apfelstiel ins Feuer. »Nein, auf Inaya kann ich mich verlassen. Das wusste ich schon vorher.«

»Hast du sie trotzdem getestet?«

Sanna brummelt etwas, und ich nehme das mal als Ja.

»Es fühlt sich fies an, kann ich mir vorstellen.«

»Hm.«

»Okay. Weiter. Deine angebliche Eröffnung meiner Eisdiele?«

»Die Idee kam mir spontan, als ich deine Obsession für Eis verfolgt habe. Es ist echt erstaunlich, wie du alles in deinem Leben mit Eis in Verbindung bringst.«

»Ach, das ist einfach.« Fange ich bei den Lebkuchen wieder von vorn mit dem Stern an, oder reicht es mit Süßkram für heute? Obwohl, es ist ja schon ein neues Heute, und somit habe ich heute noch nicht einmal ein Eis gegessen.

Sanna schüttelt den Kopf. »Wo isst du das bloß alles hin?«

Ich zeige auf meinen Bauch. »Dahin. Apropos. Deine Schwangerschaft ist ja somit auch nur erfunden. Trotzdem ist es gemein, so etwas Privates herumzuposaunen.«

»Nein, die Schwangerschaft kam nicht von mir. Die hast du dir selbst ausgedacht. Oder vermutlich eher die

Reporter, als du dich so medienwirksam vor dem *Historischen Kaufhaus* übergeben hast.«

Ich richte mich auf. »Ich habe mir gar nichts ausgedacht! Wenn jeder gleich immer annimmt, eine Frau sei schwanger, wenn ihr übel ist, dann ist es deren Pech!«

Erschrocken legt Sanna die Hand auf Herrn Gustavs Rücken, der bei meiner lauten Stimme hochgeschreckt ist. »Sorry! Selbstverständlich hast du keine Infos an die Presse weitergegeben, das ist mir klar und so habe ich das auch gar nicht gemeint. Ich wollte nur sagen, dass dieses Gerücht nicht von mir gestreut wurde. Ich wollte dir nicht zu nahetreten. Mit was auch immer.«

Ist sie aber! Ich habe mir keine Schwangerschaft ausgedacht!

»Ich bin nicht schwanger. Und war es nie! Das war bloß diese verflixte Busfahrt.« Nur langsam beruhigt sich mein heftig schlagendes Herz, und ich lege den Lebkuchenstern einmal angebissen zurück auf eine Serviette auf den Tisch. Ich bin satt. Müde stehe ich auf. »Wie auch immer, ich glaube, ich gehe schlafen. Vorhin kam Tom, mein Freund, also mein Verlobter, wir fahren morgen zurück nach Berlin. Gute Nacht, Sanna, und falls wir uns morgen nicht mehr sehen, ich wünsche dir eine wundervolle Hochzeit zu Weihnachten.«

Sanna erhebt sich ebenfalls und hält mich am Arm zurück. »Es gibt doch gar keine Hochzeit, schon vergessen? Ich bin nicht einmal verlobt.«

Stimmt. Der Gedanke fühlt sich an wie Zahnweh. »Aber die ganzen Vorbereitungen, die schon passiert sind? Seit Tagen wirbeln Lilli, die Schwestern und Karl und all die anderen, die sich darauf freuen. Das können wir nicht machen.«

Sanna zupft nachdenklich an dem Band meines Bademantels. »Nein, das können wir wirklich nicht machen. Ich lasse mir etwas einfallen. Immerhin bin ich nicht ganz unschuldig an diesem Dilemma.«

»Alles klar. Wenn ich dir irgendwie helfen kann, lass es mich wissen. Und Sanna?«

»Ja?«

»So ganz blöd fand ich unsere Tauschaktion nicht. Allerdings reicht es mir jetzt auch. Irgendwie ist das Prinzessinnenleben doch nicht mein Fall, ich bleibe lieber in meiner Disneywelt.« Fest nehme ich Sanna in den Arm und drücke sie. »Ich bin froh, wieder die schnöde Sunny zu sein.«

»Du bist alles, aber nicht schnöde, du Disney-Eisprinzessin.«

»Schlaf gut, Sanna.«

»Du auch.«

Schweigend gehen wir gemeinsam nach oben zu unseren Zimmern. Sannas Zimmer liegt am Anfang des Flures, und nach einem Winken schließt sie die Tür. Doch ich bin noch nicht an meinem eigenen angekommen, da höre ich, wie Sanna die Tür wieder aufreißt.

Ich drehe mich um und erschrocken renne ich zurück zu Sanna. Kreidebleich steht sie da, die Augen kugelrund. Sie atmet viel zu heftig.

Kapitel 27

S wie Streit

Schwarzwald-Eis

Herrlich saftiges Kirscheis, in einem Wirbel vereint mit süßem Sahneeis, drapiert auf dunklem Schokokuchen, betupft mit einer prallen Herzkirsche.

»Was? Was ist los?« Ich rüttele an Sanna und fasse nach ihren eiskalten Händen. »Was hast du?«

»Mein Tagebuch«, flüstert sie.

Oh Gott sei Dank, ich dachte schon, sie wurde ausgeraubt. »Was ist mit deinem Tagebuch? Hast du es zu Hause vergessen? Das ist doch nicht schlimm. Wenn du magst, leihe ich dir meines.« Habe ich mein Tagebuch überhaupt mit? Wann habe ich eigentlich das letzte Mal Tagebuch geschrieben? Meine Gedanken kreiseln immer weiter weg von Sanna. Ich bin echt müde.

»Es ist weg.«

»Weg wie du hast es nicht mitgenommen? Oder weg wie aus deinem Zimmer weg?«

»Es ist weg.«

Etwas zu heftig massiere ich Sannas Hände. Ich wäre ihr sehr dankbar, wenn sie um diese Uhrzeit schneller auf den Punkt kommen könnte. »Das sagtest du bereits.«

»Es wurde gestohlen.«

»Oh!« Das ist natürlich Mist. Und vermutlich auch ziemlich peinlich. Wenn ich daran denke, was ich so meinem Tagebuch anvertraue, wenn ich es denn mal benutze. Aber dann – holla die Waldfee! »Hm. Das ist ja blöd.«

»Sunny, du verstehst das nicht!« Sanna reißt ihre Hände aus meinen. »In mein Tagebuch trage ich alles ein! Alles! Jeden Gedanken, jedes Gefühl. Ich mache keinen Unterschied, ob angemessen oder nicht. Alles, was ich sehe, höre, fühle, denke fließt in dieses Buch. Seit meiner Geburt wurde ich darauf getrimmt, in der Öffentlichkeit die Contenance zu wahren, mich den Regeln zu unterwerfen, höflich zu lächeln, wenn ich einfach nur zutreten möchte, meine Trauer zurückzuhalten, wenn ich heulen möchte, nicht zu gähnen, laut zu lachen, zu viel zu essen – und auch nicht zu wenig. Dieses Scheißprotokoll wurde mir mit der Muttermilch reingedrückt. Mein Tagebuch ist mein Ventil für all das!«

Mit jedem Satz wird Sanna lauter. Ich schiebe sie in ihr Zimmer und schließe die Tür hinter uns. »Vielleicht hast du es ja nur verlegt. Lass uns gemeinsam suchen.«

»Es ist weg, Sunny.«

»Warum bist du dir so sicher? Du glaubst gar nicht, was ich meinte, schon alles verloren zu haben. Und immer war es wieder da. Nicht immer an dem Platz, an dem ich es vermutete, aber das meine ich ja gerade.« Ich drehe mich einmal um mich selbst, um mir das Zimmer anzusehen. Es ist ordentlich. Megaordentlich. Kein Kleidungsstück fliegt herum, kein benutztes Geschirr steht irgendwo. Das riesige Doppelbett ist faltenfrei gemacht. »Es könnte doch sein, dass du beim letzten Mal, als du hineingeschrieben hast, plötzlich Hunger hattest.« Ich öffne die Minibar, doch dort stehen nur diverse Flaschen in Reih und Glied. »Oder dir fiel ein, dass du das Zähneputzen vergessen hast.« Doch auch ein Blick ins Bad lässt das Tagebuch nicht plötzlich wieder auftauchen.

»Es ist weg.« Sanna geht zu einem Bild an der Wand, auf dem dieser Dingsbums-Berg gemalt ist, den man sehen kann, wenn man links aus dem Hotel in Richtung Pferdestall geht. »Das Bild hängt schief.«

Na, das ist doch mal ein eindeutiger Hinweis auf ein gestohlenes Tagebuch. Vielleicht ist Sanna noch müder als ich? »Dann häng es halt wieder gerade.«

Doch anstatt es geradezuhängen, schiebt Sanna das Bild zur Seite. Dahinter befindet sich ein Tresor.

Ah! Okay. Jetzt kommen wir der Sache schon näher.

Sie tippt eine Ziffernkombi ein, und die Tür des Safes öffnet sich. Darin befindet sich – nichts.

»Es ist weg!«

Ganz ehrlich, wenn Sanna das noch einmal sagt, schubse ich sie höchstpersönlich in den Tresor. Dann ist er wenigstens nicht mehr leer.

Plötzlich kommt Leben in Sanna und sie knallt die Safetür zu. »So ein Scheiß!« Die Hände zu Fäusten geballt marschiert sie im Zimmer auf und ab.

Ich setze mich auf die Kante eines Sessels und beobachte sie beim Umhertigern. »Hast du eine Idee, wer es gewesen sein könnte?«

»Jeder! Dieses stille Paar, das immer so genügsam tut. Karl, der so plötzlich verschwunden ist. Die Japaner, die Wilhelms. Du.«

»Jetzt mach aber mal einen Punkt. Du bist paranoid. Wie sollen wir denn in dein Zimmer gekommen sein? Oder gar einen Safe knacken?«

»Was weiß ich.« Sanna wirft die Arme in die Luft. »Ich brauche dieses Tagebuch wieder. Bevor es an die Presse geht!«

Ja, wenn das passiert, dürfte es ziemlich unangenehm werden. »Was ist mit Manuel, du weißt schon, diesem Typen, den wir für den Hotelkritiker hielten? Der ist doch megaverdächtig. Ich meine, was bitte will so ein Kerl in einem Hotel wie diesem?«

Sanna zuckt mit den Schultern und winkt ab. »Den habe ich überprüft, der ist harmlos, der will hier nur den großen Macker demonstrieren.«

»Wie hast du ihn denn überprüft?«

»Indem ich ihm gesteckt habe, dass im Rahmen von Prinzessin Susannas märchenhafter Hochzeit ein alter Bekannter von ihr auf der Bildfläche aufgetaucht ist und behauptet, noch mit ihr verheiratet zu sein. Eine Jugendsünde und so weiter.«

In Gedanken gehe ich die einschlägigen Schlagzeilen durch. »Darüber habe ich nichts gelesen.«

»Genau! Der ist sauber. So eine Info ist Luxus für die Magazine.«

Raffiniert. Wobei ... »Sanna?«

Mit zusammengekniffenen Augen sieht sie mich fragend an.

»Hast du mich auch *überprüft*?«

Sanna lacht herzhaft. »Nein. Nein, das habe ich nicht. Du bist harmlos. Du plapperst aus, was dir in den Sinn kommt.«

Unentschlossen, ob ich pikiert oder erleichtert sein soll, verziehe ich den Mund. »Du bist manchmal echt keine nette Person, weißt du das eigentlich?«

»Ich denke schon, ja.«

»Und das macht dir gar nichts aus?«

Sanna dreht sich von mir weg und stützt sich auf das Fensterbrett. Doch ich kann ihr Spiegelbild in der dunklen Scheibe sehen. »Eigentlich nicht, nein. Ich habe mich in meinem Leben schon so oft verstellt, dass ich mich selbst irgendwo verloren habe.«

»Das hört sich traurig an.«

»Ich gewöhne mich dran.«

Mein mitleidiges Herz schlägt schneller und ich will eben aufstehen, als Sanna sich umdreht und mit drei großen Schritten bei mir ist. Mir schräg gegenüber setzt sie sich auf das Bett. »Der Inhalt dieses Tagebuchs darf nicht durch die Medien geprügelt werden. Mein ganzes Leben ist darin. Meine geheimsten Wünsche, meine Fantasien in all ihren Facetten, ob ich sie nun wahrmachen will oder nicht. Meine Vermögenswerte, Familiengeschichten, Geheimnisse über Freunde, die nur ich kenne. Skriptideen für meine Bücher ...«

»Du bist Autorin?«

»Ja, aber unter verschiedenen Pseudonymen. Und glaube mir, mit dem einen oder anderen darf ich nicht in Verbindung gebracht werden.«

Meine Neugier ist mit einem Mal so dermaßen geweckt, dass ich noch weiter auf dem Sessel nach vorn rutsche und fast herunterfalle.

»Genau das ist es Sunny, diese morbide Neugier, die du gerade verspürst, die ich nicht will!«

Ich fühle mich getroffen. Und ich verstehe. Ein besseres Beispiel hätte sie mir nicht geben können. Es ist ihr Leben, und sie bestimmt, was sie daraus preisgibt, ob ich ihre Methoden nun gutheiße oder nicht. Sanna ist nicht die netteste Person, die ich kenne, aber definitiv eine der authentischsten, unter ihren ganzen Schichten aus – ja, aus was eigentlich? Lügen? Schummeleien? Selbstschutz? Langsam nicke ich. »Du hast recht. Es ist deins, und niemand sollte darin herumstochern.«

Müde lässt Sanna die Schultern hängen. »Diesen Urlaub hatte ich mir wirklich anders vorgestellt. Aber das Gute ist, mein Manuskript wächst.«

Ich setze ein extra breites Grinsen auf. »Komme ich wenigstens darin vor?«

»Aber so was von.«

Gähnend stemme ich mich aus dem Sessel hoch und plumpse neben Sanna auf das Bett. Voller Reue sehe ich sie an. »Sorry, dass ich vorhin gesagt habe, du seist keine nette Person.«

»Na ja, du hast gesagt, ich wäre *manchmal* keine nette Person. Also habe ich durchaus Potenzial.«

So lässt sich das auch betrachten. Bevor ich weiter darüber nachgrübeln kann, springt Sanna auf und läuft zur Zimmertür hinaus. »Ich muss was unternehmen, sonst werde ich irre.«

»Wo willst du denn hin, mitten in der Nacht?« Sie wird doch wohl nicht alle wecken und die Zimmer durchsuchen wollen? Müde diskutiere ich mit mir selbst, aufzustehen und ihr hinterherzulaufen, doch irgendwie bleibe ich sitzen. Nur für einen Moment.

Noch halb gefangen in einem Traum wache ich auf. Ich brauche eine Weile um abzuschütteln, dass ich bis eben als eine verjüngte Ausgabe von Miss Marple auf der Suche nach einem Becher voller Tagebucheis war. Was auch immer Tagebucheis sein soll. Was gerade noch logisch war, passt nun bei Tageslicht gar nicht mehr zusammen. Wobei von Tageslicht kann keine Rede sein, denn es ist noch immer dunkel draußen und auch im Zimmer. Sanna muss das Licht ausgemacht haben. Wie spät ist es?

Ich taste nach dem Licht auf dem Nachttisch neben dem Bett und schalte es an. Sanna ist nicht zu sehen. Merkwürdig.

Mit einem Schlag fällt mir das gestohlene Tagebuch wieder ein, und ich springe aus dem Bett. Vermutlich sucht sie noch immer danach. Oder sie ist zur Polizei gefahren. Ist für ein gestohlenes Tagebuch überhaupt die Polizei zuständig?

Ein Gedanke aus meinem Traum arbeitet irgendwo ganz hinten in meinem Kopf. Immer wenn ich versuche, danach zu schnappen, löste er sich auf.

Ah! Ich hatte wieder knallorangene Haare im Traum. Ich zerre mir eine Strähne aus dem Haarknödel, der halb über meinem linken Ohr hängt, und sehe sie mir an. Gott sei Dank sieht die Wirklichkeit besser aus. Blonder. Sunnyblonder.

Doch noch immer bohrt und pikst ein Gedanke in mir, und ich tigere im Zimmer auf und ab. Mit einem

Ruck bleibe ich stehen, wickele meinen Bademantel fester um mich und verschließe ihn mit einer ordentlichen Schleife.

In meinem Traum trug ich ebenfalls einen Bademantel, mit der quietschgrünen Federboa, die Elvira so gern trägt. Doch das ist es nicht. Was mich kribbelig werden lässt, ist der Gürtel an meinem Schlaf-Bademantel. Als Gürtel trug ich nämlich ganz viele Schlüssel. Riesige, altmodische Schlüssel, die ständig aneinandergestoßen sind und Krach gemacht haben. Nicht jedoch normalen Schlüssel-aneinander-Stoß-Krach, sondern schmatzende Knutschgeräusche. Träume sind schon etwas Faszinierendes.

Aber jetzt ist keine Zeit für tiefschürfende Traumanalysen. Mehr rennend als gehend verlasse ich Sannas Zimmer und laufe nach unten in die Lobby.

Sannas Theorie bezüglich Manuel überzeugt mich nicht. Mag sein, dass er nicht weitergegeben hat, was sie ihm erzählt hat, das heißt aber noch lange nicht, dass es keinen Grund dafür gibt. Der Mann ist ein Täuscher, ein Kerl, der nicht mit offenen Karten spielt. Und wie ich es drehe und wende, es gibt für mich keinen Grund, warum er hier im Bellwü sein sollte. Außer einen.

Der Generalschlüssel hängt wieder an seinem Platz im Büro hinter dem Empfangstresen. Ich zucke kurz zusammen, als die Kuckucksuhr sieben Mal kuckuckt. Meine Güte, wie laut sich dieser winzige Vogel in der Stille anhört. Doch weit und breit ist niemand zu sehen, also schnappe ich mir den Schlüssel. Schließlich hat Lilli selbst gesagt, er wäre nur ein Andenken an die alten Zeiten des Hotels. Außerdem ist sie nicht hier, damit ich mich mit ihr beraten könnte. Und ohnehin, sie würde das Gleiche tun wie ich.

Noch weiß ich nicht, wie ich Manuel das Tagebuch entlocken will. Aber das überlege ich mir auf dem Weg zu seinem Zimmer.

Oder wenn ich davorstehe.

Und immer noch davorstehe.

Zögernd klopfe ich. Was solls. Ich werde schon sehen, wie er reagiert. Schließlich macht er mich die ganze Zeit an, da kommt es ihm bestimmt ganz recht, wenn ich ihn zu verschlafener Zeit in seinem Zimmer besuche.

Genau! Das ist es! Ich gebe die knallharte Verführerin. Kurz, aber umso heftiger, schüttele ich mich bei dem Gedanken. Doch große Ziele erfordern große Opfer.

Ich lockere die Schleife des Bademantels und öffne ihn oben ein wenig. Aber nicht zu viel!

Auf mein erstes Klopfen passiert nichts. Ebenso nicht beim zweiten.

Ich kann mein Glück kaum fassen und schiebe den Schlüssel leise in das Schloss. Die Tür öffnet sich geräuschlos. Lediglich mein Herzschlag wummert unüberhörbar. Eigentlich wundert es mich, dass nicht längst alle Türen im Flur aufgerissen werden und sich die Gäste über die Lärmbelästigung beschweren.

Vorsichtig luge ich durch einen Spalt ins Zimmer. Manuels Bett ist leer!

Yes!

Schnell schleiche ich hinein und schließe die Tür hinter mir. Da erstarre ich mitten in der Bewegung.

Die Dusche im Bad rauscht und die Tür dorthin ist nur angelehnt.

Mist!

Andererseits, so lange die Dusche rauscht, steht Manuel darunter. Also, Ohren auf und zum Sprung bereit, sobald das Wasser abgestellt wird. Vorsichtshalber öffne ich schon mal die Zimmertür für meine Flucht, was auch den Vorteil hat, dass ich das Licht vom Flur nutzen kann und keines im Zimmer anmachen muss.

Meine Nervosität verwandelt meine Beine in Gummi, und meine Gedanken flitzen so dermaßen schnell hin und her, dass ich selbst nicht weiß, was ich denke. Meine Hände zittern, und ich schwitze unter dem Bademantel, was das Zeug hält. Nun bin ich doch dankbar, dass ich nackt darunter bin.

Fahrig blicke ich mich um. Wo könnte er das Tagebuch versteckt haben?

Bestimmt auch im Tresor. Nur gibt es hier keine Bilder an den Wänden. Der Tresor muss irgendwo anders sein.

Ich sehe mir das Zimmer genauer an, während ich versuche, mich zu beruhigen. Mein Blick gleitet von dem Schreibtisch mit den Laptops zum Bett und weiter zur Garderobe.

Halt! Stopp! Zurück!

Das kann doch nicht wahr sein! So einfach kann es doch nicht sein!

Ist es aber. Auf dem Bett liegt aufgeschlagen ein Buch. Wie ich bereits von meinem ersten Besuch hier weiß, gibt es in diesem Zimmer keine Bücher. Doch jetzt schon.

Ich fliege zum Bett und greife mir das Buch. Ein Blick genügt. Es ist ein Tagebuch. Und ich bin mir verdammt sicher, dass es nicht Manuels Tagebuch ist. Der ist nicht grade der Tagebuchschreibertyp.

Ich könnte aufschreien vor Erleichterung und stecke das Büchlein sicher in die Tasche des Bademantels.

Nun aber raus hier. In diesem Moment wird die Dusche im Bad abgestellt.

Sehr gut. Bis sich Manuel abgetrocknet hat, bin ich raus und er wird nie wissen, dass ich hier war. Leise, um nicht auf den letzten Metern noch ertappt zu werden, wende ich mich zur Tür.

»Hey Schönheit! Na, das ist doch noch besser als meine Fantasien gerade unter der Dusche. Und die waren schon gut.«

Ich erstarre. Nicht nur mein Körper, sondern auch alles in mir. Was! Soll! Ich! Jetzt! Tun! Fragezeichen!

Ich besinne mich auf meinen Ursprungsplan und drehe mich langsam um. Tropfnass steht Manuel hinter mir. Tropfnass und nackt. Richtig nackt – es ist alles zu sehen, was ihm gehört. Und die kleine Eskapade unter der Dusche, von der er gerade erzählt hat, scheint ihm Appetit auf mehr gemacht zu haben. »Hey, ich wollte nur mal kurz nach dir sehen. Die Tür stand offen und ich ...« Meine Stimme klingt rau, und ich beiße mir auf die Lippen. Zum Teufel, was soll ich ihm erzählen? Wie soll ich hier unbeschadet rauskommen? Wieso habe ich nicht vorher darüber nachgedacht?

Ich will zurück in mein geliebtes *Schneeflöckchen!* Jetzt sofort.

Aber erst muss ich das Tagebuch retten! »Mir fällt ein, ich gehe kurz zurück in mein Zimmer. Ich will nur eben auch schnell duschen.« Fahrig winke ich ihm zu und stolpere rückwärts. Dabei fuchtele ich mit den Händen, ich will sie auf keinen Fall in die Tasche des Bademantels stecken. Doch einer meiner Finger verhakt sich in der Schleife des Bademantelgürtels, die sich sofort löst.

Der Bademantel öffnet sich und ich stehe entblößt vor Manuel, gut sichtbar im Lichtschein, der vom Flur hereinfällt.

»Sunny?«

Die Stimme hinter mir war immer meine Rettung, egal, was ich angestellt hatte. Wissentlich oder unwissentlich. In dieser Stimme schwang immer Verständnis mir gegenüber mit, Humor und Liebe. Doch dieses Mal nicht. Es quillt so viel Unverständnis und Schmerz daraus hervor, obwohl Tom nur ein einziges Wort gesagt hat.

Kapitel 28

E wie Ewig

Evergreen-Eis

Vanille, Schoko, Erdbeer.
Wahlweise Erdbeer, Vanille, Schoko.
Wahlweise Schoko, Vanille, Erdbeer.
Wahlweise Vanille, Erdbeer, Schoko.
Wahlweise Erdbeer, Schoko, Vanille.
Wahlweise Schoko, Erdbeer, Vanille.
Aber immer Vanille, Schoko, Erdbeer.

»Tom.« Ich wirbele herum, während ich den Bademantel zusammenraffe, und laufe zu Tom. Manuel lasse ich stehen, wo er steht, ohne ihn eines Blickes zu würdigen. Mit einem Knall schließe ich die Tür von außen und stehe Tom ganz nah gegenüber. Ich traue mich nicht, ihn zu berühren. »Tom.«

Schweigend blickt er mich an.

»Es ist nicht so, wie es aussieht.«

Noch immer nichts.

»Bitte sag doch etwas.« Vorsichtig greife ich nach seinem Arm.

»Was möchtest du hören, Sunny? Wie sexy du im offenen Bademantel aussiehst? Und welches Glück der Typ hatte, dich angaffen zu dürfen? Und sorry, dass ich euch gestört habe. Aber vielleicht möchtest du ja mit mir da weitermachen, wo du mit ihm aufgehört hast.« Er schüttelt meine Hand ab und dreht sich um.

»Tom!«

»Das sagtest du jetzt schon mehrfach. Aber ich kann wohl zufrieden sein, dass du überhaupt noch weißt, wie ich heiße!« Mit diesen Worten lässt er mich auf dem Hotelflur stehen. Jede einzelne Silbe ätzt sich in mein Herz, und ich habe Mühe, weiterzuatmen.

Die Scham über mich selbst überrollt mich, und ich zittere. Mir ist schrecklich kalt. Mühsam verschränke ich die Arme vor der Brust, um mich irgendwie zusammenzuhalten.

Was ist bloß los mit mir? Ich wollte doch nur Sannas Tagebuch retten.

Diese verflixte Eismesse, die war von Anfang an eine Schnapsidee. Aber ich hatte meine Gründe, und nun ist alles viel schlimmer als vorher. Und dieses Mal nicht nur in meiner Fantasie.

Zittrig und müde schlurfe ich zu meinem Zimmer. Tom ist nicht da, doch wenigstens liegen noch seine Sachen herum. Ohne die wird er hoffentlich nicht abreisen.

Vermutlich muss er sich beruhigen, und dann wird es Zeit, zu reden. Und zwar über alles.

Aber zuerst werde ich Sanna ihr Tagebuch wiedergeben und Manuel auffliegen lassen. Ich wünsche mir sehr, dass Tom dann zurück im Zimmer ist. Denn mir ist klar, dass er jetzt gerade nicht von mir gefunden werden möchte.

Gehe ich ihn trotzdem erst suchen? Er ist mir so wichtig wie kaum etwas anderes in meinem Leben.

Kiara, die ohne anzuklopfen aus ihrem Zimmer in meines stürmt, nimmt mir die Entscheidung ab. »Hast du es schon gehört? Sannas Tagebuch wurde gestohlen! Wie krass ist das denn!«

Ohne Worte ziehe ich das Corpus Delicti aus der Tasche meines Bademantels und halte es hoch.

Kiara schnappt nach Luft und schlägt sich die Hand vor den Mund. »Du hast es gestohlen? Was bitte ist denn deine Mission?«

»Echt jetzt?« Für diese Anschuldigung möchte ich ihr das Tagebuch gern an den Kopf schmeißen, doch ich unterlasse es, denn es gehört schließlich nicht mir.

Offensichtlich erkennt sie meine Intention und hebt entschuldigend die Hände. »Sorry. Natürlich hast du es nicht gestohlen. Ich war grad nur so überrumpelt. Krass, wo hast du es gefunden?«

Gefunden ist gut, ich habe es teuer erkauft. Wenn ich Pech habe, bezahle ich dafür mit allem, was ich habe.

Mit einem Mal schluchze ich auf, haltlos und unkontrollierbar. Das Zittern von eben kehrt zurück, stärker dieses Mal, und ich möchte mich am liebsten zusammenkrümmen.

»Sunny! Hey, was ist denn los?« Kiara nimmt mir das Buch aus der Hand und schiebt mich zum Bett. Das Bett, das ich bis vor wenigen Stunden mit Tom geteilt habe. Sein Geruch hängt noch im Raum, und ich spüre seine Anwesenheit.

Er kommt wieder! Er wird wiederkommen! Tom kommt immer wieder!

Aber wenn nicht? Was, wenn es dieses eine Mal zu viel war?

Kiara hält mich fest im Arm, während ich ihre Bluse nass heule.

Es dauert eine Weile, doch dann lässt die Kälte in mir nach und das Zittern hört auf. Der erste Kummer ist aus mir hinausgeflossen, und ich kann wieder klarer denken.

Tom und mich wird diese Eskapade nicht trennen! Wir werden morgen heiraten! Er liebt mich und ich liebe ihn.

Kiara hebt mein Kinn an, sodass ich sie ansehen muss. »Man, hast du mich gerade erschreckt! Mach das bloß nie wieder. Aber du siehst jetzt besser aus. Ich meine, zwar total verheult und verquollen, aber nicht mehr so verzweifelt. Was zum Teufel ist passiert? Hat es etwas mit dem Tagebuch zu tun? Hast du es doch gestohlen?«

Ich rolle die Augen und runzle die Stirn.

»Sorry, das konnte ich mir gerade nicht verkneifen. Was ist es denn dann? Bist du traurig, dass du keine Prinzessin mehr bist?«

Trotz des Kummers lache ich auf. »Ja, das könnte passen, Sunny hat einen Nervenzusammenbruch, weil sie aus dem Märchenland geflogen ist.«

Kiara stupst mich an, als ich nicht weiterrede.

»Es ist wegen Tom. Oder eigentlich eher meinetwegen. Tom kam gestern Abend überraschend hier an und fand mich in einer etwas zweideutigen Pose mit Manuel vor. Und vorhin erneut und diese Pose war eindeutig, auch wenn sie nicht das war, wonach es aussah.«

»Ich verstehe kein Wort.« Und so sieht Kiara auch aus, die Fragezeichen schwirren nur so um ihren Kopf.

Ich stehe auf. »Egal. Musst du auch nicht. Ich ziehe mir rasch etwas an, und dann gehen wir zu Sanna, dort erkläre ich euch alles.«

Ich muss Sanna nicht viel erklären, zügig nimmt sie sich selbst des Problems an. In Manuels Haut möchte ich definitiv nicht stecken.

Jetzt, da das mit dem Tagebuch geklärt ist, bleibt mir nur noch, die Sache mit Tom zu bereinigen.

Ich entscheide mich weiterhin dagegen, ihn zu suchen, und warte stattdessen im Zimmer. Ich weiß, dass er früher oder später auftauchen wird. Tom und ich finden unseren Weg, mag es auch Umwege geben, doch unsere Richtung ist stets dieselbe.

Mit dem Blick hinaus auf die verschneiten Berge warte ich, zusammengerollt auf einem Sessel. Der Sturm ist vorübergezogen und die Sonne malt goldene Lichter auf die weiße Winterlandschaft. Unglaublich, dass sich dieser tiefblaue Himmel erst gestern hinter solch einer Macht aus schwarzen Wolken verborgen hat.

Mehr, als ich Tom hereinkommen höre, spüre ich seine Anwesenheit. Mit ruhigen Schritten kommt er zu mir und setzt sich auf das kleine Sofa mir gegenüber. Sein Geruch vermischt sich mit dem des Weihnachtsbaumes hinter ihm.

Sein Blick ist nicht mehr so düster wie vorhin, jedoch weiterhin sehr ernst. Und die Situation ist ernst, keine fabulierte Geschichte wird mich hier herausholen.

»Warum bist du davongelaufen, Sunny?«

Gern möchte ich ihm entgegenrufen, dass er doch gerade weggelaufen sei, aber ich weiß genauso gut wie er, dass er das nicht meint.

Ich atme tief durch und lehne mich im Sessel zurück, dabei sehe ich Tom unverwandt an. »Weißt du noch, der Tag bevor ich nach Freiburg gefahren bin, war Claire im *Schneeflöckchen*, zusammen mit Baby-Henry. Es ging ihr nicht gut, weil sie Probleme mit Tobias hatte. Ich habe ihr angeboten, auf Henry aufzupassen, damit sie in Ruhe mit Tobias reden konnte. Du warst dabei, als sie Henry bei mir gelassen hat.«

Tom zieht die Augenbrauen zusammen, nickt dann aber. »Ich glaube, ich weiß, welchen Tag du meinst. Und?«

Er weiß es nicht. Tom weiß es nicht. Ich blicke nach unten, um eine Träne wegzublinzeln, ehe ich ihn wieder ansehe. »Später an dem Tag kam ich mit Henry auf dem Arm zu dir ins *Veloziped*, um dir zu zeigen, dass ich Henry beigebracht habe, *Tom* zu sagen. Und noch etwas anderes.«

Tom schüttelt den Kopf. »Bist du sicher? Daran kann ich mich nicht erinnern, und glaube mir, das würde ich, wenn der kleine Kerl meinen Namen sagen könnte. Schließlich ist er mein Baby-Held.«

»Ach wirklich?«

Tom hebt eine Hand. »Was soll dein ätzender Ton? Ich kann mich nicht daran erinnern, und ganz ehrlich gibt es so manche Episode, die nur in deinem Kopf stattfindet.«

»Du kannst dich nicht daran erinnern, weil du nicht weißt, dass ich da war, und das hat definitiv nicht nur in meinem Kopf stattgefunden!« Ich strecke die Beine hervor und stelle die Füße auf den Boden. Kerzengerade sitze ich auf der Kante des Sessels, die Hände in meinem Schoß zu kalten Fäusten geballt. »Der Laden war leer, du hast hinten im Büro telefoniert. Ich weiß nicht mit wem. Doch Fakt ist, du hast gesagt, dass du dieses Ding nicht haben willst und jemand es abholen soll und dass du hoffst, dass ich nie so ein Ding haben will!«

Tom richtet sich nun ebenfalls auf und rutscht auf dem Sofa nach vorn. »Sunny, das Ding, vom dem ich gesprochen habe, war ein E-Bike. Es ging um ein verdammtes Elektrofahrrad! Du glaubst doch nicht allen Ernstes, dass ich so über Henry sprechen würde. Oder ein anderes Baby.«

Nein, das glaube ich nicht. Und auch damals in Berlin habe ich es nicht geglaubt. Aber es war eine hervorragende Entschuldigung dafür, mich von meinen wirren Gedanken abzulenken, mich stattdessen auf Tom zu fokussieren und ihm die Schuld zu geben. Ich schüttele den Kopf, und nun läuft mir doch eine Träne die Wange herunter.

Tom kniet sich hin und zieht mich zu sich auf den Boden. »Warum hast du mich absichtlich so falsch verstanden?«

»Ich war schwanger und wollte es dir mit Henry sagen. Mein ganzes Leben stand an diesem Tag so Kopf wie noch nie zuvor.«

»Sunny, das sind die wundervollsten Nachrichten, die ich je bekommen habe.« Tom umarmt mich so fest, dass ich seinen Herzschlag spüre.

Doch ich befreie mich aus seiner Umarmung, und wir halten einander lediglich an den Händen. »Halt Tom. Ich war nicht schwanger, ich dachte, ich wäre schwanger, doch ich habe mich nur um eine Woche im Kalender vertan.«

Zärtlich streichelt Tom meine Hände. »Ich verstehe.«

»Das war alles so überwältigend. Bisher dachte ich immer, Kinder, ja klar, nett und süß. Aber, als ich glaubte, ich wäre schwanger, blieb meine Welt für einen Augenblick stehen, und ich habe begriffen, warum ich da bin, wo ich bin. Es war überwältigend. Und dann raste meine mir bekannte Welt plötzlich los in die falsche Richtung. Mit einem Schlag war ich verantwortlich für ein anderes Leben, jede meiner Handlungen würde Konsequenzen für einen kleinen Menschen haben, der mit Haut und Haaren von mir abhängig ist. Ich kann das nicht.« Nun fließen meine Tränen ungehindert und tropfen auf unsere Hände.

»Und dann kam ich genau im richtigen Augenblick mit meiner gut misszuverstehenden Aussage, und du hast deine Angst in Wut auf mich umgewandelt.«

»Und ich konnte dir in die Schuhe schieben, dass wir keine Kinder haben, weil du ja keine willst. Und somit musste ich mich nicht mehr weiter meiner Panik stellen.« Mit verschwommenem Blick sehe ich den Mann an, den ich aus ganzem Herzen liebe, dem ich alles Glück der Welt wünsche und der dafür verantwortlich ist, dass ich die beste Version meiner selbst bin.

»Seit wann kennst du mich?«

»Schon immer.«

»Glaubst du wirklich von mir, ich mag keine eigenen Kinder haben? Zusammen mit dir?«

»Nein.«

Dieses Gespräch habe ich so oft in meinem Kopf geführt, dass es sich nun ganz unwirklich anfühlt, es wirklich zu erleben. Warum habe ich Tom nicht gleich darauf angesprochen, ihn um Hilfe gebeten? Warum bin ich an dem Tag aus dem Fahrradladen gerannt?

»Damals war alles so wirr in mir, und ich hatte damit zu tun, eine Sunny an mir kennenzulernen, die mir fremd war. Und draußen vor dem *Schneeflöckchen* kam gerade die Post und brachte Werbung für die Freiburger Eismesse, und so kam eines zum anderen.«

»Nur leider hat seitdem nichts mehr zusammengepasst.« Tom steht auf und zieht mich mit sich. »Aber da ist noch mehr?«

Aneinander gekuschelt setzen wir uns gemeinsam in meinen Sessel. Tom spürt einmal mehr, dass die Geschichte noch tiefer geht. Ich war so dumm, mich von ihm abzuwenden, und wenn ich ehrlich bin, war er ein sehr willkommener Grund. So musste ich nicht bei mir selbst hinhören. »Seit diesem Tag kreisen so viele Gedanken in mir, die mich an mir zweifeln lassen. Ich weiß einfach nicht, ob ich gut genug bin. Was werde ich bloß für eine Mutter sein? Ich kann mich nicht einmal selbst aus Schwierigkeiten heraushalten. Das zeigt gerade das Hotelchaos hier.« Meine Wange ruht an Toms Halsbeuge, und ich spüre sein Lächeln.

»Sieh dir doch nur all die Kinder in der Eisdiele an. Die lieben dich.«

»Ja, weil ich ihnen Eis spendiere.«

Tom küsst mich auf die Stirn und drückt kurz meine Hand. »Nein, sie lieben dich, weil du eine großartige Frau bist. Warmherzig, humorvoll, herzlich. Und genau solch eine Mutter wirst du auch sein. Du kannst doch gar nicht anders. Und du vergisst eine Sache, ich bin auch da. Und Alma, unsere Eltern, unsere Freunde. Vermutlich auch das ganze Vierwaldviertel.«

Toms Worte klingen verlockend und lassen Bilder in mir entstehen, die ich liebe, auch wenn sie mir Gänsehaut bescheren und meinen Puls in die Höhe treiben. Dennoch kann ich uns sehen, er und ich, mit unserem Baby, unserem gemeinsamen Leben. Mit Höhen und Tiefen. Und mit Freude und Liebe. Doch viele Zweifel nagen an mir. Wie Zecken beißen sie sich in meinem Optimismus fest und saugen ihn aus. »Was ist, wenn ich unsere Kinder verschrecke? Wenn mal wieder die Fantasie mit mir durchgeht und ich von Monstern zwischen den Steinen erzähle?«

Toms Lachen vibriert an meinem Rücken. »Unsere Kleine wird Monster lieben.«

»Und wenn es ein Kleiner wird?«

»Dann kommt er zu mir und versteckt sich hinter mir.«

Ist es wirklich so einfach?

»Sunny, hör auf zu grübeln. Es ist so einfach.« Tom dreht mich ein wenig, sodass wir uns ansehen. »Wir werden weiß Gott keine perfekten Eltern, aber eines kann ich dir garantieren, wir werden mit Sicherheit nicht die langweiligsten Eltern werden. Diese Dinge haben schon so viele Menschen vor uns geschafft. Da kriegen wir das auch hin.«

Ich möchte ihm so gern glauben, aber für den Moment bin ich noch zu gebeutelt von dem, was ich heute Morgen angestellt habe. »Tom?«

»Na? Was kommt nun noch? Dass es doch so war, wie es ausgesehen hat mit dem Kerl und dir vorhin?«

Ich richte mich auf, was auf dem Sessel gar nicht so einfach ist. »Im Ernst? Du kannst jetzt schon Scherze darüber machen?«

»Das nennt sich Galgenhumor, und den bevorzuge ich allemal vor Nichthumor. Denn dann würde es blutig ausgehen. Für den anderen versteht sich.« Tom verzieht keine Miene.

»Es tut mir leid, Tom. Ganz ehrlich. Ich kann den Kerl absolut nicht ausstehen, aber er hatte Sannas Tagebuch gestohlen, und mich erwischt, ehe ich das Zimmer damit verlassen konnte, und dann ging alles so schnell.« Meine Haare im Nacken richten sich auf, als ich daran zurückdenke, wie ich mich versehentlich vor Manuel entblößt habe. Die Episode ist die Zwillingsschwester meines Schlabberkusses damals, und ich werde Mühe haben, die ganze Episode so zu drehen, dass sie nie passiert ist.

»War ja klar, dass eine Sunny-Geschichte dahintersteckt. Doch in Zukunft wäre es mir lieber, du würdest deine Abenteuer bekleidet bestreiten.«

»Du kannst dir nicht vorstellen, wie unangenehm mir die ganze Sache ist.« Vor Scham presse ich die Hände vor das Gesicht. Mir ist unglaublich heiß und ich schwitze.

Tom nimmt meine Hände und küsst sie. »Ein bisschen kann ich es mir schon vorstellen, und deswegen lasse ich dich damit auch in Ruhe. Vorerst.«

Stöhnend vergrabe ich erneut das Gesicht in den Händen. »Das habe ich wohl verdient.«

»So was von.«

»Wo wolltest du eigentlich so früh am Morgen hin?«, murmele ich durch meine Finger.

»Dich suchen. An der Rezeption sagte man mir, du wärst vielleicht im Pool, weil du immerzu davon redest. Und zum Pool geht es nun mal schräg gegenüber dem Zimmer, in dem du nackig herumgesprungen bist.«

Es gibt wirklich einen Pool? Das ist doch ein Scherz. Oder? »Ich bin nicht nackig herumgesprungen!« Und es gibt keinen Pool!

Tom lacht leise, und wir lassen das Thema fallen. Fest umarmen wir einander und hängen unseren Gedanken nach. Die Sonne ist weitergewandert, und ihre warmen Strahlen erreichen den Sessel, auf dem wir sitzen. Der Schnee draußen glitzert im Licht, und meine Lebensfreude, die mich seit jeher begleitet, gewinnt die Oberhand. In mir erwacht die Lust neu – auf mein Leben mit Tom und all das, was vor uns liegt. Meine Haut prickelt und mein Herz klopft glücklich. »Lass uns nach Hause fahren. Auf uns wartet eine Hochzeit.«

Tom küsst mich zart auf den Mund. »Gern.«

Andererseits könnten wir uns auch noch anders die Zeit vertreiben. Nun küsse ich Tom, jedoch ganz und gar nicht zärtlich. Ich will ihn spüren, jetzt und alle Zeit. Gerade als ich mir das Shirt vom Leib ziehe, wird die Zimmertür aufgerissen, und zum zweiten Mal an diesem verdammten Tag zeige ich anderen Menschen mehr von mir, als mir lieb ist.

Sanna pfeift, und ihr Blick gleitet über mich, während Natascha sie anstößt. Kiara und Alma grinsen breit, und Lilli und Lima sehen um sich, als würden sie etwas in der Luft suchen.

Nur Tom reagiert halbwegs vernünftig und bedeckt mit seinen Händen meine nackten Brüste. Wobei er dabei mehr lacht, als ich ihm zugestehen möchte.

Kapitel 29

L wie Liebe

Lebkuchen-Eis

Würziger Lebkuchen, verflochten mit cremigem Sahneeis, in einem Wirbel aus glänzendem Gold und schneeigem Weiß vereint. Überrieselt mit tannengrünen, süßen Weihnachtsstreusel aus purer Liebe gezaubert, streichelt die bibbernde Winterseele.

»Wie wäre es, wenn du dir dein Shirt anziehst, und wir kommen in drei Minuten wieder.« Sanna zwinkert Tom und mir zu und scheucht die anderen Eindringlinge vor sich her aus dem Zimmer. Die Tür lehnt sie jedoch nur an. »Beeilt euch! Wir haben euch etwas zu sagen! Und das, was ihr da gerade anstellen wollt, könnt ihr nach eurer Hochzeit noch ausgiebig tun.«

»Dann macht es aber nicht mehr so viel Spaß!« Tom denkt nicht daran, seine Hände von mir zu lassen, und küsst meinen Hals.

»Echt jetzt?« Kopfschüttelnd springe ich auf und ziehe mir das Shirt wieder über den Kopf. Doch Tom weiß es zu verhindern und schiebt es immer wieder nach oben.

»Sie kommen gleich wieder rein.« Unsicher, ob ich vor Frust aufstöhne oder vor Wonne, entwinde ich mich seinen Armen und nehme ein paar Schritte Abstand. Nur sein Glutblick trifft mich, und Lust auf ihn prickelt durch meinen Körper. Wow! Das wird eine Hochzeitsnacht! Am liebsten würde ich ihn auf der Stelle heiraten und diese Nacht der Nächte einläuten. Irgendwo auf der Welt ist es schließlich nachts, auch wenn es bei uns erst später Morgen ist.

Tom denkt das Gleiche, das sehe ich an seinen glänzenden Augen, seinem Lächeln und seiner Körperspannung.

Ich könnte schnell über das Bett hechten, die Zimmertür zuschmeißen und abschließen. Sollen sie doch später wiederkommen, um uns zu verabschieden. Doch da klopft es bereits. Laut und deutlich.

»Ihr hättet vorhin schon anklopfen sollen!« Ich rolle die Augen, glätte mein Shirt und sehe zu Tom. Der nickt und zuckt mit den Schultern. Dabei sieht er mich so an, dass meine Knie weich werden. Hach, ich liebe diesen Kerl, mit allem Drum und Dran. »Kommt rein.«

Ich habe kaum zu Ende gesprochen, da stürmt die Bande schon ins Zimmer. Es fühlt sich an, als würden sie ein Gewitter mitbringen. Die Luft flimmert vor Aufregung, und ich werde ganz kribbelig. Ein anderes Kribbeln als noch vor zehn Minuten, aber auch nicht unangenehm.

»Was ist denn los?« Ich stelle mich vor Tom, und er legt mir die Arme um die Taille. An meinem Rücken spüre ich seinen ruhigen Herzschlag und seine Wärme.

Sanna sieht zu Natascha und dann wieder zu Tom und mir, dabei verknotet sie die Hände vor dem Bauch. Es sieht ihr gar nicht ähnlich, so verkrampft zu sein.

Da trifft mich die Erkenntnis wie ein Schneeball am Kopf. »Oh nein! Sagt bitte nicht, es sind Fotos von mir und meinem offenen Bademantel an die Presse weitergegeben worden! Wer macht denn so etwas?«

Beruhigend streicht mir Tom über den Arm. »Das kann nicht sein. Außerdem würden sie dann nicht so grinsen.«

»Wissen sie es schon?« In der offenen Zimmertür taucht Herr Wilhelm mit Finn auf, im Schlepptau Herrn Gustav, der erstaunlich schnell ins Zimmer trabt und sich schwanzwedelnd vor Tom und mich setzt. Vogerl auf seinem Kopf schlägt mit den himmelblauen Flügeln und krakeelt.

Sanna tritt einen Schritt vor und zieht Natascha und Lima mit sich. »Nein, ich wollte gerade ...«

»Ihr werdet morgen früh hier heiraten. Mit uns allen zusammen!« Die Worte platzen aus Kiara heraus. Würden jetzt bunte Luftballons ins Zimmer schweben, könnte ich nicht erstaunter sein.

»Genau.« Sanna ist mit drei großen Schritten bei Tom und mir. Sie nimmt meine Hände in ihre und lächelt. »Ich bin dir so dankbar, dass du mein Tagebuch gefunden hast, ehe damit Schaden angerichtet werden konnte. Aber es ist nicht nur das, auch dass du meine Ideen der vergangenen Tage so klaglos mitgemacht und mich unterstützt hast und irgendwie immer zum richtigen Zeitpunkt am richtigen Ort warst. Danke, Sunny. Du bist ein großartiger Mensch.«

»Das bist du wirklich«, flüstert mir Tom ins Ohr und schiebt mich auf Sanna zu.

Diese umarmt mich fest. »Danke.«

Ich weiß nicht, was ich sagen soll, meine Gedanken spielen Pingpong, und Bilder einer Hochzeit, die nicht meine ist und nun vielleicht doch, kullern in meinem Kopf umher.

»Ich habe es gern getan, Sanna. Und es war selbst für mich eine außergewöhnliche Woche.« Langsam löse ich mich aus ihrer Umarmung. »Und dass ich deine Hochzeit feiern darf, ist großartig. Es wäre ein wahrgewordener Traum, als Prinzessin meinen Prinzen zu heiraten. Aber meine Hochzeit wartet in Berlin auf mich, und die möchte ich für nichts auf dieser Welt verpassen.«

»Das sollst du auch nicht. Die Trauung hier haben wir auf zehn Uhr vorverlegt, deine Trauung zu Hause in Berlin findet erst um achtzehn Uhr statt.«

»Woher weißt du das?«

Alma hebt die Hand. Entspannt hockt sie auf der Lehne eines Sessels und sieht nicht so aus, als hätte sie etwas dagegen, eine Doppelhochzeit mit mir zu feiern.

Das wäre schon irgendwie cool. »Aber wir schaffen es niemals rechtzeitig nach Berlin, wenn wir uns hier morgen früh trauen lassen. Die Zugfahrt allein dauert um die sieben Stunden, und da ist noch nicht einmal die Fahrt zum und vom Bahnhof eingerechnet.«

Sanna winkt ab. »Das ist klar. Dafür nehmt ihr meinen Helikopter. Der steht für morgen bereit. Damit seid ihr in Nullkommanichts in Berlin.«

Ich merke, wie mir der Mund offensteht. Und es gelingt mir nicht, ihn zu schließen. Ein Helikopter? War ja irgendwie klar, oder?

»Es ist perfekt, Sunny! Was sagst du? Und Tom, du natürlich auch.« Sanna breitet die Arme aus. »Kommt schon. Die Hochzeit ist geplant, und ich werde definitiv nicht heiraten. Ihr müsst nur noch ja sagen. Oder möchte eine oder einer der Anwesenden spontan morgen jemandem da Jawort geben?«

Alle schütteln die Köpfe.

»Siehst du, diese Hochzeit wurde für dich gemacht, Sunny. Es ist deine Hochzeit, genauso wie die Hochzeit in Berlin deine Hochzeit ist.«

Alma schnippst mit den Fingern und zeigt auf mich. »Und außerdem ist das eine typische Sunny-Geschichte. Ich bitte dich, du kannst doch nicht eine einfache Hochzeit feiern wie jede andere von uns. Was sollen wir denn unseren Enkeln erzählen?«

Könnte es wirklich sein?

Mein Herz hat längst entschieden, doch mein Kopf hinkt hinterher.

»Aber wenn das Wetter wieder so schlecht wird und der Helikopter nicht starten kann?«

»Sell Wedder pascht.« Albert schlurft nun auch noch in das Zimmer, begleitet von Elvira und Babett.

»Aber in Berlin muss auch noch so viel vorbereitet werden.«

»Muss es nicht.« Tom lehnt sich lässig ans Fensterbrett.

»Doch, muss es.«

»Nichts muss. Oskar und Hedwig stehen für die Trauung bereit, Fritz trimmt seit Wochen seine Jungs für unser Hochzeitsessen, und unsere Familien und Freunde wissen, was sie zu tun haben. Und außerdem hat Julia alles fest im Griff.«

»Mein *Schneeflöckchen*?« Sehnsucht erfasst mich. Für einen Moment verschwimmt das Zimmer und ich befinde mich nicht mehr im Schwarzwald, sondern in Berlin, in meiner geliebten Eisdiele. Es duftet nach Vanille und Zimt, nach den Tannengestecken und den roten Wachskerzen.

»Wird morgen auch noch da sein.« Alma krault bedächtig Herrn Gustav hinter den Ohren, stets darauf bedacht, Vogerl nicht runterzuschubsen. »Ehe wir heute mit dem Zug in Berlin ankommen, ist es ohnehin Nacht. Und die Hochzeitsvariante hier hätte den Vorteil, dass wir alle rechtzeitig ins Bett kommen und morgen ausgeruht und ausgeschlafen eure Hochzeiten feiern können.«

»Du willst doch nur Helikopter fliegen.«

»Das auch.«

»Wenigstens gibst du es zu.«

Sanna tritt zwischen Alma und mich, ehe diese wieder etwas erwidern kann. »Das heißt also ja?«

Ich sehe zu Tom, der mir zuzwinkert. Er überlässt die Entscheidung mir, und egal wofür oder wogegen ich mich entscheide, es wird das Richtige für uns sein.

Ich klatsche in die Hände. »Was solls! Lasst uns morgen hier zusammen eine Märchenhochzeit feiern! Um jetzt noch vernünftig zu werden, ist es ohnehin zu spät.«

Mein Herz klopft ruhig und glücklich im Takt meiner Schritte, während ich an Sannas Arm durch den Terrassensalon auf Tom zuschreite. Zusammen mit der Standesbeamtin erwartet er mich vor dem Weihnachtsbaum, an dem Dutzende Kerzen flackern, deren Licht die Glaskugeln rot und golden schillern lässt.

Am blauen Himmel strahlt eine Weihnachtssonne, wie ich sie noch nie gesehen habe, und die weißgeschneiten Bergspitzen baden in ihrem Licht.

Mir zugewandt lächeln mich die Hochzeitsgäste an, und in den Augen von Elvira und Babett und auch in Almas schimmern bereits Tränen.

Genauso habe ich mir meine weihnachtliche Hochzeit immer ausgemalt. In einem Kleid, in dem ich so schön bin, wie ich mich fühle, auf dem Weg zu einem Mann, den ich bedingungslos liebe und der auch mich liebt, und zwar so, wie ich bin. Umringt von Menschen, die Teil meines Lebens sind.

Nun gut, dass ich am Arm einer echten Prinzessin zum Altar schreite und dass die Eheringe auf ein Kissen gebettet sind, das ein Basset Hound trägt, der obendrein einen Vogel hat, das konnte selbst ich nicht wissen.

Tom streckt die Hand nach mir aus, und bis zur Nasenspitze mit Glück gefüllt lege ich meine in seine. Und ich werde sie nie wieder loslassen.

»Leider schneit es nicht, so wie du es dir immer gewünscht hast«, raunt Tom mir zu.

Zärtlich küsse ich ihn. »Es ist perfekt, wie es ist.«

Die Standesbeamtin runzelt die Stirn angesichts meines vorehelichen Kusses und räuspert sich.

Tom und ich grinsen uns an, und ich bin so vertieft in unsere gemeinsame Geschichte, dass ich die Trauzeremonie nur am Rand wie durch Zuckerwatte mitbekomme.

Viel zu schnell ist diese vorüber und Tom und ich dürfen uns ganz offiziell als verheiratetes Paar küssen. Und das tun wir, mit all unserer Leidenschaft und Liebe füreinander.

Ich bin so ein Glückspilz, dass ich das alles heute Abend noch einmal erleben darf! Und ich verspreche mir selbst, aufmerksamer der Rede der Trauzeremonie zu folgen. Immerhin wird die von Herrn Sonthofen gehalten. Obwohl ich die schon kenne. Aber dieses Mal ist sie für mich.

Glückwünsche von allen Seiten prasseln auf Tom und mich ein. Wir werden umarmt und abgeknutscht, gemeinsam lachen wir und weinen auch ein bisschen, und das Leben fühlt sich leicht an.

Sämtliche Gäste des Bellwü und all sein Personal feiert mit uns. Wir genießen Karls Leckereien, und Tom und ich schneiden gemeinsam die größte Schwarzwälder Kirschtorte an, die es je gegeben hat, und beißen hinein in dieses sahnige Kuchenglück voller Kirschen.

Eine ganze Weile später stellt sich Sanna neben mich an das Fenster. »Na, Prinzessin. Das war doch eine gute Entscheidung, oder?«

Für einen Augenblick habe ich mir eine ruhige Ecke gesucht, um all das Glück in mir zu spüren und noch einmal diesen grandiosen Ausblick in dieses Winterwunderland zu genießen. »Danke, Sanna.«

»Wow, du scheinst echt hin und weg zu sein. Mit so wenig Worten kenne ich dich gar nicht.«

Ich nicke. In der Tat gibt es ein paar Seiten an mir, die selbst ich noch nicht kenne.

Sanna stupst mich am Arm. »Ich soll dich von Herrn Frill grüßen.«

»Wem?«

»Malte-Manuel, dem Tagebuchdieb.«

»Echt? Hast du noch einmal mit ihm gesprochen?« Kopfschüttelnd sehe ich Sanna an.

Die grinst und zuckt mit den Schultern. »Gestern, als die Polizei ihn abgeführt hat, konnte ich nicht widerstehen, ihm persönlich einen guten Aufenthalt in seinem neuen Zuhause hinter Gittern zu wünschen.«

»Meinst du, er wird verurteilt?«

»Ganz sicher. Bei der Durchsuchung seines Zimmers wurden private und teilweise sehr intime Fotos von mir gefunden, Videoaufnahmen und was weiß ich noch alles. Dieser Scheißkerl! Und ich habe nichts davon gemerkt. Obwohl ich mich immer in alle Richtungen absichere! Die Zeitschriften übrigens, mit denen er Deals hatte, haben sich gleich von ihm distanziert, als meine Anwältin sich bei ihnen meldete.« Sanna klopft mit der Hand gegen die Scheibe und atmet tief aus.

»Hat die Polizei schon rausgefunden, wie er in dein Zimmer kam und deinen Safe öffnen konnte?«

»Na ja, in die Zimmer zu kommen, ist im Bellwü kein Kunststück, wie du selbst weißt.« Sanna zieht die Augenbrauen in die Höhe und zeigt auf mich. »Interessanter war da schon der Tresor. Da es aber ein Tresor mit Code war, konnte dieser zurückgesetzt werden, angeblich ist das nicht ganz einfach, aber machbar, wenn man weiß wie.«

»Der Kerl ist echt krass.«

»Allerdings. Und dir soll ich ausrichten, man sieht sich immer zweimal im Leben.«

Ich muss lachen. »Na da habe ich aber ein Glück, dass wir die zweimal schon hinter uns haben!«

»Auch wieder wahr. Schade, dass mir der Spruch gestern nicht eingefallen ist.« Sanna zieht eine Schnute, entspannt aber wieder die Hände. »Egal. Ist ja noch mal gut gegangen.«

Für einen Moment sehen wir beide nach draußen in diesen Tag voller Licht und Sonnenschein, und ich wüsste zu gern, was sie denkt. »Was wird aus dir und Natascha?«

»Du weißt es?«

»Ich glaube, alle wissen es.« Nun stupse ich sie leicht an. »Du bist doch so eine toughe Frau, warum stehst du nicht dazu, eine Frau zu lieben? Und dazu noch so eine tolle.«

Sanna schüttelt den Kopf. »Das ist es nicht. Ich habe schon immer geliebt, wen ich lieben möchte. Aber mit Natascha ist es anders.« Sie beißt sich auf die Unterlippe und sieht ungewöhnlich ernst aus. »Ich will nicht, dass sie und Lima durch die Medien geprügelt werden. Diese Liebe ist so besonders, dass wir für uns sein wollen. Ich will keine Kommentare dazu hören. Verstehst du das?«

Nachdenklich streiche ich über eine der Rüschenblüten meines Kleides. »Das verstehe ich, ja. Aber es wird rauskommen. Früher oder später.«

»Aber diesen Zeitpunkt werden Natascha und ich und auch Lima bestimmen.«

»Apropos Zeitpunkt.« Alma ist von hinten an uns herangetreten und legt jeder einen Arm um die Schultern. »Wir müssen los. Der Helikopter ist im Anflug.«

Langsam drehe ich mich um und lasse den Blick durch den Terrassensaal schweifen. Sehe mir all die wundervollen Menschen an, die sich versammelt haben und deren Weg ich ein Stück begleiten durfte.

Kiara schlendert Arm in Arm mit Lilli auf mich zu, begleitet von den sichtlich beschwipsten Bellwü-Schwestern und Karl auf Krücken, an dessen Seite ein Prachtkerl von Mann, der glatt George Clooneys Cousin sein könnte. Oder ist. Aber vermutlich ist er einfach Dirk. Und George Clooneys Cousin.

Apropos! Ich wende mich Sanna zu, die leise neben mir pfeift und Dirk-Georges Cousin mustert. »Kennst du eigentlich Brad Pitt?«

»Wen?«

Ich stupse sie mit dem Ellenbogen in die Rippen, da sie mir anscheinend nicht zuhört.

Endlich löst sie ihren Blick von Dirk und sieht zu mir.

»Brad Pitt! Hallo, Erde an Sanna! Den kennst du doch bestimmt.« Und somit ich bestimmt bald auch. Wow!

Sanna blinzelt mich an, als würde ich rückwärts sprechen. »Brad Pitt? Warum sollte ich den kennen?«

Ich fasse es nicht. Da stehe ich neben der einzigen Frau, die mir einfällt, die ihn kennen könnte, und sie kümmerts nicht. »Ach komm schon, ihr wart bestimmt schon mal zusammen auf einem roten Teppich oder auf einer Filmpremiere oder keine Ahnung, was ihr Promis so im echten Leben macht.«

»Sunny.«

»Ja.«

»Du quengelst wie ein Kleinkind.«

Ich richte mich kerzengerade auf und stemme die Hände in die Taille. »Wir reden von Brad Pitt, da darf man quengeln.«

»Brad Pitt?« Natascha sieht fragend von mir zu Sanna. »War Jenny bei eurem letzten Mädelsabend doch dabei?«

Jenny? Jenny wer? Doch nicht etwa Jennifer Aniston? Doch ehe ich Sanna weiter löchern kann, finde ich mich in einer festen Umarmung der Bellwü-Schwestern wieder. Eine Wolke Kirschwasser schwebt über uns, während sie sich tränenreich von mir verabschieden.

Endlich bin ich wieder frei und stehe Kiara und Lilli gegenüber. Verlegen räuspern wir uns alle drei.

»Es tut mir leid ...«, beginnen Lilli und ich gleichzeitig.

»Du zuerst ...« Wieder reden wir gemeinsam los.

»Halt«, lachend hebt Kiara die Hände. »Ich zuerst, damit das nicht den Rest des Tages so weitergeht und du deine Berlin-Hochzeit verpasst.« Kiara tritt von einem Fuß auf den anderen. »Danke Sunny, dass du mir geholfen hast und ich endlich etwas gefunden habe, was ich wirklich machen möchte. Und Lilli, danke, dass ich bei euch im Hotel bleiben darf.«

»Aber sehr gern. Wir sind sehr stolz darauf, dass du in unserem Hotel arbeiten möchtest. Wir haben dich gern hier.« Lilli streicht Kiara über den Rücken und strahlt. Sie meint jedes Wort so, wie sie es sagt.

Ich freue mich für Kiara. Heute, in aller Früh, hatte ich noch einmal ihre Eltern angerufen. Das Gespräch war wie erwartet kühl und kurz, jedoch werden sie nächste Woche ins Bellwü kommen, um die Details zu klären, damit Kiara im Hotel wohnen und arbeiten darf.

Wie verabredet verabschieden sich alle bis auf Lilli nach einer letzten Umarmung.

»Lilli, es tut mir so leid, dass ich nicht von Anfang an deutlich gemacht habe, dass ich nicht Prinzessin Susanna bin.«

Lilli schüttelt den Kopf. »Aber nicht doch, ich wollte es doch gar nicht hören. So deutlich konntest du dich gar nicht wehren.«

Hätte ich schon gekonnt. Und das weiß sie so gut wie ich selbst. Doch wäre nun etwas anders? »Ich glaube, es hätte nichts geändert, denn auch als Sunny wäre ich hiergeblieben, hätte Kiara mitgefunden und ihr geholfen und auf der Messe mein Bestes gegeben und beim Weihnachtsessen mitgemischt – egal ob Karl dagewesen wäre oder nicht.«

»Genau. Es macht keinen Unterschied, denn wir sind, wer wir sind, egal als wer wir uns ausgeben oder welchen Namen wir annehmen.«

Leichten Herzens umarme ich Lilli, ehe ich zu Tom gehe, der neben Alma an der Tür steht und demonstrativ auf seine Armbanduhr zeigt. Herr Gustav zwischen den beiden wedelt heftig mit dem Schwanz, und Vogerl schlägt mit den Flügeln. Es wird Zeit, heimzukehren.

Als ich zu Tom trete, legt er die Arme um mich. »Wie wäre es mit Flitterwochen im Bellwü?«

»Aber hier kannst du doch gar nicht Fahrrad fahren.«

»Aber klar doch.« Er küsst mich auf die Nasenspitze. »Und? Was meinst du?«

»Ich finds großartig.«

»Dann aber erst mal ab nach Hause. Nur wenn wir dort sind, können wir uns wieder in die Flitterwochen aufmachen.«

Winkend und lachend verlassen wir den Terrassensalon. Im Flur zieht mich Alma zur Seite. »Fritz wollte mir überhaupt keinen Antrag machen! Der Ring gehört seiner Mutter, er sollte ihn zum Juwelier bringen und hat ihn schlicht und ergreifend verbummelt.«

Lachend knuffe ich sie in die Seite. »Wie hast du das denn rausgefunden?«

»Ich habe mir vorhin den Empfang in Manuels Zimmer zunutze gemacht, weil ich Fritz anrufen wollte. Da kam eine SMS seiner Mutter bei mir an. Sie wollte, dass ich Fritz helfe, den Ring zu suchen, weil der Nappel ihn nicht mehr selbst findet.«

»Hat sie echt Nappel geschrieben?«

»Mehrfach!«

»Ach Alma. Du bist selbst ein Nappel. Ein ganz großer Nappel!« Mit dem Zeigefinger tippe ich ihr an die Stirn.

Alma nickt und verzieht den Mund. »Dem kann ich nur bedingt widersprechen. Aber Fritz ist der größere Nappel, ich meine, welcher Trottel versenkt den Ehering seiner Mutter in einer Badtasche!«

»Dein Nappel-Trottel.«

Alma seufzt.

»Viel heiße Luft um nichts, meine Liebe.«

»Na ja, für nichts war es glaube ich nicht. Die Sache hat mir gezeigt, dass ich über das eine oder andere nachdenken sollte. Und dass ich einen ganz schönen Narren an Fritz gefressen habe. Mehr als ich mir immer zugestehen wollte.«

Leicht lege ich einen Arm um Almas Taille. »Fritz ist ein Guter, Alma. Egal ob mit Ring oder ohne!«

»Ich weiß. Und ich kann es kaum erwarten, es ihm zu sagen. Meinst du, er verzeiht mir?«

»Ganz sicher verzeiht er dir, denn dieser Mann hat genauso einen Narren an dir gefressen. Und nun ab nach Hause.«

Gemeinsam eilen wir Tom hinterher und ziehen uns noch rasch um, ehe wir von Sanna begleitet das Bellwü verlassen und zum Helikopter gehen.

Dankbar steige ich ein, denn keine zehn Pferde bringen mich noch einmal dazu, den Weg vom Berg hinunter oder hinauf in einem Auto zurückzulegen. Das nächste Mal komme ich mit meinem Rad. Und Tom wird mich schieben.

Wieder trage ich ein Hochzeitskleid, doch dieses Mal ist es mein Kleid, mein Sunny-Kleid. Und wieder schreite ich auf Tom zu. Doch dieses Mal am Arm meines Vaters und hinein in das wundervolle Trauzimmer mit den Buntglasfenstern unseres Standesamtes im Vierwaldviertel in Berlin. Draußen ist es dunkel, und wie es sich für Weihnachten in der großartigsten aller Städte gehört, regnet es aus vollen Kübeln.

Umringt von meiner Familie und meinen Freunden laufe ich Tom entgegen und erneut reicht er mir seine Hand, die ich einmal mehr für immer ergreife.

Epilog

Merian – Weihnachtsausgabe Schwarzwald
Ein Hotel zum Bleiben
*Sollten Sie jemals ein Hotel suchen, in dem Wünsche
wahr werden, besuchen Sie das wundervolle Bellwü.
Auf einem Berg, in einer Welt für sich allein, thront das
altehrwürdige Haus über den Dächern Freiburgs. Mehr
als willkommen ist jede Gästin und jeder Gast.
Lesen Sie weiter auf Seite drei den vollständigen Be-
richt unserer Reisejournalisten Walter und Finn Wilhelm, und seien Sie gewiss, dass Sie am Ende des Arti-
kels auf gepackten Koffern sitzen und Richtung Bellwü
unterwegs sein werden.*

Adel verpflichtet – Sonderausgabe
Wenn eine Prinzessin Eis erschafft
*Prinzessin Sunny von Spatz wirbelt nach ihrer Hoch-
zeit mit dem bürgerlichen Tom Höfer in ihrem Eiscafé
Schneeflocke.
Doch was verbirgt sich unter ihrer bunten Schürze?
Aus vertraulicher, nicht öffentlicher, privater Quelle
wird bestätigt, dass es sich um Zwillinge handelt. Weiß
der Vater davon?
Lesen Sie exklusiv bei uns, wie die Prinzessin ihr Eisim-
perium mit eiskalter Hand regiert und wie sie ihre ge-
heime Schwangerschaft genießt.*

Echt jetzt? Prinzessin Sunny von Spatz? Hm, irgendwie klingt das cool.

Eiscafé? Ich führe eine Eisdiele!

Schneeflocke? Es heißt *Schneeflöckchen*, ihr Nappels!

Egal. Ich höre jetzt auf zu lesen.

Oha!

Gal Gadot erneut guter Hoffnung.

Wie toll! Wie viel wir beide gemeinsam haben! Man stelle sich nur mal vor, unsere Kids werden beste Freunde ... Darauf noch ein Löffelchen randvoll mit Vanilleeis und Babystreusel.

Exklusive Szene: Sunny und Tom im Schnee

Der Anblick lässt Glückshormone in mir tanzen. Der Schnee fällt in weichen Flocken vom Himmel und liegt wie eine Zuckerwattedecke über dem Schwarzwald. Still stehen die Bäume in schimmerndes Weiß gehüllt, während die Luft so frisch und klar ist, dass ich diese begeistert immer wieder tief einatme.

Tom neben mir rückt gelassen seine Ski zurecht. Das Grinsen in seinem Gesicht lässt mich erahnen, dass es gleich eine eher lustige Abfahrt für uns zwei werden wird.

»Bereit für dein erstes Schwarzwald-Abenteuer auf der Piste?« Tom zwinkert mir zu.

Genau, als ob das gleich die einfachste Sache der Welt wäre. Ich bin mir sehr unsicher, ob *bereit* das richtige Wort ist. Ski laufen – klar, hatte ich das als Kind mal probiert, so ungefähr fünfzehn Minuten lang. Danach waren meine Beine in alle Himmelsrichtungen weggerutscht und ich hatte beschlossen, dass Skifahren eines der Dinge ist, die besser in der Vorstellung als in der Realität sind.

»Abenteuer ja – Ski fahren, na ja, sagen wir mal, ich bin offen für Überraschungen,« murmele ich, während ich versuche, die Ski in eine akzeptable Position zu bringen. Diese Dinger haben eindeutig ein Eigenleben.

Tom lacht. »Keine Sorge, ich fange dich auf, falls du fällst.«

»Falls? Du meinst, wenn ich falle, oder?« Ich rümpfe die Nase und ziehe eine bemitleidenswerte Schnute, bevor ich mich tapfer meinem Schicksal stelle. Die Piste vor mir sieht aus wie eine weiße, endlose Rutsche in die Tiefen des Waldes, und mein Herz schlägt schneller, nicht nur aus Zweifel, sondern auch vor Aufregung.

»Okay, wir machen's Schritt für Schritt. Ich fahre vor und du folgst in deinem eigenen Tempo.« Tom drückt mir einen Schmatzer auf die Wange und stößt sich dann ab. Elegant gleitet er den Hang hinunter, als wäre er der König des Skifahrens.

Ich seufze einmal tief und stoße mich ebenfalls mit den Stöcken ab. Es läuft – nein, gleitet – besser als erwartet. Für genau fünf Sekunden. Dann geschieht alles auf einmal. Meine Beine kreuzen sich, ich rutsche zur Seite, meine Ski drehen gefühlt eine Pirouette und ich lande mitten im Schnee.

»Ich habe dir doch gesagt, ich falle!« rufe ich laut und lache, als Tom elegant neben mir zum Stehen kommt.

»Das war doch gar nicht so schlecht für den Anfang. Wenigstens landest du weich.« Tom grinst und hält mir die Hand hin. »Komm schon, aufstehen, bevor du dich in einen Schneehaufen verwandelst.«

Nur zu gern nehme ich seine Hand, doch kaum bin ich auf den Beinen, verliere ich erneut das Gleichgewicht und ziehe Tom mit mir in den Schnee. Jetzt liegen wir beide lachend auf der Piste, während die Flocken sanft auf uns herabrieseln. Überschwänglich küsse ich ihn.

»Das war definitiv nicht Teil des Plans,« murmelt Tom an meinen Lippen.

»Aber es ist definitiv der beste Teil!« Fröhlich streiche ich mir Schnee aus dem Gesicht.

Es dauert noch ein, zwei Küsse lang, ehe wir uns aufrappeln und es erneut mit dem Skifahren versuchen. Dieses Mal mit etwas mehr Koordination und tatsächlich, je weiter wir fahren, desto mutiger werde ich, und plötzlich ist da dieser magische Moment: Der Wald rauscht leise an mir vorbei und ich gleite fast schwerelos durch das glitzernde Winterwunderland. Für einen Augenblick fühle ich mich, als könne ich fliegen.

Doch leider hält dieser Moment genau bis zu der Stelle, wo der Weg eine scharfe Kurve macht. Anstatt elegant abzubremsen wie Tom, nehme ich Fahrt auf und rase an ihm vorbei.

»Sunny! Schneepflug!« ruft Tom hinter mir, doch da lande ich bereits in einer Schneewolke. Dieses Mal habe ich mich allerdings vor einer idyllischen Berghütte festgefahren, an deren Tür silberne Lichterketten funkeln.

»Tadaaa, ich habe uns eine Pause organisiert.« Mit Begeisterung zeige ich auf die Hütte, als sich Tom über mich beugt.

»Du bist unglaublich.«

»Ich weiß.« Stolz rappele ich mich auf und klopfe mir den Schnee von der Skihose. »Aber jetzt mal ehrlich – lass uns reingehen. Nach meinem Supersprint haben wir uns eine heiße Schokolade verdient.«

Leicht erschöpft, aber überglücklich, stapfe ich mit Tom in die Hütte, wo wir uns vor einem prasselnden Kamin niederlassen. Draußen tanzt der Schnee weiter, während es hier drinnen angenehm warm ist, nicht nur wegen des Feuers, sondern auch durch meine Nähe zu Tom. Wir lachen und schlürfen unsere heiße Schokolade. Es ist nicht meine Ungeschicklichkeit auf der Piste, die zählt, sondern diese leisen Momente zwischen uns, in denen wir uns in die Augen blicken und alles andere vergessen.

Rezepte

So. Sunny ist nun wieder daheim in Berlin und tatsächlich verheiratet mit ihrem Tom. Zeit für uns, ein eigenes Eis zu zaubern.

Mein Lieblings-im-Handumdrehen-selbstgemachtes-Eis

Zutaten
400 Gramm tiefgekühlte Erdbeeren oder Heidelbeeren oder Himbeeren oder …
200 Gramm Vollmilchjoghurt

Zubereitung
Die tiefgekühlten Beeren mit dem Joghurt im Mixer verrühren oder mit dem Pürierstab durchrühren.
Sollte das Eis zu weich sein, für zehn bis zwanzig Minuten in das Tiefkühlfach stellen.
Mmh … genießen.

Nur ein Wort: Schokoeis

Zutaten

100 Gramm Schokolade mit hohem Kakaoanteil
100 Milliliter Vollmilch
200 Milliliter Sahne

Zubereitung

Die Milch sanft erwärmen und die Schokolade darin schmelzen.
Den herrlichen Duft genießen.
Die Schokomilch abkühlen lassen und in der Zeit die Sahne steif schlagen.
Den Sahnetuff mit der Schokomilch liebevoll verrühren.
Die Eismasse in einen Behälter für das Gefrierfach füllen.
Sobald die Masse beginnt zu gefrieren und sich Eiskristalle bilden, kräftig durchrühren.
Dieses Durchrühren jede halbe Stunde für zwei Stunden wiederholen und durchhalten ... es wird lecker. Es ist schon lecker.
Aber dann ... Löffel schnappen, eintauchen und den Schokoeistraum genießen.

Vier weitere Worte: Schokostreusel für schokoladiges Schokoeis

Zutaten

80 Gramm Puderzucker
20 Gramm Backkakao
15 Milliliter Wasser
Mark einer Vanilleschote

Zubereitung

Alle Zutaten liebevoll und mit Vorfreude vermengen, bis eine glatte Masse entsteht.

Die Schokostreuselmasse in einen Spritzbeutel mit sehr feiner Tülle füllen.

In äußerst feinen Linien die Zuckermasse auf ein glattes Backpapier malen, sie dürfen sich nicht berühren.

Die Streuselschlangen vierundzwanzig Stunden trocknen lassen. Ich weiß, das ist lang. Aber es lohnt sich.

Nun die Streuselschlangen in niedliche Streuselstückchen schneiden und das Schokostreusel-Streuen kann beginnen.

Nachwort

Sunny hat mich seit ihrer Nichthochzeit mit Tom nicht mehr verlassen.

Sie war dabei, als ich in Bayern wandern war.

Als ich mit meiner Tochter über die zwölf/fünfzehn Disneyprinzessinnen diskutiert habe – und noch immer diskutiere.

Als ich versucht habe, den Hunden beizubringen, dass Sitz, Platz und Aus auch Sitz, Platz und Aus heißt, wenn ich einen Schritt zur Seite trete/tief Luft hole/ein anderer Hund neugierig um die Ecke kommt.

Und Sunny war dabei, als ich anfing, sie in einem Hotel zu sehen, wo sie verwechselt werden würde. Denn irgendwie kann das nur ihr passieren.

Und so passierte es: Aus Sunny wurde Prinzessin Susanna Leonore Karoline von Hollerburg.

Danke, liebe Leserinnen und Leser, dass ihr mir bis hierher gefolgt seid. Wenn ihr mögt, sehen wir uns bei Claire im *Coffee To Stay* wieder, zu einer weihnachtlichen Tasse besten Kaffees.

Wir lesen uns! Und wenn ihr mögt, schreibt mir: SweetRomance@web.de